U0096338

中國語言文字研究輯刊

十六編

許學仁 主編

第4冊

《上海博物館藏戰國楚竹書（五）、（六）》疑難字研究

林宛臻 著

花木蘭文化事業有限公司

國家圖書館出版品預行編目資料

《上海博物館藏戰國楚竹書(五)、(六)》疑難字研究/林宛臻著 -- 初版 -- 新北市:花木蘭文化事業有限公司,2019〔民108〕

目 2+244 面;21×29.7 公分

(中國語言文字研究輯刊 十六編;第 4 冊)

ISBN 978-986-485-694-7(精裝)

1. 簡牘文字 2. 研究考訂

802.08 108001140

中國語言文字研究輯刊

十六編 第四冊 ISBN:978-986-485-694-7

《上海博物館藏戰國楚竹書(五)、(六)》疑難字研究

作 者 林宛臻

主 編 許學仁

總 編 輯 杜潔祥

副總編輯 楊嘉樂

編 輯 許郁翎、王 筑 美術編輯 陳逸婷

出 版 花木蘭文化事業有限公司

發 行 人 高小娟

聯絡地址 235 新北市中和區中安街七二號十三樓

電話:02-2923-1455/傳眞:02-2923-1452

網 址 http://www.huamulan.tw 信箱 hml 810518@gmail.com

印 刷 普羅文化出版廣告事業

初 版 2019 年 3 月

全書字數 181672 字

定 價 十六編 10 冊(精裝) 台幣 28,000 元 版權所有・請勿翻印

《上海博物館藏戰國楚竹書（五）、（六）》疑難字研究

林宛臻 著

作者簡介

林宛臻，師大國文系、師大國文碩士班畢業，現職爲高中國文教師。著有單篇期刊論文〈《說文》古籀文來源的性質及年代試探〉（《中國語文》614 期，2008.08）、〈金文「鑄」字異體探析〉（《中國語文》619 期，2009.01）等。

提　要

《上海博物館藏戰國楚竹書（五）》（簡稱《上博五》）及《上海博物館藏戰國楚竹書（六）》（簡稱《上博六》）分別於 2005 年 12 月及 2008 年 12 月出版。原書中諸位整理者已經做了相當有貢獻的初步考釋工作，但是部分內容存在著爭議性，在釋讀上仍有困難。

本論文的寫作焦點擺在對《上博五》、《上博六》其中具有爭議性的「疑難字」進行探討。本文寫作步驟：首先蒐集該疑難字的相關研究材料，例如前輩學者的討論，字形歷時材料的蒐集與比對，在確認字形結構之後，同時配合聲韻、訓詁的研究方法，進一步解決疑難字在簡文中的釋讀問題，而疑難字若非僅出現於《上博五》、《上博六》者，以見樹又見林的原則，在行有餘力的情況下，筆者也試圖去推勘疑難字在其他材料上的辭例意義，以便更全面性的瞭解疑難字在文獻學中的歷史定位。

而本文的寫作大綱如下：

第一章爲「緒論」，分爲三節，依序說明「研究動機與目的」、「文獻回顧與探討」、「研究方法與步驟」三個部分。

第二章爲「疑難字分釋」，總括七個相關疑難字在字形、字音、字義的相關問題，並將個別疑難字回歸文本，說明其在原始材料上的用法。分別爲釋「市」、釋「逗」（歡）、釋「菩」（戴）、釋「寘」、釋「湆」（沈）、「醅」（酖）、釋「[illegible]」（簪？從？）、釋「忧」等七節。

第三章爲「結論」，首先綜述研究成果，其次說明研究困境與限制，最後說明未來展望。

誌　謝

碩士班生涯將在此告終了，回首漫長的求學之路，有歡笑、也有淚水，而如今能順利畢業，由衷感謝一路伴隨著我成長的親師益友們。

首先，承蒙季師旭昇悉心教誨，不厭其煩地指導資質愚魯的學生，除了課業上的提攜，也是我的精神導師，在我面臨低潮時，不斷的勉勵我、引導我，若非季師的傾囊相授，這本論文未有付梓的一天。

其次，感謝鍾柏生老師和林清源老師，在口試時溫而不厲的提點，讓這本不成熟的論文有進步的空間。同時也要感謝研究所階段，許多師長們的諄諄教誨，包括：陳新雄老師、許錟輝老師、高秋鳳老師、王錦慧老師、楊如雪老師、陳麗桂老師、陳廖安老師、賴貴三老師、姚榮松老師。從你們的治學態度與方法，讓我一窺學術的堂奧，也奠定了做學問的基礎。

另外，也要感謝學習道路上的學長姐、同學們的相伴。怡如學姐，謝謝妳耐心地教會我造字；姞淨學姐，謝謝妳教了我許多研究方法；佩珊學姐，謝謝妳總是帶著我向前邁進；慜慧學姐，謝謝妳總是不吝分享妳的資源；秀玉學姐、佩霓學姐、佑仁學長、俊秀學長、至君學姐，謝謝你們平日的照顧與愛護；聖潔、宏杰、珊珊、志威、世豪、心怡、珮瑜、瑜楨、丹玲、筱絜、靜怡，謝謝你們這段日子的加油與砥勵。

最後，要感謝的是我的家人。老爸、老媽，謝謝你們無私的犧牲與奉獻，提供我經濟和生活上的援助；也要謝謝我的先生偉盛，一路支持著我，伴我渡過難關；同時更要謝謝我的公公、婆婆，如此體恤、包容著我；而老弟信宏、小姑倩雯，也謝謝你們的加油打氣。

心中有太多的人要感謝了，無法一一列舉，謹以此文聊申謝悃，若有遺漏祈請海涵。而筆者才疏學淺，論文中必有諸多疏漏之處，祈請諸家見教。

目次

凡　例

一、本論文採用陳師新雄《古音研究》的上古音系統，文中徵引的大陸學者論文多以王力系統爲主。

二、文中敬稱授業師爲某師，其餘學者不特尊稱，直呼其名。

三、本論文中經常以「△」符號取代主要討論的文字或偏旁。

四、爲維護引用圖片的客觀性和正確性，如有殘泐或模糊者，儘量維持原貌，不做特殊處理。

五、爲求行文方便，本論文經常以書目簡稱取代全名，如《上博五》即《上海博物館藏戰國楚竹書（五）》、《集成》即《殷周金文集成》、《合》即《甲骨文合集》之簡稱等，以一般古文字學界習用爲主，不另加注解。

第一章　緒　論

本章共分為三節，依序說明「研究動機與目的」、「文獻回顧與探討」、「研究方法與步驟」三個部分。

第一節　研究動機與目的

近代中國學術界上，由王國維「二重證據法」〔註1〕到饒宗頤「三重證據法」〔註2〕，以及顧頡剛「古史辨」〔註3〕到李學勤「走出疑古時代」〔註4〕，在學術研究方法論上，有長足的進步，其中居重要地位的關鍵即本世紀以來陸續掘發的出土文獻。

誠如王國維所說：

> 吾輩生於今日，幸於紙上之材料外，更得地下之新材料。由此種新材料，我輩得據以補正紙上之材料，亦得證明古書之某部分全為實錄，即百家不馴之言亦不無表示一面之事實。此二重證據法，

〔註1〕參王國維《古史新證——王國維最後的講義》（北京：清華大學出版社，1997.08），頁2。

〔註2〕參饒宗頤〈談「十干」和「立主」——殷因夏禮的一二例證〉（《饒宗頤史學論著選》，上海：上海古籍出版社，1993.11），頁22。

〔註3〕參顧頡剛《古史辨》（台北：藍燈文化，1993），頁1。

〔註4〕參李學勤《走出疑古時代》（瀋陽：遼寧大學出版社，1997.12月），頁3。

惟在今日始得行之。雖古書之未得證明者，不能加以否定；而其已得證明者，不能不加以肯定，可以斷言矣。〔註5〕

各種出土的古代文獻確實有助於古書的還原以及證成工作。雖然王國維那時的「地下新材料」僅有甲骨文字與殷周金文兩種，但如今簡帛文獻亦是一種重要的材料。

近四十年來，隨著馬王堆帛書、睡虎地秦簡、郭店楚簡等的出現，陸續衝擊傳統學術的研究，緊接著，上海博物館藏戰國楚竹書的面世，又將近代漢學研究推向了空前的高峰，使得新出土文獻的研究成爲一門顯學。

1994年初，上海博物館館長馬承源託香港中文大學張光裕教授於香港文物市場購得一批戰國楚簡〔註6〕。2001年11月，在首批資料公佈後，引起學術界高度關注，使得各種研究成果蜂擁而現，在出土古文獻中繼郭店楚簡後形成一門新的研究領域。

其中《上海博物館藏戰國楚竹書（五）》及《上海博物館藏戰國楚竹書（六）》分別於2005年12月及2008年12月出版。第五冊共發表八篇，依次是〈競內建之〉、〈鮑叔牙與隰朋之諫〉、〈季庚子問於孔子〉、〈姑成家父〉、〈君子爲禮〉、〈弟子問〉、〈三德〉、〈鬼神之明．融師有成氏〉；第六冊共發表九篇，依次是〈競公瘧〉、〈孔子見季趄子〉、〈莊王既成．申公臣靈王〉、〈平王問鄭壽〉、〈平王與王子木〉、〈慎子曰恭儉〉、〈用曰〉、〈天子建州（甲本）〉及〈天子建州（乙本）〉。原書中諸位整理者已經做了相當有貢獻的初步考釋工作，但是部分內容存在著爭議性，在釋讀上仍有困難。

我們知道文字考釋、訓讀的工作對於出土文獻研究是刻不容緩的，正因爲小學是各種學問的基礎，故猶如水之能載舟，亦能覆舟，若沒有正確的解讀的基礎，無論文學、思想、文化以至於史學的研究都是沒有意義的。李學勤先生曾說：

出土文獻的研究工作最基礎的還是考釋文字。考釋工作是工作重心，必不可缺，不認識字是很危險的，目前考釋文字已經取得了

〔註5〕參王國維《古史新證——王國維最後的講義》（北京：清華大學出版社，1997.08），頁2。

〔註6〕參朱淵清，〈馬承源先生談上博簡〉（《上博館藏戰國楚竹書研究》，上海：上海書店出版社，2002.03），頁1。

> 許多成果。但同時，這也反映了新出土文獻實在太多了，當前對出土文獻的研究主要還處於考釋文字階段。不能正確考釋文字，建立的推論恐怕很危險，很成問題。這也使我們認識到必須進一步作文字考釋，認識到戰國文字研究有必要進一步深入發展。〔註 7〕

顯示了近年大量的地下材料一一出土，在目前的研究工作上，仍處於基礎的認識階段，這也反映了人們所理解文字詁訓的小學正是一門相當基本而重要的學科，尤其是戰國文獻的大量出土，但是投入戰國文字研究工作的人力仍是有限，是一片值得開發的研究工作領域。

正如李學勤先生所言，最重要的就是「認識字」，透過正確的釋讀，才能獲得從中汲取有益的養分，因此本論文的寫作焦點擺在《上博五》、《上博六》其中具有爭議性的「疑難字」進行探討。

本論文的研究目的有二：一是進行個別疑難字的形、音、義方面的探討，尤其是在字形方面，正確地辨識字形結構是釋讀的第一步驟，也是重要的關鍵，因此研究材料不僅限於戰國楚文字，而是上承商周甲金文，下啓秦漢篆隸，通過字形演變的分析，辨別疑難字在文字史上的定位，才能正確認識該疑難字；二是試圖釐清疑難字在材料中的用法，以便能夠通讀簡文。

第二節　文獻回顧與探討

因目前《上博》相關研究的書目及文章眾多，無法一一列舉，以下就筆者目前所見的研究現況，依其發佈的管道，分別概述之：

一、網路資源

近十餘年來電腦與網際網路的快速發展，如今資訊傳遞快速與無遠弗屆，因此在 2000 年 2 月「簡帛研究」〔註 8〕網站開通以後，《上博》的第一手消息與學者們最新的相關研究往往是透過網路公布發表俟後又有武漢大學簡帛研究中心成立的「簡帛網」〔註 9〕，及「復旦大學出土文獻與古文字研究中

〔註 7〕參李學勤演講、朱淵清筆記，〈新出土文獻與古代文明研究〉（簡帛研究網站，2002.08.11，網址：http://www.jianbo.org/Wssf/2002/lixueqin001.htm）。

〔註 8〕「簡帛研究」網站，網址：http://www.jianbo.org/。

〔註 9〕武漢大學簡帛研究中心「簡帛網」，網址：http://www.bsm.org.cn/。

心」網站〔註10〕陸續開通，學者之間交流的管道也愈來愈多，因此資訊的迅速更迭，使得研究成果也愈加豐碩。

舉例來說，季師旭昇〈上博五芻議（上）〉、〈上博五芻議（下）〉即是發表在武漢大學簡帛研究中心「簡帛網」的文章之一，二文提供了許多值得省思的意見，也得到了廣大的回響。例如《上博五・弟子問》簡4中有個「」字，原考釋者並未隸定，季師旭昇〈上博五芻議（下）〉一文中指出其左旁從「彳」、而右旁爲「安」字〔註11〕；而陳劍〈《上博（五）》零箚兩則〉則進一步認爲字从安聲而讀爲「偃」，是孔子回答子游問題而先呼其名〔註12〕；劉雲〈釋《弟子問》中「偃」字的一種異體〉則認爲是從人安聲，應爲「偃」字的異體字，是由於右部所從「安」字「宀」旁的左邊一撇太長了，與左上部人旁相交所致的結果〔註13〕。以上討論，均爲網路上發表的文章，由於網路文章相互激盪，使得文字訓讀工作也更加快速而順利。

二、研討會、期刊論文

由於簡帛學的蓬勃發展，以簡帛或出土文獻爲研究主題的研討會也一一召開，例如2006年在武漢大學召開的「新出楚簡國際學術研討會」；2006～2009年由武漢大學與臺灣大學及芝加哥大學聯合舉辦，在三地輪流召開的「中國簡帛學國際論壇」，2008年在廣州中山大學舉行的「『簡帛文獻與思想史研究』讀書班研討會」等，其中都不乏《上博》相關議題的探討。

而以簡帛爲題的學術集刊也不在少數，如武漢大學簡帛研究中心出版的《簡帛》現已出至第四輯，中國社會科學院簡帛研究中心先後編輯出版的《簡帛研究》一至三輯、《簡帛研究二〇〇一》、《簡帛研究二〇〇二、二〇〇三》、《簡帛研究二〇〇四》、《簡帛研究二〇〇五》、《簡帛研究二〇〇六》及《簡帛

〔註10〕「復旦大學出土文獻與古文字研究中心」網站，網址：http://www.gwz.fudan.edu.cn/。

〔註11〕季師旭昇〈上博五芻議（下）〉（簡帛網，2006.02.18，網址：http://www.bsm.org.cn/show_article.php?id=196）。

〔註12〕陳劍〈《上博（五）》零箚兩則〉（簡帛網，2006.02.21，網址：http://www.bsm.org.cn/show_article.php?id=216）。

〔註13〕劉雲〈釋《弟子問》中「偃」字的一種異體〉（復旦大學出土文獻與古文字研究中心，2009.07.13，網址 http://www.gwz.fudan.edu.cn/SrcShow.asp?Src_ID=847）。

研究譯叢》一至二輯等，還有以《上博》爲研究主題的《上博館藏戰國楚竹書研究》、《上博館藏戰國楚竹書研究續編》。除以上學術集刊外，討論《上博》的文章也散見於各大期刊中。

三、專書、學位論文

專門討論《上博》的專書，如季師旭昇主編的《《上海博物館藏戰國楚竹書（一～四）讀本》、李零《上博楚簡三篇校讀記》、蘇建洲《《上博楚竹書》文字及相關問題研究》等。

而以《上博》爲研究主題的學位論文也不在少數，下列僅提供目前所見以《上博五》、《上博六》爲研究材料的學位論文：

1. 顏至君《《上海博物館藏戰國楚竹書（五）》〈競建內之〉與〈鮑叔牙與隰朋之諫〉研究》，國立臺灣師範大學國文學系研究所碩士論文，2008。

2. 朱艷芬《《競建內之》與《鮑叔牙與隰朋之諫》集釋》，吉林大學碩士論文，2008。

3. 史德新《《鮑叔牙與隰朋之諫》的文獻學研究》，四川大學碩士論文，2007。

4. 許愍慧《《上海博物館藏戰國楚竹書（五）·季庚子問於孔子》研究》，國立臺灣師範大學國文學系研究所碩士論文，2008。

5. 白海燕《《季庚子問於孔子》集釋》，吉林大學碩士論文，2009。

6. 李佩珊《《上博五·三德》考釋及其相關問題研究》，國立臺南大學國語文學系國語文教學碩士班碩士論文，2007。

7. 范玉珠《上海博物館藏戰國楚竹書《三德》研究》，東北師範大學碩士論文，2007。

8. 陳雅雯《《上海博物館藏戰國楚竹書（五）·三德》研究》，國立臺灣師範大學國文學系在職進修碩士班碩士論文，2008。

9. 鐘明《《上海博物館藏戰國楚竹書（五）》研究概況及文字編》，吉林大學碩士論文，2007。

10. 洪淑玲《《上博六·孔子見季桓子》研究》，國立臺灣師範大學國文學系在職進修碩士班碩士論文，2008。

11. 倪薇淳《《上海博物館藏戰國楚竹書（六）·競公瘧》研究》，國立臺灣師範大學國文學系在職進修碩士班碩士論文，2008。

12. 高榮鴻《上博楚簡齊國史料研究》，國立中興大學中國文學系所碩士論文，2007。

13. 郭蕾蕾《《上海博物館藏戰國楚竹書（六）》研究概況及文字編》，吉林大學碩士論文，2008。

14. 楊寬蒨《上海博物館藏戰國楚竹書（六）異文的整理研究》，東北師範大學碩士論文，2008。

四、工具書

目前所見市面上整理《上博》的工具書，除了李守奎、曲冰、孫偉龍編著的《上海博物藏戰國楚竹書（一～五）文字篇》之外，滕壬生編新版的《楚系簡帛文字編（增訂本）》也加入了《上博》的文字材料〔註14〕。

第三節　研究方法與步驟

以下分別由「研究方法」與「研究步驟」來談：

一、研究方法

本論文的撰寫，採以下各種研究方法進行：

（一）偏旁分析法

此方法是由清末孫詒讓開始的，先把已經認識的古文字，分析爲若干單體，即是偏旁，再把每一個單體的各種不同形式集合起來，研究它們的發展變化，一一認識各個單體以後，再結合起來認識疑難字〔註15〕。此方法的前提是先認識古文字的各種偏旁，同時也要知道各種偏旁之間的通用關係才能達到目的，但是此方法必須審慎使用，若對偏旁理解錯誤，要正確考釋古文字無疑是緣木求魚〔註16〕。

〔註14〕目前修訂的版本僅取材至《上博二》爲止。參滕壬生《楚系簡帛文字編（增訂本）》（武漢：湖北教育出版社，2008.10）。

〔註15〕參唐蘭《古文字學導論》（台北：學海出版社，1986年8月初版），頁179；及高明《中國古文字學通論》（北京：北京大學出版社，2005年5月六刷），頁170～171。

〔註16〕參高明《中國古文字學通論》（北京：北京大學出版社，2005年5月六刷），頁171。

（二）共時比較法

于省吾曰：

> 古文字是客觀存在的，有形可識，有音可讀，有義可尋。其形、音、義之間是相互聯繫的。而且，任何古文字都不是孤立存在的。我們研究古文字，應注意每一個字本身的形、音、義三方面的相互關係，又應注意每一字和同時代其他字的横的關係，以及它們在不同時代的發生、發展和變化的縱的關係。只要深入具體地全面分析這幾種關係，是可以得出符合客觀的認識的。〔註 17〕

「共時比較法」即是屬於橫向的比較方法，除了比較楚系文字之外，也打破五系的框架，可與戰國時期之其他簡牘、帛書、璽印、陶文、金文等材料間的排比。另外，傳鈔古文也可作參考，如《汗簡》、《古文四聲韻》，亦同屬共時比較的範圍。

（三）歷時比較法

或稱爲「對照法」〔註 18〕、「歷史考證法」〔註 19〕、「因襲比較法」〔註 20〕。此即于省吾所說的「縱的關係」，屬於縱向的比較方法，不僅由上承殷商甲骨文、西周金文來對比戰國文字材料，下啓篆隸秦漢文字材料，抑或由許慎《說文解字》等後世字書提供的說法，均可作爲本論文研究的參考對象。

（四）二重證據法

即高明提到所謂「據禮俗制度釋字」的方法。〔註 21〕各種出土的古代文獻確實有助於古書的還原以及證成工作，而傳世典籍亦有助於出土文獻的研究工作，本論文參考相關之傳世文獻，包含《尚書》、《詩經》、《周易》、《周禮》、《左傳》、《史記》等，內容互相參照，不僅得以了解簡文內容，並還原歷史的眞相。

〔註 17〕于省吾《甲骨文字釋林．序》（北京：中華書局，1999.11），頁 3。

〔註 18〕唐蘭《古文字學導論》（台北：學海出版社，1986 年 8 月初版），頁 163～170。

〔註 19〕唐蘭《古文字學導論》（台北：學海出版社，1986 年 8 月初版），頁 193～202。

〔註 20〕高明《中國古文字學通論》（北京：北京大學出版社，2005 年 5 月六刷），頁 168～169。

〔註 21〕高明《中國古文字學通論》（北京：北京大學出版社，2005 年 5 月六刷），頁 171～172。

以上博楚簡而言，目前發表的篇目，分為與傳世文獻或其他出土文獻有對應關係的抄本和佔大多數的古佚文獻。以前者而言，目前的研究工作偏向與傳本及其他材料的對讀、比較。可與傳本的對讀者，例如《上博（三）．周易》是目前發現最早的《周易》版本；與其他出土文獻的對應者，例如《上博（一）．性情論》與《郭店．性自命出》之間的關係；而三者合觀的有《上博（一）．紂衣》、《禮記．緇衣》及《郭店．茲衣》等。通過對讀與比較，我們除了較容易釋讀出土文獻之外，同時透過二者的差異，可以獲得一些新的資訊，例如是異體字或有通假的可能，進而運用到其他疑難字上，進一步釋讀其他的文獻材料。

（五）辭例推勘法

此方法為唐蘭所提出〔註22〕，所謂辭例推勘法，一方面可指依據文獻中詞語推勘，即配合二重證據法，利用傳世文獻的辭例來進行對照；一方面又指辭例的內部分析，透過分析待考字詞於句中與前後文的關係，了解其可能的用法及意義，亦即朱歧祥所說的：「這種先弄懂整個句子內容的大方向，透過成串已知符號的詞位、詞序以及上下文義，先鎖定待考的未知字形在詞性和用義上的可能性，亦即收窄了決定它成為後來某一字的可能性。如此見林復又見木的考字方式，才能客觀的保障破讀字形的正確無誤。」〔註23〕

（六）科際整合法

古文字的研究，不僅是中文學科的一環，更是文史學科的整合，因此如考古工作的成果、以及文獻史料的運用，皆是研究工作參考的對象；另外在科技日新月異的今日，傳統的研究方法已不敷應用，電腦工具、網路資源的配合也是不可忽略的，因此本論文的研究運用數位典藏資料，加速研究工作的進行，而論文撰寫的過程，包括研究成果所需的圖片、文字，將一一運用電腦工具處理。

〔註22〕唐蘭在《古文字學導論》一書中稱為「推勘法」（台北：學海出版社，1986年8月初版，頁170～175），高明於《中國古文字學通論》稱為「辭例推勘法」（北京：北京大學出版社，2005年5月六刷，頁169～170）。

〔註23〕朱歧祥《甲骨文字學》（台北：里仁書局，2002年），頁4。

二、研究步驟

本文首先蒐集該疑難字的相關研究材料，例如前輩學者的討論，牛頓說：「站在巨人的肩膀上能看得更遠」，因此通過前輩學者意見的蒐羅與分析，可以據此理解該疑難字研究的成果及不足。但是更多的研究成果仍屬未定論，即便是同一學者的考訂，也有「今日之我與昨日之我戰」、「自己打自己耳光」〔註 24〕的情況發生，因此若是以前人的研究爲基礎進行的研究，更須格外謹慎。

其次是字形歷時材料的蒐集與比對，在這浩瀚的文字資料庫中，礙於時間與空間，想要全面性蒐羅字形，實屬不易，所幸市面上已出版了許多工具書得以應用，例如甲骨文有孫海波《甲骨文編》，金文有容庚《金文編》，戰國文字有湯餘惠《戰國文字編》，而專屬楚系文字的有滕壬生《楚系簡帛文字》、李守奎《楚文字編》等，以及各種簡帛金石材料也大致都有文字編陸續出版了，透過檢索這些工具書，得以快速摘取所需要的文字材料，來釐清疑難字在文字史上的定位。

最後，在確認字形結構之後，同時配合聲韻、訓詁及語法的研究方法，進一步解決疑難字在簡文中的釋讀問題，而疑難字若非僅出現於《上博五》、《上博六》者，以見樹又見林的原則，在行有餘力的情況下，筆者也試圖去推勘疑難字在其他材料上的辭例意義，以便更全面性的了解疑難字在文獻學中的歷史定位。

〔註 24〕參李零〈三代考古的歷史斷想——從最近發表的上博楚簡〈容成氏〉、豳公盨和虞逑諸器想到的〉（《中國學術》，北京：商務印書館，2003 年 8 月），頁 188。

第二章　疑難字分釋

本章各節分釋《上博五》、《上博六》中的相關疑難字，共分七節，總括七個相關疑難字在字形、字音、字義的相關問題，並將個別疑難字回歸文本，說明其在原始材料上的用法。

第一節　釋「市」

一、前　言

《上博五．競建內之》簡 10 有一字形「」（以下簡稱△），戰國楚文字中第一次出現，字義令人費解，原考釋陳佩芬釋爲「廷」字，除林志鵬贊成此說之外，各家的解釋均不一，如何有祖釋爲「之身」合文、楊澤生釋爲「坣」字、禤健聰釋爲「者」字、以及趙平安以爲「市」字等各種說法，以下就字形上，以及在辭例中的使用意義，試析其字的可能釋讀方式。

二、學者討論

△字的字形及其文例如下：

	上博五．競建內之 10	公身爲亡（無）道，擁芋（華）倗（孟）子，㠯（以）馳於倪（郳）△。

目前學者們對△字的討論，在字形上共有五種不同的說法，分述如下：

（一）釋為「廷」

原考釋者陳佩芬以爲「廷」字。〔註1〕

李學勤以爲「桓公與華子馳於倪廷，倪廷是地方，或與在齊、宋中間的郳國（小邾）有關。」〔註2〕

林志鵬認爲「字從止，壬（音『廷』）聲，疑讀爲『逞』，訓爲縱容、放任，屬下讀。」〔註3〕

而在其〈楚竹書《鮑叔與隰朋之諫》補釋〉一文中再進一步指出：

> 「郳廷」二字從整理者釋。或將「廷」字改釋爲「市」，疑非。簡文「廷」字從止、壬聲（「呈」「淫」等字所從聲），與部分戰國文字「市」字從土、之聲，明顯有別。《說文》：「廷，朝中也。從廴，壬聲。」李孝定先生指出，《說文》「廴」字蓋由「彳」沿訛所致，不當別立一部，而古文字從彳、從止、從辵之字多得通。簡文此字上從止，下從壬聲，當爲「廷」字異體。古代「廷」無屋蓋，且其地寬廣，可容馬周旋驅馳。《韓非子．外儲說右上》載「楚王急召太子。楚國之法，車不得至於茆門。天雨，廷中有潦，太子遂趨車至於茆門。廷理曰：『車不得至茆門。非法也。』太子曰：『王召急，不得須無潦。』遂驅之。廷理舉殳而擊其馬，敗其駕。」茆門即雉門。楚太子之車過庫門後，依法當止，但因廷中下雨積水，故驅車直入雉門。簡文謂桓公「擁華孟子以馳於郳廷」正可見其驕泰。整理者引《左傳》注疏，以「郳廷」之「郳」爲「數從齊桓，以尊周室，王命以爲小邾子」的小邾國。趙平安則據《說文》「郳，齊地」及上引《說苑》「與婦人同輿馳於邑中」，謂簡文之「郳」爲齊邑。按，簡文既云「郳廷」，則郳當從整理者說爲齊附庸之小邾

〔註1〕馬承源《上海博物館藏戰國楚竹書（五）》（上海：上海古籍出版社，2005.12），頁175。

〔註2〕李學勤〈試釋楚簡《鮑叔牙與隰朋之諫》〉（《文物》，2006年第9期），頁92。

〔註3〕林志鵬〈上博楚竹書《競建內之》重編新解〉（簡帛網，2006.02.25，網址：http://www.bsm.org.cn/show_article.php?id=234）

國。〔註 4〕

（二）釋為「之身」合文

何有祖以爲「原疑釋爲『廷』，不可信。疑當釋爲『之身』合文。」〔註 5〕

（三）釋為「𡈼」

楊澤生釋爲「𡈼」字，他說：「『倪𡈼』當讀『彌廣』。古書『麑』和『彌』相通，和『麑』具有相同聲符的『倪』自可讀作『彌』。『彌』也是『廣』的意思，『彌廣』即廣闊之地。」〔註 6〕

（四）釋為「者」

禤健聰釋爲「者」字，他認爲：

> 此字整理者原釋「廷」，其實應是「者」字。楚簡「者」字寫法多樣，有下從「壬」者，如「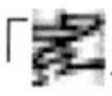」（上博《孔子詩論》簡 1），上揭之字下部亦從「壬」，唯末筆彎曲，遂與「身」字或體形近。相關文句讀爲「進芋僩子，以馳于倪者」。〔註 7〕

而其在〈上博楚簡（五）零箚（二）〉中又提到：

> 「倪」當如字讀，義爲弱小，《孟子．梁惠王上》：「王速出令，反其旄倪。」趙歧注：「倪，弱小。」「者」字作，同篇「者」字屢見，均與之形異。不過楚簡同篇之中一字數體者常見，如上博《弟子問》篇「者」字作（簡 14），或體又作（簡 21）。此字上從「止」，亦與楚簡「者」字一般上從「」不同，然此篇「者」字上部自有如是省作者，如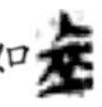（簡 8）。此與「前」字本從「止」，或體寫作「」（郭店《尊德義》簡 2）的字形演變方向正好相反。准此，釋爲「者」

〔註 4〕林志鵬〈楚竹書《鮑叔牙與隰朋之諫》補釋〉（簡帛網，2007.07.13，網址：http://www.bsm.org.cn/show_article.php?id=618）

〔註 5〕何有祖〈上博（五）零釋〉（簡帛網，2006.02.22，網址：http://www.bsm.org.cn/show_article.php?id=221）

〔註 6〕楊澤生〈讀上博簡《競建內之》短箚兩則〉（簡帛網，2006.02.24，網址：http://www.bsm.org.cn/show_article.php?id=225）

〔註 7〕禤健聰〈上博楚簡（五）零箚（一）〉（簡帛網，2006.02.24，網址：http://www.bsm.org.cn/show_article.php?id=236）

當不誣。「倪者」即弱者。〔註8〕

（五）釋為「市」

趙平安以爲「市」字，他說：

倪後一字作字頭部分和廷差別很大，不可能是廷字。它和浙江省博物館藏印（圖二）右下角一字，以及安徽省臨泉縣博物館所藏陶罐上的印文（圖三）第一字相彷彿，可以看作一個字的不同寫法。

（圖二）

（《古璽彙編》5602）

（圖三）

（《古文字研究》第二十二輯，第179頁）

這兩枚都是楚式風格印。前一印右下角一字吳振武釋爲市，《戰國文字編》收錄。後一印第一字韓自強、韓朝先生釋爲市，《楚文字編》從之。而《鄂君啓車節》、包山簡191號等處「市」寫法與印文一路，我認爲各家的處理是適當的。關於市字的形體解釋，可參看裘錫圭先生《戰國文字中的「市」》一文。看來，把「倪」下一字釋爲市是不會有多大問題的。〔註9〕

三、字形分析

以下就各家之說法，分別討論之：

（一）釋「廷」說

原考釋者陳佩芬以爲「廷」字，李學勤、林志鵬從之，筆者檢閱古文字

〔註8〕禤健聰〈上博楚簡（五）零劄（二）〉（簡帛網，2006.02.26，網址：http://www.bsm.org.cn/show_article.php?id=238）

〔註9〕此說首見於趙平安〈「進芋明（從人）子以馳于倪廷」解〉（簡帛網，2006.03.31，網址：http://www.bsm.org.cn/show_article.php?id=306），後收錄於趙平安〈上博藏楚竹書《競建內之》第9至10號簡考辨〉（《出土文獻研究》第八輯，上海：上海古籍出版社，2007.11），頁10。

「廷」字，摘錄字形如下表所示：

【字形表 1】

金文		西周早期.盂鼎	西周晚期.休盤	西周晚期.毛公𤼈鼎	西周晚期.諫簋	春秋中期.秦公簋
戰國文字	楚系	包山 2.07	包山 2.19	包山 2.49	郭店.成之聞之 34	上博二.容成氏 22
		上博三.周易 48	上博四.昭王毀室 1	上博四.柬大王泊旱 17	上博五.姑成家父 9	上博五.姑成家父 9
	秦系	睡虎地.秦 197	睡虎地.法 38			

《說文》:「廷，朝中也。從廴，王聲。」

「廷」字古文字形最早見於金文，如（西周早期・盂鼎）、（西周中期・走馬休盤）、（西周晚期・毛公𤼈鼎）、（春秋中期・秦公簋）等，吳大澂指出「」從人從土，𠃊形象其地也，林義光以爲𠃊形象庭隅之形、王聲，高鴻縉以爲「」字爲階前曲地，從𠃊、㐱聲，省土形，季師旭昇指出「『𠃊』爲「ㄣ」的初文，表示一個隱蔽的區域，字從人立於一個區域，『人』形後來聲化爲『壬（挺）聲』，『㐱』可能象灑掃形。上古音『廷』在定紐耕部，『㐱』在章紐文部，二字韻部相去稍遠，韻尾也不同，但古書有通押的例子，所以『廷』也有可能從『㐱』聲。」〔註 10〕

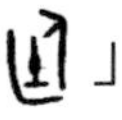

戰國楚文字承襲金文字形而有訛變，李守奎、曲冰、孫偉龍《上海博物館藏戰國楚竹書（一～五）文字編》指出：「所從『勿』當是『人』之譌變。」

〔註 10〕季師旭昇《說文新證（上）》，（臺北：藝文印書館，2002.10），頁 122。

〔註 11〕

針對秦系文字，季師旭昇指出「秦漢文字『乚』部訛從『廴』，後世隸楷承此形」〔註 12〕。

將△字與戰國楚系的「廷」字兩相對照，可知其相去甚遠，實不宜看做同一字。

而針對「廷」字的說法，林志鵬則以為從止、王聲， 王為「呈」、「淫」字所從聲，以下將古文字「王」字相關諸字羅列如下：

【字形表 2】

甲骨文		商.後 2.38.1	商.徵 4.47	商.合 19701		
戰國文字	單字	戰.燕.璽彙 3384	戰.晉.貨系 270			
	偏旁	信陽 2.010（坙）	上博一.緇衣 4（淫）	璽彙 4521（呈）	璽彙 4522（呈）	璽彙 4523（呈）
		璽彙 4524（呈）	上博二.容成氏 31（聖）	包山 2.094（聖）	包山 2.145（望）	郭店.緇衣 3（望）
		郭店.窮達以時 4（望）	郭店.語叢二 33（望）			

《說文》：「王，善也。從人士，士、事也。一曰：象物出地挺生也。凡王之屬皆從王。」

〔註 11〕李守奎、曲冰、孫偉龍《上海博物館藏戰國楚竹書（一～五）文字編》（北京：作家出版社，2007.12），頁 100。

〔註 12〕季師旭昇《說文新證（上）》，（臺北：藝文印書館，2002.10），頁 122。

商承祚指出「此字當從土，不當從士。」〔註13〕，李孝定指出「鼎臣云『人在土上，壬然而立』是也……字從人在土上，壬然而立，英挺勁拔，故引申之得有『善也』之誼也。許云從土，土之誤也」〔註14〕，季師以爲李說甚是，指出「壬」字本義爲「挺的本字，挺立」〔註15〕。

宛臻按：針對原考釋釋作「廷」字之說，與戰國楚系「廷」字相比較，△字與「廷」字顯然不同，△字較楚系「廷」字省略了人形之訛的「勿」字，且增加了「止」形，而原考釋並未加以解釋；而針對林志鵬之說，△字從止、壬聲，並引李孝定所言「《說文》『廴』字蓋由『彳』沿訛所致，不當別立一部，而古文字從彳、從止、從辵之字多得通。」以爲△字當爲「廷」字異體，此言差矣。李孝定在其《讀說文記》釋「廴」一文還原如下：

> 說文：「廴，長行也，从彳引之，凡廴之屬皆從廴」。按此部及下㢟部頗費解，甲骨金文偏旁，未見從廴作者，如廷金文作[illegible]，從𠃊，象庭院之有隅；延即征，古文從彳；建字金文兩見，亦不從廴，而許書廴部僅此三字，是則此部蓋爲此三字之篆體而設也。廷爲形聲字，其義與行止無涉，如從古文字形，勉可入𠃊部，說文十二卷𠃊下云：「匿也，象迟曲隱蔽形」，其義與庭院四隅相近，小篆譌爲從廴耳。延即征字之譌，音義皆同，不當歧爲二字。至建字許君解爲「立朝律，從聿，從廴」，從聿與律字從聿同意，而從廴於義無取，清儒於此亦乏善解。金文編建下收二篆，一作[illegible]，銘云：「[illegible]建作寶器」（建鼎）。從辵與從彳同，一作[illegible]，銘云：「建我邦國」（蔡侯鐘）。字從𠃊，與廷同，亦不從廴，是則廴字蓋由彳字沿譌所致，不當別立一部也。下㢟部云：「安步㢟㢟也，從廴從止。凡㢟之屬皆從㢟」，此與廴字音義皆近，古文從彳、從止、從辵之字多得通，是廴、㢟無別也，㢟字甲骨文作[illegible]、[illegible]，金文作[illegible]，均從彳從止，與辵字同，不從廴，㢟部所屬，僅一延字，訓長行也，義與廴同，而㢟、延聲韻並同，與廴字音亦相近，竊疑辵、[illegible]、徙、㢟、延、廴，古本一

〔註13〕商承祚《殷虛文字類編》（臺北：文史哲出版社，1979年），卷8頁5上。

〔註14〕李孝定《甲骨文字集釋》（臺北：中央研究院史語所，1977年），頁2709。

〔註15〕季師旭昇《說文新證（下）》（臺北：藝文印書館，2004.11），頁21～22。

> 字，及後孳乳寖多，音義小別，辵字許訓「乍行乍止」，徙訓「迻也」，其重文作「征」，與甲骨金文之「征」同，「㢟」訓「安步㢟㢟」，「延」訓「長行」，「廴」亦訓「長行」，義猶相同或相因也。〔註16〕

李孝定其文重點有二：

1. 甲骨金文偏旁，未見從「廴」作者；是則廴字蓋由彳字沿譌所致，不當別立一部也。

2. 辵、征、徙、㢟、延、廴，古本一字，及後孳乳寖多，音義小別。

其中李孝定指出「廷爲形聲字，其義與行止無涉，如從古文字形，勉可入乚部，說文十二卷乚下云：『匿也，象迟曲隱蔽形』，其義與庭院四隅相近，小篆譌爲從廴耳」。

由此可知林志鵬之說有三誤，一是誤會李孝定所指「『廴』字蓋由『彳』沿訛所致，不當別立一部」該句文意，李孝定在其文中已指出「廷」字非從廴而從乚；二是誤以爲「廷」字偏旁與「行止」相關，故與從彳、從止、從辵之字得通，實際上「廷」字與「行止」無關；三是誤用後世「廷」字作爲抽換偏旁的基礎，實際上「廷」字原從「乚」，秦漢以降從「廴」乃訛變所致。

除此之外，林志鵬以爲△字從止、王聲，而實際上△字字形非從「王」，「王」字單字戰國楚系文字未見，偏旁如（垩）、（呈）、（聖）所從，而△字其下所從之末筆爲一曲筆，與「王」字末筆爲一橫筆實不相同，關於此點，林志鵬並未加以解釋。

據此可知無論是原考釋釋「廷」的說法，抑或林志鵬從止、王聲的說法，都是有待修正的。

（二）釋為「之身」合文

何有祖以爲△字爲「之身」合文。

宛臻按：古文字「止」與「之」區別甚嚴，一般並不混用，因此其中△字其上所從爲「止」字，而非「之」字。〔註17〕

「身」字楚文字字形，李守奎、曲冰、孫偉龍《上海博物館藏戰國楚竹書

〔註16〕李孝定《讀說文記》（臺北：中央研究院歷史語言研究所，1992年），頁49～50。

〔註17〕筆者於本論文中第二章第三節〈說「䇂」〉一文有詳細的論述，於此不再贅述。

（一～五）文字編》中分爲九類，從中可見其梗概，筆者增補《上博六》、《上博七》內「身」字字形，同列於下表：

【字形表 3】

A	 上博一.緇衣 19	 上博五.鮑叔牙與隰朋之諫 6			
B	 上博四.柬大王泊旱 6	 上博四.柬大王泊旱 7	 上博四.柬大王泊旱 21	 上博六.競公瘧 3	 上博六.慎子曰恭儉 1
	 上博六.天子建州甲 2	 上博六.天子建州甲 2	 上博六.天子建州甲 3	 上博六.天子建州甲 6	 上博六.天子建州甲 7
	 上博六.天子建州乙 2	 上博六.天子建州乙 2	 上博六.天子建州乙 2	 上博六.天子建州乙 5	 上博六.天子建州乙 6
	 上博七.君人者何必安哉甲 8	 上博七.君人者何必安哉乙 8	 上博七.凡物流形 6	 上博七.凡物流形 22	 上博七.凡物流形 23
C	 上博五.君子爲禮 2	 上博五.君子爲禮 7			
D	 上博三.周易 48	 上博五.三德 11	 上博五.鬼神之明 2	 上博六.用曰 6	 上博六.用曰 16
	 上博七.武王踐阼 5	 上博七.武王踐阼 12	 上博七.凡物流形 5	 上博七.凡物流形 13	 上博七.凡物流形 16

E	 上博五.競建內之 5	 上博五.競建內之 5	 上博五.競建內之 9		
F	 上博二.容成氏 22	 上博二.容成氏 35	 上博三.彭祖 6	 上博四.曹沫之陣 34	
G	 上博四.曹沫之陣 9	 上博五.鮑叔牙與隰朋之諫 7	 上博五.三德 3	 上博五.三德 13	 上博五.三德 17
H	 上博四.曹沫之陣 40	 上博四.曹沫之陣 65			
I	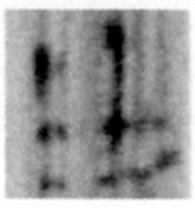 上博一.性情論 25	 上博一.性情論 25	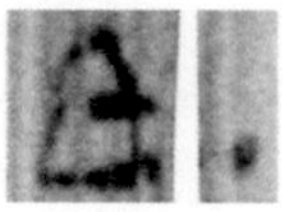 上博一.性情論 27	 上博一.性情論 30	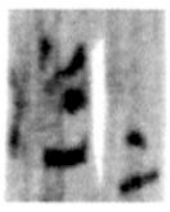 上博一.性情論 36
	 上博三.彭祖 1	 上博四.昭王與龔之脽 9			

究臻按：依上表所示，與△字相比較，以 I 類字形與△字所從最爲接近，似乎不可排除△字從「身」的可能，但值得注意的是 E 類字形的三個「身」字出處與△字的出處皆爲《上博五．競建內之》，但 E 類的三個「身」字皆作「」，顯然與△字所從者不同，故△字所從是否爲「身」字又有待重新檢視了。

另外，「之身」合文究竟如何釋讀也是值得玩味的，目前看來顯然宜改釋爲「止身」，此釋讀可通否，於下文「辭例釋讀」再逕行討論。

（三）釋「㞷」說

楊澤生釋爲「㞷」字，古文字「㞷」字字形演變大致如下表所示：

【字形表 4】

 1 商.甲 190	 2 商.京津 5284	 3 商.後 1.12.2	 4 商.林 1. 29.11	 5 西周早.𨟻卣
 6 春戰.晉.侯馬 67:30	 7 戰國晚期.晉.𡨦蚉壺	 8戰國早期.齊.陳逆簋	 9 戰國.楚.望山 2.15	 10 戰國.楚.郭店.老子乙 11
 11 戰國.楚.包山 2.029	 12 戰國.楚.包山 2.087	 13 戰國.楚.包山 2.092	 14 戰國.楚.包山 2.099	 15 戰國.楚.包山 2.100
 16 戰國.楚.包山 2.103	 17 戰國.楚.包山 2.103	 18 戰國.楚.包山 2.125	 19 戰國.楚.上博六.愼子曰恭儉 4	

《說文》:「㞷，艸木妄生也。從之在土上，讀若皇。」

甲骨文「㞷」字，羅振玉以爲「從止從土，知㞷爲往來之本字，許訓㞷爲艸木妄生而別以徃爲往來字，非也。」〔註 18〕季師旭昇則指出「釋形似應爲『從之、從土』，『之』本即有往義，加『土』強化地上行動的意味。前輩學者多釋爲『從止、王聲』，但從歷代字形演變來看，應該從之。尤其戰國文字毫無例外地一律從之，戰國文字除了秦系之外，之形和止形一般是不混淆的。」〔註 19〕季師之說當是也。戰國文字上從「之」形，下從「土」形或「王」形，由字形結構來看，甲骨文字形似乎宜看作從之從土較合理，而戰國文字「土」形與「王」形往往互用〔註 20〕。

宛臻按：△字與「㞷」字字形相比較，可以發現△字上從「止」形，與戰

〔註 18〕羅振玉《增訂殷虛書契考釋》（臺北：藝文印書館，1969.02），中頁上。

〔註 19〕季師旭昇《說文新證（上）》（臺北：藝文印書館，2002.10），頁 499。

〔註 20〕季師旭昇《說文新證（上）》（臺北：藝文印書館，2002.10），頁 499。

國楚文字「㞢」字上從「之」形不同，△字比「㞢」字上半部少了一筆，而下半部△字若解釋爲「壬」形，在本文前面已經指出的而△字其下所從之末筆爲一曲筆，與「壬」字末筆爲一橫筆不同。

（四）釋「者」說

禤健聰將△字釋爲「者」字，「者」字古文字形表列如下：

【字形表 5】

1 商.後 1.29.10	2 商.乙 2067	3 商.粹 1053	4 商代晚期.者姛爵	5 西周早.伯者父簋
6 西周中期.者兒觶	7 春秋.者減鐘	8 春秋晚期.王孫遺者鐘	9 春戰.晉.侯馬 85:28	10 戰國.晉.盗壺
11 戰國.晉.中山王礨壺	12 戰國.齊.璽彙 153	13 戰國.齊.陶彙 3.168	14 戰國.秦.陶彙 5.395	15 戰國.秦.睡虎地.雜 41

《說文》:「者，別事詞也。從白、𠂔聲。𠂔，古文旅。」

「者」本義不詳，甲骨文字形 1，於省吾釋「條」，以爲像枝條形〔註 21〕；字形 2 郭沫若釋爲「者」，以爲「煮」之初文，象器中有蒸氣上騰之形〔註 22〕；劉釗則以爲字形 1～3 均應釋爲「者」字〔註 23〕，季師指出以上各家之證據均不夠充分〔註 24〕。

金文「者」字形下從口，上所象不詳，季師指出「少數與木形有關，但大部分不是那麼像」〔註 25〕；而春秋以後字形，下從口形的部分，或訛爲「其」

〔註 21〕于省吾《殷契駢枝》（臺北：藝文印書館，1971 年），頁 5～8。

〔註 22〕郭沫若《卜辭通纂》（北京：科學出版社，1983 年），頁 239。

〔註 23〕劉釗〈釋[illegible]〉（《古文字研究》第十五輯，北京：中華書局，1986.06，頁 229～231；又見《古文字構形研究》，長春：吉林大學博士論文，1991 年，頁 194。）

〔註 24〕季師旭昇《說文新證（上）》（臺北：藝文印書館，2002.10），頁 265。

〔註 25〕季師旭昇《說文新證（上）》（臺北：藝文印書館，2002.10），頁 265。

形，如字形 8；或繁筆爲「甘」形，如字形 10。上部則字形有所增減，大致上均承襲金文而來；晉系字形上部則簡化訛成類似「止」形；戰國齊系璽印及陶文字形，過去或釋爲「向」、「尙」，朱德熙根據辭例以爲當釋爲「者」字〔註 26〕。

戰國楚文字「者」字字形異體極多，依其大致上可見的異體字形表列如下：

【字形表 6】

1 王孫遺巤鐘	2 王孫誥鐘	3䵼鐘	4䵼鐘	5 越王者旨於賜矛
6 越王者旨於賜劍	7 越王者旨於賜戈	8 包山 2.146	9 上博五.弟子問 6	10 包山 2.227
11 上博三.亙先 1	12 信陽 1.02	13 楚帛書.丙 11.3	14 上博二.容成氏 30	15 郭店.五行 40
16 天星觀.卜筮	17 郭店.性自命出 12	18 上博四.曹沫之陣 37	19 上博三.彭祖 7	20 郭店.緇衣 16
21 上博二.容成氏 22	22 郭店.老甲 37	23 上博五.競建內之 8	24 上博五.競建內之 8	25 上博一.孔子詩論 8
26 上博二.魯邦大旱 1	27 上博一.孔子詩論 3	28 上博一.性情論 38	29 上博一.性情論 38	30 郭店.唐虞之道 17

〔註 26〕朱德熙〈戰國陶文和璽印文字中的「者」字〉（《古文字研究》第一輯，北京：中華書局，1979.08），頁 116～120。

31 郭店.五行 19	32 郭店.語叢一 75	33 郭店.忠信之道 6	34 上博一.緇衣 22	35 上博一.緇衣 6
36 上博一.緇衣 13	37 郭店.唐虞之道 28	38 郭店.唐虞之道 9		

宛臻按：以上各戰國楚文字「者」字異體中，與△字字形較接近的是字形 25、26、27、28、29，字形 25（ ）、26（ ）下作似爲土形、字形 27（ ），下爲土形之省，但是此二形上方與△字上作「止」形完全不類，而字形 28（ ）、29（ ），其上方分別作「止」及「之」形，但下方作「衣」形，與「旅」字古文「 」字相近，《說文》以爲「 ，古文旅」，實則有誤〔註 27〕，而字形 27、28 與△字下方所從則不相似。而△字出處的《上博五．競建內之》中可見的「者」字字形，均作字形 23、24 的「 」或「 」形，與△字完全無涉，因此由字形上來推斷，△字釋爲「者」的可能性偏低。

（五）釋「市」說

趙平安將△字釋爲「市」字，以下就「市」字的古文字形做一討論。

《說文》：「 ，買賣所之也。市有垣，從冂、從乁。乁，古文及。象物相及也，之省聲。」

西周金文中被釋爲「市」的字形，目前僅見於兮甲盤中，其字形及文例并舉於下：

 	西周晚期．兮甲盤	王／令甲政（征）𤔲（辭）成週四方責（積），至／于南淮𡰥（夷），淮𡰥（夷）舊我帛（帛）畮（賄）人，母（毋）／敢不出其帛（帛）、其責（積）、其進人，／其賈母（毋）敢不即𠂤（次）、即 ，敢／不用令，則即井（刑）𢧢（撲）伐，其隹（唯）／我者（諸）侯、百生（姓），氒（厥）賈，母（毋）不即／ ，母（毋）敢或入䜌（蠻）宄賈，則亦／井（刑）。

〔註 27〕季師旭昇《說文新證（上）》（臺北：藝文印書館，2002.10），頁 265。

此字兮甲盤中兩見，孫詒讓以爲「市」字，其指出此字「上從㞢與之聲同部，中從冖即冂之變，下從丁即乀之也。」〔註28〕此說從之者甚多，如林義光指出「古作𢁉，從八丂，丂引也。買賣者分而引之。㞢聲。」〔註29〕《金文形義通解》以爲「從兮、止聲。從兮，取其喧聲之意。」〔註30〕各家字形解說均有可議之處，但顯然其上從之，而其下部件的意義，以及左右兩點的作用不明。

至於戰國時期的「市」字，字形各異其趣，表列如下：

【字形表7】

齊系	璽彙0152	璽彙0355	陶彙3.649	陶彙3.657	陶彙3.723
	陶彙3.731	陶彙3.1206			
燕系	璽彙0292	璽彙0354	璽彙0361	璽彙0870	璽彙5570
	璽彙1599	陶彙4.20			
晉系	貨系42	貨系44	璽彙2436	璽彙2868	璽彙2970
	璽彙0322	陶彙6.52			

〔註28〕孫詒讓《名原》下（濟南：齊魯書社，1986年），頁17。

〔註29〕林義光《文源》（臺北：新文豐出版公司，2006）。

〔註30〕張世超《金文形義通解》（京都：中文出版社，1996年），頁1357。

楚系	 鄂君啓車節	 鄂君啓舟節	 大市量	 包山 2.058	 包山 2.063
	 包山 2.095	 包山 2.128	 包山 2.128	 包山 2.191	 上博二.容成氏 18
	 上博二.容成氏 36	 璽彙 5602	 璽古研廿二		
秦系	 睡虎地.法 172	 睡虎地.秦 65	 睡虎地.日甲 75	 璽彙 3093	 璽彙 5708
	 官印 0008	 陶彙 3.1039	 陶彙 5.294	 陶彙 5.332	 陶彙 5.338
	 陶彙 7.6				

戰國時期的「市」字，各國間字形寫法均不相同。

戰國齊系文字的「市」字顯然是由兮甲盤的「[illegible]」字演變過來的，而僅是將「[illegible]」字左右兩點移至下方而已，而其所從「土」旁，裘錫圭《戰國文字中的「市」》一文指出：

> 齊國「市」字所从的「土」當是後加偏旁。戰國文字往往在字義與土有關的字加注「土」旁，如《說文》「宅」字古文作「[illegible]」，「丘」字古文作「[illegible]」，古印「[illegible]」（陰）字或作「[illegible]」（古徵 14.2 下）。古代的市是一個外有門垣，內有亭肆的建築群，「市」字加「土」與「宅」字加「土」同意。〔註 31〕

〔註 31〕裘錫圭〈戰國文字中的「市」〉（收錄於裘錫圭《古文字論集》，北京：中華書局，1992.08），頁 454～455。

而戰國燕系文字的「市」字與兮甲盤「」字差異較大，但裘錫圭認爲仍是由兮甲盤「」字演變而來，他指出：

> 這個字的上部是「之」字，古印「齒」字或作（《古徵》2.5上），可證。把兮甲盤「市」字所从的「丂」的彎筆拉直，并把「丂」旁的兩點也改成豎劃，讓它們都跟「之」的橫劃相接，就變成燕國的「市」字了。〔註32〕

而戰國晉系文字的「市」字，「之」形與「丂」形均合而爲一了，而在璽印中左右兩點均已省略，其下均加了「土」形。

而戰國楚系文字的「市」字，過去也有學者釋爲「㞷」（往）字，但與上文提過的「㞷」字寫法顯然不同，楚文字的「㞷」字上从「之」下从「王」，而楚系的「市」字有的字形與晉系「市」字相似，「之」形與「丂」形合一，省略中間的筆劃，下加了「土」形，如包山2.058的「」字；而有的字形左側又多了一筆，疑是由金文兮甲盤「市」左右兩點簡化而來，僅剩一筆，如鄂君啓車節的「」字。

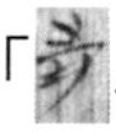

而秦系文字的「市」字，上部「之」形末筆與「丂」形的上部合一，下部演變情況與燕系「市」字的情形相似，「丂」形拉直了，而兩點也變成豎劃。

而關於「市」字的最早來源，季師旭昇提出可能與甲骨文中的「失」字有關的看法：

【字形表8】

 商.後1.19.6	 商.存2225	 商.珠679

以上甲骨字形丁山釋爲「失字初文，象人失足而血溢於趾形」〔註33〕，李家浩以爲在甲骨文當爲「昳」，爲時稱之一，他並把這個字形和金文「失」字、《郭店》「遊」字結合起來，肯定甲骨△爲「失」字〔註34〕。而季師旭昇指出

〔註32〕裘錫圭〈戰國文字中的「市」〉（收錄於裘錫圭《古文字論集》，北京：中華書局，1992.08），頁460。

〔註33〕丁山《商周史料考證》（北京：中華書局，1988），頁197～198。

〔註34〕李家浩〈讀《郭店楚墓竹簡》瑣議〉（《中國哲學》第二十輯，《郭店楚簡研究》，

「此字字形與兮甲盤『市』非常接近，疑『市』字即從『失』字分化而出，市字上古音屬禪紐之部開口三等；失屬審紐質部開口三等，聲母審禪爲旁紐，韻母之質旁對轉，如《毛詩．豳風．鴟鴞》一章以『子』（之部字）韻『室』（質部字）。」〔註 35〕

宛臻按：若「市」字的來源與甲骨文「失」字有關，則字形上疑从止，而其下初形可能與溢血於地之形有關，則兮甲盤的「市」其下分離爲「丂」形，而戰國文字則承襲甲骨字形，小點變成「八」形或省略一筆，又或增「土」旁，變成形聲字。

以△字與戰國楚文字「市」字比較來說，△字上从「止」形，而「市」字上从「之」形，而△字下从「王」形，但末筆作曲筆，「市」字下从「土」形，左右作「八」形或省略一筆。

（六）綜合討論

整體來說△字與「廷」、「之身」合文、「㞷」、「者」、「市」形作比較，與「廷」、「者」字的差異較大，先排除其可能性。

而與「㞷」字比較，字形差異主要在其部件上有些微差異，「㞷」字上从「之」形，但△上从「止」形，而下方部件「㞷」字下从「王」形，而△字下「王」形的末筆爲曲筆，釋爲「㞷」難以解釋爲何末筆是曲筆。

而△字與「市」字作比較，字形並不那麼相似，戰國楚文字形「市」字上从「之」形，則△字上从「止」形，但從甲骨文「失」字的角度來看，上原从「止」形，而△字中間少一橫劃，也許可以考慮△字演變成了下部「王」形的首筆，至於△字「王」形末筆曲筆的現象，也許是由兮甲盤「市」字其下「丂」形的訛變而來。

至於何有祖以爲「之身」合文的可能性也不排除，但是「之身」當改作「止身」合文，那「止身」合文意義上該如何解釋，當涉及到辭例本身，在以下辭例探析的部分進一步作討論。

瀋陽：遼寧教育出版社，1999），頁 339～358。

〔註 35〕季師旭昇《說文新證（上）》（台北：藝文印書館，2002.10），頁 448。

四、辭例探析

本句原文是「公身爲亡（無）道，進芋（華）倗（明）子以馳於倪△。迨迖（犬）畋（獵）郷（鄉），亡（無）羿（旗）厇（度）」，其中原考釋釋作「進芋（華）倗（明）子」一句，意爲「有進取心且有才華的明德聖君」〔註36〕，但明顯與前一句「公身爲無道」句意不合，而其他學者的意見大致有楊澤生的「進於盲子」，意指「甚於盲子」〔註37〕，但與上下文意不合；林志鵬的「進汙明子」意指「玷污賢明之人」〔註38〕，亦與此處文意不相合；禤健聰的「進誇盟子」，意指齊桓公外交上稱霸諸侯，驕倨騁誇，欺凌弱國〔註39〕，除與文意不相合外，亦無傳世文獻可資佐證；李守奎的「芋明子」是一個善於馳騁田獵，誘君遊樂的佞臣〔註40〕，此說亦文無文獻上的證據；以及李學勤〔註41〕、趙平安〔註42〕的「擁華孟子」，指桓公的內嬖宋華子，在《左傳》僖公十七年曾提到桓公內嬖宋華子，生公子雍。宋華子可能正是「華倗子」。

宛臻按：李學勤、趙平安的說法較爲合理，而其中李學勤指出「倪廷是地方，或與在齊、宋中間的郳國（小邾）有關。郳，《公羊傳》作『倪』」〔註43〕，至於簡文李學勤認爲當理解爲「桓公同內嬖宋華子乘車奔馳游玩」〔註44〕，筆者以爲李學勤所說當是，但據本文考釋的結果「倪」字的後一句非「廷」字，

〔註36〕馬承源《上海博物館藏戰國楚竹書（五）》（上海：上海古籍出版社，2005.12），頁175。

〔註37〕楊澤生〈讀上博簡《競建內之》短劄兩則〉（簡帛網，2006.02.24，網址：http://www.bsm.org.cn/show_article.php?id=225）

〔註38〕禤健聰〈上博楚簡（五）零劄（一）〉（簡帛網，2006.02.24，網址：http://www.bsm.org.cn/show_article.php?id=236）

〔註39〕林志鵬〈上博楚竹書《競建內之》重編新解〉（簡帛網，2006.02.25，網址：http://www.bsm.org.cn/show_article.php?id=234）

〔註40〕李守奎〈《鮑叔牙與隰明之諫》補釋〉（《新出楚簡國際學術研討會會議論文集．上博簡卷》，武漢：武漢大學簡帛研究中心，2006.06），頁31。

〔註41〕李學勤〈試釋楚簡《鮑叔牙與隰朋之諫》〉（《文物》，2006年第9期），頁92。

〔註42〕趙平安〈「進芋明（從人）子以馳于倪廷」解〉（簡帛網，2006.03.31，網址：http://www.bsm.org.cn/show_article.php?id=306）

〔註43〕李學勤〈試釋楚簡《鮑叔牙與隰朋之諫》〉（《文物》，2006年第9期），頁92。

〔註44〕李學勤〈試釋楚簡《鮑叔牙與隰朋之諫》〉（《文物》，2006年第9期），頁92。

但指地點是無疑的，至於指的是邑名抑或國名，則待考證，針對這點趙平安有一步的說明，趙平安將倪的後一字釋爲「市」字，並結合《說苑．尊賢》來理解：

將謂桓公仁義乎？殺兄而立，非仁義也。將謂桓公恭儉乎？與婦人同輿馳於邑中，非恭儉也。將謂桓公清潔乎？閨門之内無可嫁者，非清潔也。此三者，亡國失君之行也。然而桓公兼有之。

趙平安認爲「擁華倗子以馳于倪市」可與《說苑》的「婦人同輿馳於邑中」呼應，並進一步將「倪」定調爲「邑名」而非「國名」：

《説苑》提到這件事時，説疾驅於「邑中」，這種差別屬於廣義的異文，可以幫助我們理解學術史上的一宗懸案。《説文解字．邑部》：「郳，齊地。從邑，兒聲。《春秋傳》曰：『齊高厚定郳田。』」《説文解字注》：「《左傳．襄六年》：『齊侯滅萊，遷萊於郳。高原、崔杼定其田。』杜云：『遷萊子于郳國。』《正義》云：『郳即小邾。小邾附屬于齊，故滅萊國而遷其君於小邾。』按《世本》云：『邾顏居邾，肥徙郳。』宋仲子注：『邾顏別封小子肥於郳，爲小邾子。』《左傳》曰：『魯擊柝聞於邾。』小邾者，邾所別封，則其地亦在邾魯，不當爲齊地。今鄒縣有故邾城，滕縣東南有郳城，皆魯地。且郳之稱小邾久矣，不應又忽呼爲郳也。許意郳是齊地，非小邾國。凡地名同實異者不可枚數。如許書，邾非鄒國，是其例也。據《傳》云『遷萊於郳。高厚、崔杼定其田』，蓋定其與萊君之田，以郳田與之也。」郳的地望問題至今懸而未決，楊伯峻曾感歎「惜郳地今已無可考」。《説苑》稱「郳」爲「邑」，簡文郳自當爲齊邑，可以證明《説文》對郳的解釋是有根據的。〔註45〕

宛臻按：「倪」究竟是「邑名」抑或「國名」都無礙於將「倪」釋爲「地名」的結果，而趙平安指出的「市」字說有助於解決本文中「擁華孟子以馳於倪△」的釋義。而前文所提到的△釋爲「止身」合文的說法，在此句中說不通，故暫不採信。故筆者目前傾向將△字釋爲「市」字。

〔註45〕趙平安〈「進芋明（從人）子以馳于倪廷」解〉（簡帛網，2006.03.31，網址：http://www.bsm.org.cn/show_article.php?id=306）

五、結　語

《上博五·競建內之》簡 10 的△字，有原考釋、李學勤及林志鵬釋爲「廷」之說，以及何有祖釋爲「之身」合文、楊澤生釋爲「坣」字、禤健聰釋爲「者」字、以及趙平安以爲「市」字等諸說，據字形及字義來看，筆者傾向趙平安所釋的「倪市」一說，且將該句釋爲「擁華孟子以馳於倪市」，意指齊桓公同寵妃宋華子乘車馳騁游玩於郳市之中。

第二節　釋「逞」

一、前　言

《上博五·鮑叔牙與隰朋之諫》簡 4 有一句原考釋者隸作「篙（敦）遈（堪）伓（背）忎（願）」其句意費解，原考釋者釋爲「敦堪背願」，譯爲「違背天道的意願」〔註 46〕；陳劍隸爲「篤□伓忨」，將「敦」改釋爲「篤」〔註 47〕，其意未釋；季旭昇師則將原考釋者釋爲「遈」之字（以下稱△字），改釋爲「歡」，該句讀爲「篤歡附忨」，意爲「盡情歡樂，親附貪頑」〔註 48〕；李守奎將△字隸定作「逿」，讀爲「娛」，該句讀爲「篤虞附忨」，意爲「厚其樂而倍其欲」〔註 49〕；林志鵬釋△字爲「遏」，讀爲「篤惕倍忨」，譯爲「加倍貪求」〔註 50〕。其中關鍵爲原考釋者隸爲「遈」字之「」形，戰國楚文字中未見，本文試探求該形可能來源。

〔註 46〕陳佩芬〈鮑叔牙與隰朋之諫考釋〉（馬承源主編《上海博物館藏戰國楚竹書（五）》，上海：上海古籍出版社，2005.12），頁 186。

〔註 47〕陳劍〈談談《上博（五）》的竹簡分篇、拼合與編聯問題〉（武漢大學簡帛網，2006.02.19，網址：http://www.bsm.org.cn/show_article.php?id=204）

〔註 48〕季旭昇師〈《上博五.鮑叔牙與隰朋之諫》「篤歡附忨」解——兼談「錢器」〉（武漢大學簡帛網，2006.03.06，網址：http://www.bsm.org.cn/show_article.php?id=267）

〔註 49〕李守奎〈《鮑叔牙與隰朋之諫》補釋〉（《新出楚簡國際學術研討會會議論文集（上博簡卷）》，武漢：武漢大學簡帛研究中心，2006.06.26～28）

〔註 50〕林志鵬〈楚竹書《鮑叔牙與隰朋之諫》補釋〉（武漢大學簡帛網，2007.07.13，網址：http://www.bsm.org.cn/show_article.php?id=618）

二、學者討論

△字字形及其文例如下：

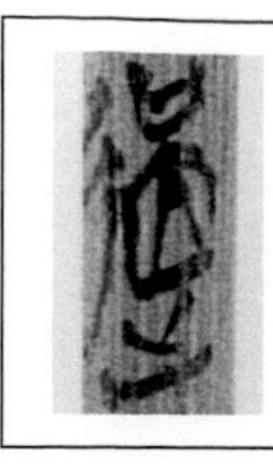	上博五．鮑叔牙與隰朋之諫 4	列（厲）民轞（獵）樂，篙（篤）△伓（倍）忎（忨），皮（疲）▢（蔽）齊邦。

原考釋隸定爲「篙（敦）湛（堪）伓（背）忎（願）」在注釋中釋爲：違背天道的意願。〔註 51〕

陳劍隸定作：「□民轞（？獵？）樂，篤□伓忨，疲弊齊邦。」〔註 52〕其中將「敦」改釋爲「篤」。

袁金平隸作「篤湛（湛）伓忨」〔註 53〕，未說明。

李學勤作「毒甚倍愿」，認爲「篙」讀作毒，《周易．師卦》王弼注：「猶役也」，意即役使，「湛」即「甚」，句意是役使過度，違背民眾意願。〔註 54〕

季旭昇師將原考釋釋爲「堪」字的「▢」字字形分析作：

> 右上方所從「▢」字，上從「口」，下從「立」，唯「立」之末筆訛爲「L」形，「L」形即《說文》卷十二下釋爲「匿也，象迟曲隱蔽形」之「ㄣ」字，象建築區中一塊隱蔽的區域，「區」、「廷」等字往往從之，與「立」字下部象人所站立之區域取義類似，故楚簡書手可以把「立」字下方寫成「□」形。據此，「▢」之隸定當可作「㕣」。

而其訓讀方式有三：

> 其一讀爲「篤歡背願」，即「盡情歡樂，背離民願」，惟此說把

〔註 51〕陳佩芬〈鮑叔牙與隰朋之諫考釋〉（馬承源主編《上海博物館藏戰國楚竹書（五）》，上海：上海古籍出版社，2005.12），頁 186。

〔註 52〕陳劍〈談談《上博（五）》的竹簡分篇、拼合與編聯問題〉（武漢大學簡帛網，2006.02.19，網址：http://www.bsm.org.cn/show_article.php?id=204）

〔註 53〕袁金平〈讀《上博（五）》劄記三則〉（武漢大學簡帛網，2006.02.26，網址：http://www.bsm.org.cn/show_article.php?id=240）

〔註 54〕李學勤〈試釋楚簡《鮑叔牙與隰朋之諫》〉（《文物》，2006 年第 9 期），頁 93。

「願」字解成「民願」，有增字解經之嫌；其二讀爲「篤歡倍忨」，即「盡情歡樂，加倍貪求」，《廣雅．釋詁二》：「忨，貪也。」其三讀爲「篤歡附忨」，即「盡情歡樂，親附貪頑」。第二、三解都可以説得過去。但第三説有本篇簡3「逖人之伓者七百」，「伓」字釋爲「附」的内證支持，釋爲齊桓公親附貪頑小人，也和史實比較接近。據此，「弁刂（鞭）民轞樂（？），籔（篤）逞（歡）伓（附）忢（忨），疲弊齊邦」謂：齊桓公以鞭民爲樂（？），盡情歡樂，親附貪頑，使齊邦日益疲弊。〔註55〕

李守奎該句隸作「籔（篤）遈（虞）伓（附）忢（忨）」，釋讀方式如下：

「」字見於楚帛書，從「敨」聲，是「築」字的異體，可以讀作「篤」，「篤」有加厚、增厚之義，如《孟子．梁惠王下》「以篤周怙」。「」字疑可隸定作「遈」，讀爲「娛」，「樂」是「娛」的常訓。《説文》有「忨」字，義爲「貪」。「忢」在古文字中多用作願望之「願」。《廣韻．願韻》：「願，欲也」。「願」與「忨」音義相通，願其不當願者則爲「貪」。「忨」在簡文中義爲貪欲，「倍忨」的結構與「篤娛」相同，二者相對成文，義爲厚其樂而倍其欲。〔註56〕

林志鵬則將原考釋釋爲「堪」之「」字釋爲「遏」，其字分析爲：

此字所從「」，上與「口」同；下部與「立」同，《説文》：「立，住也。」故其字象人駐止張口形，疑即「曷」字。《説文》：「曷，何也。從曰，匃聲。」《爾雅．釋詁》云：「曷，止也。」止之一義孳乳爲「遏」字，《説文》：「遏，微止也。」古文字從「口」與從「曰」可通用，而小篆「曷」之下部蓋即「立」形之訛。簡文「」字有「乚」形，尤與小篆「曷」近似，惟小篆字形下部因形訛而與「匃」同化，以致難以辨識出正立人形。應當指出的

〔註55〕季旭昇師〈《上博五.鮑叔牙與隰朋之諫》「篤歡附忨」解——兼談「錢器」〉（武漢大學簡帛網，2006.03.06，網址：http://www.bsm.org.cn/show_article.php?id=267）

〔註56〕李守奎〈《鮑叔牙與隰朋之諫》補釋〉（《新出楚簡國際學術研討會會議論文集（上博簡卷）》，武漢：武漢大學簡帛研究中心，2006.06.26～28）

是，「」之「ㄴ」形並非《說文》訓爲「匿」之「乚」字，而爲書寫「」字底部橫畫時的自然筆勢。「曷」字之作「」，蓋以人停步張口形表達問疑之意，是以《說文》訓爲問詞「何」。

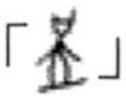

其訓讀爲：

「」字從曷、從辵，即「遏」字，在此疑讀爲「愒」。愒字一作「憩」，《說文》「愒」、「歇」二字皆訓「息」，音、義密切相關，當爲一組同源詞。惟此文「愒」與「忨」相對爲文，《爾雅・釋言》：「愒，貪也。」《說文》：「忨，貪也。從心，元聲。《春秋傳》：『忨歲而渴（從欠）日』。」段《注》：「貪者，欲物也。忨與玩、翫義皆略同。」《說文》所引《左傳》文見昭西元年：「翫歲而愒日，其與幾何？」杜預《注》：「翫、愒，皆貪也。」。簡文「篤愒倍忨」之「愒」、「忨」當同訓爲貪，而「篤」、「倍」有加深、加倍之義，意義相近。「篤愒倍忨」即「加倍貪求」之意。〔註57〕

因此，其字形隸定有四種，一：釋爲「遈」，讀爲「堪」或「湛」或「甚」；二：釋爲「逗」讀爲「歡」；三：釋爲「遈」，讀爲「娛」；四：釋爲「遏」，讀爲「愒」。

三、字形分析

「」形，戰國楚文字中未見，其字形可拆解爲三個部分，分別爲「彳」形、「止」形及「」形，「彳」形及「止」形，可以合爲「辵」形，而其中「」形偏旁的解釋則眾說紛紜，以下試探求「」字字形及可能來源。

（一）遈字說

原考釋者將此形隸定作「遈」，讀爲「堪」；袁金平從之，讀爲「湛」；李學勤則以爲「遈」即「甚」字。「遈」字字形古文字中未見，筆者蒐羅甲金文及戰國楚系之「甚」字及其作爲偏旁之字作比對，字形表示如下：

〔註57〕林志鵬〈楚竹書《鮑叔牙與隰朋之諫》補釋〉（武漢大學簡帛網，2007.07.13，網址：http://www.bsm.org.cn/show_article.php?id=618）

【字形表 1】

 1 西周中期.甚鼎	 2 西周晚期.儹匜（湛）	 3 西周晚期.毛公厝鼎（湛）	 4 西周晚期.諶鼎（諶）	 5 包山 2.158
 6 包山 2.198	 7 包山 2.169（湛）	 8 郭店.老子甲.5	 9 郭店.老子甲.36	 10 郭店.成之聞之.7
 11 郭店.唐虞之道.24	 12 郭店.唐虞之道.24	 13 郭店.唐虞之道.25	 14 郭店.語叢四.25	 15 郭店.緇衣 15
 16 郭店.尊德義 37	 17 郭店.性自命出.24	 18 郭店.性自命出 32	 19 郭店.性自命出 42	 20 郭店.性自命出 42
 21 郭店.性自命出 43	 22 郭店.性自命出 43	 23 上博 1.孔子詩論.24	 24 上博 1.性情論.20	 25 上博 1.性情論.35
 26 上博 1.性情論.35	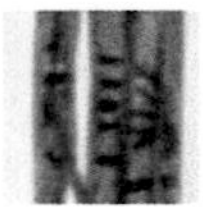 27 上博 1.性情論.36	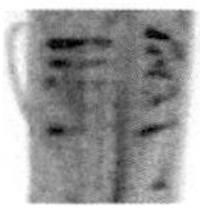 28 上博 1.性情論.36	 29 上博 1.性情論.36	 30 上博 2.子羔.2
 31 上博 2.魯邦大旱.4	 32 上博 2.魯邦大旱.5	 33 上博 2.容成氏.6	 34 上博 4.柬大王泊旱.8	35 上博 4.柬大王泊旱.22
 36 上博 5.季庚子問於孔子.11	 37 上博 6.競公瘧.1	 38 上博 6.用曰.19		

《說文》:「 ，尤安樂也。从甘，从匹耦也。」

由上表字形來看「甚」字，甲骨文中未見，金文字形 1 作「 」（甚鼎），字形從匕從甘，高鴻縉則謂:「象口含食物，復有匙引物而食之形。由文『口』生意，故託以寄太甚（口食不止）之意，副詞。」〔註58〕季旭昇師則以為「『甚』字似當從匕口，會以匕送食物至口，甚爲安樂之意。」〔註59〕二說皆有道理。字形 2「 」（僩匜）偏旁所從「甚」字，匕形內增加兩點繁飾，成爲「匹」形，即從世所見「甚」字中「匹」形的來源。字形 3（毛公曆鼎）、4（諶鼎）所從偏旁「甚」字，「甘」保留作「口」形。

楚文字形 9 從口形，季旭昇師以爲「上所加之『八』形爲繁飾，『八』形寫在『匕』內，則成『匹』字。」〔註60〕或又於八形下加一短橫，亦爲飾筆，楚系「甚」字，大抵作此，如字形 5、6、8、10、15、16、18～35、37、38。而字形 4，包山「湛」所從「甚」之偏旁，承自毛公曆鼎、諶鼎的寫法，字形 11～14，及字形 36，亦同此形。字形 17 訛從「或」形。

宛臻按:「甚」字字形演變過程，如下所示:

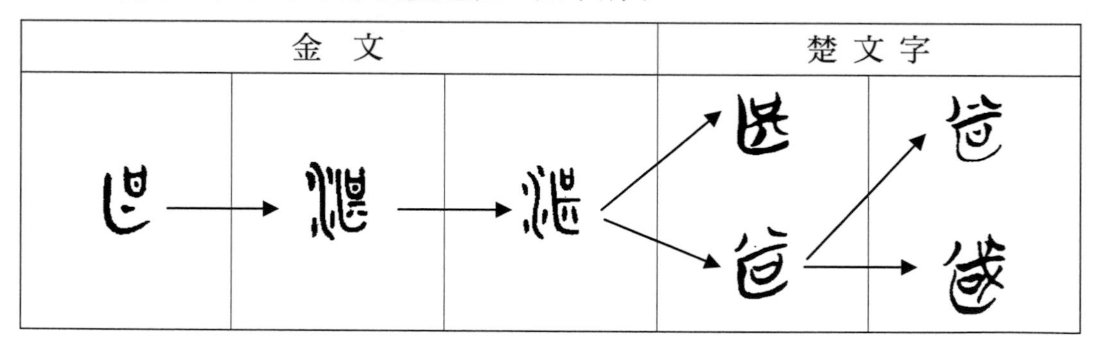

由以上演變來看，楚文字「甚」字字形的組成，總不脫離以匕形、口形，並加上八形等飾筆的組合，八形與口形或調換位置〔註61〕。但是《上博五·鮑叔牙與隰朋之諫》簡 4 的「 」形所從「 」形偏旁，細看其筆劃，上從口，

〔註58〕高鴻縉《中國字例》（臺北：三民書局，1992 年 10 月），頁 318。

〔註59〕季旭昇師《說文新證（上）》（臺北：藝文印書館，2002 年 10 月），頁 380。

〔註60〕季旭昇師《說文新證（上）》（臺北：藝文印書館，2002 年 10 月），頁 380。

〔註61〕魏宜輝稱此現象爲「筆畫錯位訛變」，參魏宜輝《楚系簡帛文字形體訛變分析》（南京：南京大學博士論文，2003），頁 16～24；蘇建洲學長則稱此爲偏旁移動，參蘇建洲《《上博楚竹書》文字及相關問題研究》（台北：萬卷樓圖書股份有限公司，2008.01），237。

其下並非從匕形，而是四道斜筆作大形，並加上一條L形的曲筆。由此可知「」形所從「」形並非「甚」字。

（二）逿字說

△字，李守奎隸定作「逿」，讀爲「娛」，「逿」字古文字中未見，以下試還原偏旁「吳」在古文字中的使用情形：

【字形表2】

 1 前 4.29.4	 2 甲 1351	 3 甲 2668	 4 乙 1245	 5 乙 2418
 6 乙 6669	 7 西周中期.師酉簋	 8 西周中期.免簋	 9 西周中期.同簋	 10 西周晚期.吳姬匜
 11 春秋晚期.吳王夫差矛	 12 曾侯乙 43	 13 曾侯乙 61	 14 曾侯乙 123	 15 曾侯乙 128
 16 曾侯乙 136	 17 包山 2.98	 18 包山 2.122	 19 包山 2.167	 20 包山 2.169
 21 包山 2.174	 22 郭店.唐虞之道 1	 23 郭店.唐虞之道 9	 24 郭店.唐虞之道 10	 25 郭店.唐虞之道 13
 26 郭店.唐虞之道 27	 27 璽彙 1183	 28 璽彙 1184		

甲骨文中的「吳」字尚有爭議。字形1，孫海波《甲骨文編》隸定作「吳」字〔註62〕，徐中舒《甲骨文字典》則列在「夭」字〔註63〕，其文例爲：「……

〔註62〕孫海波《甲骨文編》（北京：中華書局，2004年1月），頁423。

辰卜貞……雔……不作艱不葬」，由於下文殘斷，故其義不明，是否爲吳字待考。

字形 2～6 等諸形，金恒祥《續甲骨文編》列於「吳」字之下，此一系列字形在甲骨文中用爲人名或地名、方國名。孫詒讓釋爲「皋」〔註 64〕，又釋爲「臭」〔註 65〕；葉玉森釋爲「昊」〔註 66〕；郭沫若以爲此字「酷肖魚脊骨之形，當是脊之初文」〔註 67〕；唐蘭釋爲「岦」，象蜥易形〔註 68〕，姚孝遂從之〔註 69〕；朱歧祥以爲象爬蟲之形，隸作「吳」〔註 70〕。

而金文、楚簡「吳」字字形大抵相承。何琳儀《戰國古文字典》以爲：「吳，金文作 （師酉簋）。从矢，从口，會大言之意。戰國文字承襲金文。矢或演化爲大形，口或下移至大形右臂中間。」〔註 71〕

而其中字形 18，包山簡 122 的「」形，何琳儀隸定作「吴」，以爲是吳之異文〔註 72〕，劉信芳逕隸定作「吳」〔註 73〕，其文例爲：

> 子執競（景）不割（害），里公吳拘、亞□、[illegible]（宛）輮（乘）返子，言胃（謂）不割（害）既走於前，子弗[illegible]（及）。

根據文例「」可能是姓氏，因此劉信芳釋爲「吳」。

字形 27、28，屬於楚璽，字形上从口，下从大，何琳儀亦列顧「吳」字之下，以爲「讀吳，姓氏」〔註 74〕。

〔註 63〕徐中舒《甲骨文字典》（成都：四川辭書出版社，1989 年 5 月），頁 1164。

〔註 64〕孫詒讓《契文舉例》（北京：北京圖書館出版社，2000 年），頁 17。

〔註 65〕孫詒讓《名原》（北京：北京出版社，2000 年），頁 11～12。

〔註 66〕葉玉森《殷虛書契前編集釋》（臺北：藝文印書館，1966 年），卷一，頁 63。

〔註 67〕郭沫若《殷契粹編附考釋》（北京：北京圖書館出版社，2000 年），頁 10。

〔註 68〕唐蘭《天壤閣甲骨文存并考釋》（北京：北京圖書館出版社，2000 年），頁 44～45。

〔註 69〕于省吾主編、姚孝遂按語編撰《甲骨文字詁林》（北京：中華書局，1999 年 12 月），頁 229。

〔註 70〕朱歧祥《殷虛甲骨文字通釋稿》（臺北：文史哲出版社，1989 年），頁 25。

〔註 71〕何琳儀《戰國古文字典》（北京：中華書局，2004 年 9 月），頁 500。

〔註 72〕何琳儀《戰國古文字典》（北京：中華書局，2004 年 9 月），頁 500。

〔註 73〕劉信芳《包山楚簡解詁》（臺北：藝文印書館，2003.01），頁 108。

〔註 74〕何琳儀《戰國古文字典》（北京：中華書局，2004 年 9 月），頁 500。

宛臻按：綜上所述，「吳」字古文字大抵「从夨从口」或演變爲「从大从口」，「口」形與「夨」或「大」形是分離的。字形 2～6 等諸形，與「吳」字字形相去甚遠，當非吳字，而究竟可釋爲何字則仍待考；而包山簡 122 及璽彙作「吴」，皆因是姓氏，被釋爲「吳」字，但字形與楚系「吳」字明顯不同，是否可隸作「吳」字尚待考證。而李守奎將「」釋作「逘」字，其右旁所從「」，明顯與大部分的金文、楚簡的「吳」字不同，且未對呈 L 形的末筆進行解釋，因此△字是否爲「逘」字仍待觀察。

（三）遏字說

林志鵬將△字釋爲「遏」，以爲「此字所從「」，上與『口』同；下部與『立』同，《說文》:『立，住也。』故其字象人駐止張口形，疑即『曷』字。」並以爲「小篆『』之下部蓋即『立』形之訛。」〔註 75〕其說有待檢討，以下列舉「曷」字相關諸形：

【字形表 3】

 1 西周早.師𣞤鼎（𠝞）	 2 西周早. 𠝞函簋（𠝞）	 3 西周中.五祀衛鼎（鄗）	 4 西周晚. 𠝞弔盨4378（𠝞）	 5 春秋.𠝞伯簠 4484（𠝞）
 6 春秋.曾孟孋諫盆 10332（從曷）	 7 戰國.楚帛書.丙.1.5（敾）	 8 戰國.楚.包山 2.88（𩗉）	 9 戰國.楚.郭店.緇衣.40（敾）	 10 戰國.楚.郭店.語叢四.10（敾）
 11 戰國.楚.上博 1.緇衣.20（𩀏）	 12 戰國.楚.上博 3.周易.32	 13 戰國.齊.璽彙 0630（敾）	 14 戰國.齊.璽彙 0631（敾）	 15 戰國.晉.中山王方壺（渴）
 16 戰國.晉.璽彙 1303（渴）	 17 戰國.晉.璽彙 0186（渴）	 18 戰國.晉.璽彙 1883（鄗）	 19 戰國.晉.璽彙 1884（鄗）	 20 戰國.晉.璽彙 1206（闔）

〔註 75〕林志鵬〈楚竹書《鮑叔牙與隰朋之諫》補釋〉（武漢大學簡帛網，2007.07.13，網址：http://www.bsm.org.cn/show_article.php?id=618）

21 戰國.晉.璽彙 1536（娼）	22 戰國.晉.璽彙 1046（楬）	23 戰國.晉.璽彙 2352（竭）	24 戰國.秦.璽彙 0182（竭）	25 戰國.秦.十鐘山房印舉 3.51（楬）
26 西漢.武威簡.服傳 19	27 東漢.鄭固碑	28 東漢.譙敏碑		

羅振玉查考璽印諸字與傳鈔字形相似，將璽印諸形釋爲曷旁。朱德熙據羅振玉之說，將馬王堆帛書《篆書陰陽五行》：「□茅屋而□之，大凶。」其中「□」字，隸定爲「𣪘」，讀爲「蓋」，進一步將楚帛書「□」字亦隸作「𣪘」。據此，金文字形 1、2、4、5 等一系列字形，朱德熙均釋爲「剔」，認爲其偏旁所從均爲「曷」〔註 76〕。其引用了郭沫若〈關於眉縣大鼎銘辭考釋〉中考釋師□鼎的文字曰：

> 「于待劏」：「于」是與字義，古文多如此用法。「劏」殆是刈字，象田中有禾穗被刈之意。「錫旟田三于（與）待刈」，是說將三個田和田中有待收穫的禾稻一併授予。鑄器的時期是在「八月初吉」，還未到秋收的時節。《國風．豳風．七月》言「十月穫稻」，又言「十月納禾稼」，可見距收穫還早兩個多月。〔註 77〕

而朱德熙認爲郭沫若雖不知「醫」所從爲「曷」，但此字讀爲「刈」，與「曷」字音義皆密合。〔註 78〕

裘錫圭承朱德熙釋爲從「曷」之字的說法，認爲是切割之「割」的表意初文，其說如下：

> 今按：朱先生釋圖二．4 一字之左旁爲「曷」之古體，可從。「曷」、「割」二字上古音相近（從「曷」聲之「葛」與「割」同音），

〔註 76〕朱德熙〈長沙帛書考釋（五篇）〉（《古文字研究》第十九輯，中華書局），頁 294～296。

〔註 77〕郭沫若〈關於眉縣大鼎銘辭考釋〉（《文物》，1972 年第 7 期），頁 2。

〔註 78〕朱德熙〈長沙帛書考釋（五篇）〉（《古文字研究》第十九輯，中華書局），頁 294～296。

疑「㓹」本是切割之「割」的表意初文，字形象用刀切割某種果實，左下部的扁圓形象徵從果實上切割下來的東西，「咼」字最初可能是作爲這個字的省文而産生的。圖二 · 3 一字，據其所從出的鼎銘的文義，當讀爲刈禾之「刈」，「咼」、「刈」二字上古音亦相近（參看上引朱先生文）。這個字的結構似當分析爲：從「田」，從「㓹」省，「㓹」亦聲；蓋即刈禾之「刈」的異構。不論上述這兩個字應該釋爲一個字，還是釋爲兩個字；它們的左上部是同一個象形符號的不同寫法這一點，是不會有變化的。〔註 79〕

而楚系文字中從「咼」之字的相關文例揭示如下：

	字形	出　處	文　　例
1		楚帛書.丙.1.5（歇）	曰取（陬）。雲則至。不可以□殺。壬子、丙子凶。乍□北征，銜（帥）又（有）咎。武□□亓（其）　。
2		包山 2.88（䴗）	八月壬午之日，楚斨司敗　須訟墬道斨邑　軍、　，以反其官。
3		郭店.緇衣.40（歇）	子曰：「句（茍）又（有）車，必見其　，句（茍）又（有）衣，必見亓（其）希（蔽），人句（茍）又（有）言，必聞丌（其）聖（聲），句（茍）又（有）行，必見其成。」《峕（詩）》員（云）：「備（服）之亡（無）懌（斁）」。
4		郭店.語叢四.10（歇）	車　之𡐦酭，不見江沽（湖）之水。佖婦禺夫，不智（知）其向（鄉）之小人君子。
5		上博 1.緇衣.20（䡩）	子曰：「句（茍）又（有）車，必見其　，句（茍）又（有）衣，必見亓（其）希（蔽），人句（茍）又（有）言，必聞丌（其）聖（聲），句（茍）又（有）行，必見其成。」《峕（詩）》員（云）：「備（服）之亡（無）臭（厭）」。
6		上博 3.周易.32	六晶（三）：見車　，丌（其）牛㩻（掣），丌（其）人天䢅（且）劓，亡（無）初又（有）冬（終）。

〔註 79〕裘錫圭〈也談子犯編鐘〉（《故宮文物月刊》第 149 期，1995 年 8 月），頁 114。

7		上博 7.凡物流行甲.18（⿰曷攵）	䎽（聞）之曰：心不勳（勝）心，大亂乃复（作）；對女（如）能勳（勝）心，【26】是胃（謂）少（小）⿰曷攵？系（奚）胃少（小）⿰曷攵？人白爲戠。系（奚）㠯（以）智（知）其白？終身自若。  
8		上博 7.凡物流行甲.18（⿰曷攵）	

關於楚系「⿰曷攵」字的異說甚多，大致整理如下：

	隸作	釋作	讀作	通作	訓作
《郭店》原考釋	⿰曷攵		弼	第	車蔽
涂宗流					
劉祖信					
黃人二					
裘錫圭	⿰曷攵		蓋		車蓋
林素清					
劉釗					
陳秉新					
趙建偉	⿰曷攵	弼	軾		
黃麗娟	⿰曷攵	揭			軾
劉曉東	⿰曷攵		轄		行走
李零	⿰曷攵		轍		車轍
劉信芳					
陳偉					
王力波					
顏世鉉	⿰曷攵		轄		車轄
陳高志	⿰酉攵	輪	楢		
近藤浩之	⿰酉攵	楢	輶		輕車
白於藍	⿰畣攵	禦	禦		車禦
林志鵬	⿰畣攵	弼			車弼
張富海	敵		轍		
徐在國					
季師旭昇					
邱德修	⿰曷攵	歇			車歇
林清源	⿰曷攵		轍		

以上說法，由金文字形演變的軌跡來看，筆者以爲「⿰曷攵」等諸字從曷從攴，

隸定作「㪿」之說可從，而讀爲「轄」字，林清源〈「㪿」、「㪚」考辨——釋「」及其相關諸字〉〔註 80〕一文中有非常詳細的考辨，於此不再贅述。而爲何不逕作「㪚」字，筆者猜想可能是因爲「㪚」爲象意字，而偏旁聲化的結果，在楚簡中偏旁改作「曷」字，但「㪿」並未流傳至後世，因此導致此字難解。

由字表中「曷」字的字形演變來看，除了五祀衛鼎的「」字所從之外，其餘從「曷」之字的脈絡極其清楚，許懃慧學姐指出目前所見的「曷」字可分爲三：

> 目前所見的「曷」字來源有三：一、「曷」字，金文作（五祀衛鼎「鄬」），與漢代所繼承的字形相同。二、「㫕」字，金又文作（師𧻓鼎「㓞」）、（㓞函簋「㓞」）、（㓞弔盨「㓞」），楚系文字作（帛丙 1.5「㪿」）、（包 88「䎎」）、（上 1．緇 20「㪿」）。三、將「害」讀爲「曷」，毛公鼎：「邦𨑳（將）害（曷）吉。」《金文編》讀「害」爲「曷」。《尚書．泰誓》：「予曷敢有越厥志。」敦煌本「曷」作「害」。又《湯誓》：「時日曷喪？予及汝皆亡。」《孟子．梁惠王上》引「曷」作「害」。〔註 81〕

許懃慧學姐認爲五祀衛鼎的「」字是漢代所承襲的字形。但字表中五祀衛鼎的「」字顯然與其他字形來源不同，因此是否从「曷」還有必要釐清。關於五祀衛鼎的「」字，其原文如下：

> 邦君厲眔付裘衛田。厲弔（叔）子夙（夙）、厲有𤔲（司）𩓸季、慶癸、燹表、荊人敢、井人屖，衛小子逆其（？）卿（饗）𩛥，衛用乍（作）朕文考寶鼎，衛其萬年永寶用。隹（唯）王五祀。

陝西省文化館發掘簡報〔註 82〕及唐蘭〔註 83〕隸定作「倡」而非從「曷」之

〔註 80〕林清源〈「㪿」、「㪚」考辨——釋「」及其相關諸字〉（《漢學研究》，第 28 卷第 1 期，2008.03），頁 1～34。

〔註 81〕許懃慧《《上海博物館藏戰國楚竹書（五）．季庚子問於孔子》研究》（台北：國立台灣師範大學國文研究所碩士論文，2008.06），頁 60。

〔註 82〕鹿懷清、鎮烽、忠如、志儒〈陝西省岐山縣董家村西周銅器窖穴發掘報告〉（《文物》，1976 年第 5 期），頁 28。

〔註 83〕唐蘭〈陝西省岐山縣董家村新出西周重要銅器銘辭的譯文和注釋〉（《文物》，1976

「鄬」字，馬承源《商周青銅器銘文選》〔註 84〕及王長豐〔註 85〕則作「陽」，《殷周金文集成釋文》〔註 86〕及張亞初《殷周金文集成引得》〔註 87〕隸作「偈」。

由前文探析金文及戰國楚系字，可知「曷」字字形為一脈相承，而五祀衛鼎的「[illegible]」字右邊偏旁字形，則與其他「曷」字字形相去甚遠，林清源已指出此字並非「曷」字，其云：

> 此字右半部所從偏旁，學者大多釋作「曷」。乍看之下，此旁確實與秦系「曷」字作「[illegible]」形頗為相似，二者主要差別僅在底端筆畫是否封口而已。詳細觀察此字右下角底部，完全看不出筆畫殘泐或銅鏽遮掩等跡象，且底部左右兩道曲畫的走勢不同，不太可能接合成為一筆，據此推測其底部原本即作開口狀。然而，出口資料所見先秦「曷」字，其所從「[illegible]」形部件及其各式變體，底部一律作封口狀，直到秦漢時期，逐漸變形音化為「匃」旁，其底部才出現開口狀寫法。五祀衛鼎為西周彝器，此時「曷」字多作「[illegible]」形，與「[illegible]」字右半迥異，可證後者右半所從並非「曷」旁。〔註 88〕

據此，可知「[illegible]」所從非「曷」。

陝西省文化館發掘簡報及唐蘭等隸定作「倡」字的說法，《說文》曰：「倡，樂也。從人昌聲。」右邊字形從昌，昌字《說文》則曰：「昌，美言也。從日從曰。一曰日光也。《詩》曰：『東方昌矣。』」，由此可知昌字其下當作「曰」形，《說文》曰：「曰，詞也。從口乙聲。亦象口氣出也。」細觀「[illegible]」字字形，其右邊偏旁，其右上當為「日」形無異議，而其右下字形釋作「曰」形，顯然有問題了，曰字字形在金文中多作「[illegible]」（禹鼎）、「[illegible]」（無曩簋）、「[illegible]」（郲公華鐘）等形，自甲骨文字形以來結構並未改變，「一」形為指事符號，象由口

年第 5 期），頁 56。

〔註 84〕馬承源《商周青銅器銘文選（三）》（北京：文物出版社，1990.04），頁 132。

〔註 85〕王長豐〈五祀衛鼎新釋〉（《殷都學刊》，2004 年第 4 期），頁 87。

〔註 86〕中國社會科學院考古研究所編《殷周金文集成釋文（第二卷）》（香港：香港中文大學出版社，2001 年 10 月），頁 402。

〔註 87〕張亞初《殷周金文集成引得》（北京：中華書局，2001 年 7 月），頁 53。

〔註 88〕林清源〈「敭」、「敫」考辨——釋「[illegible]」及其相關諸字〉（《漢學研究》，第 28 卷第 1 期，2008.03），頁 26。

中吐納、發聲的動作。而五祀衛鼎「」字其右下方的「」形，顯然與「曰」形相去甚遠，「」形下方未連接爲「口」形，而其中間似由兩斜筆組成，而非象由口中吐納、發聲的動作的一短橫筆，由此可見將「」字釋爲「倡」字是不理想的，而「」字在五祀衛鼎辭例中爲「井人犀」，是個私名，除了釋爲「隅」、「偈」之外，可能還有其他解法，而究竟當釋爲何字仍尚待考。

宛臻按：經過比對可以發現「」形與「曷」字字形差異甚大，且與漢代以後的字形比對的方法也過於曲折，因此林志鵬認爲「」字從辵從曷的說法是值得商榷的。

（四）逞字說

季旭昇師將△字所從「」形分析作「旦」，而「旦」字在甲、金文中未見，因此逕由楚簡中出現過的「旦」形來討論。

楚簡「旦」字相關諸字字形及文例如下表所示：

	字形	出　處	文　　例
1		包山 2.41（郢）	八月乙未之日，龔夫人之大夫番贏受期，九月戊申之日不逞郢郭以廷，阩門又敗。
2		包山 2.48	九月戊申之日，龔夫人之大夫番贏受期，癸亥之日不逞旦郭以廷，阩門又敗。
3		包山 2.188（郢）	戊寅，邱獪、龔夫人之人郢郭。
4		包山 2.256	一弇。
5		上博 1.緇衣.13	齊之以禮，則民有旦心。

字形 1、2，屬於包山楚簡《受期》的內容，是「受理各種訴訟案件的時間與審理時間及初步結論的摘要記錄」，大致是一簡記一事，記載「接受報告的官員姓名及職位，人犯姓名及身分；審問結果及審訊人姓名」〔註 89〕，陳偉指出《受期》簡的文例「最後一句均寫作『不如何阩門有敗』。在『不』與

〔註 89〕湖北省荊沙鐵路考古隊《包山楚簡》（北京：文物出版社，1991.10），頁 10。

『阩門有敗』之間，大多數簡文（凡 39 條）均爲『逗某某以廷』，大意爲「已發出文書，帶某某來接受審理」〔註 90〕。而字形 3，則爲「各級司法官員經手審理或複查過的訴訟案件的歸檔登記」〔註 91〕，「龔夫人之人郘鄴」被列於「所誼於正敏埅」的名單中，由此可知此三條文例所指爲同一司法案件，「郘鄴」爲「龔夫人之人」，可能是龔夫人家臣的姓名。「」字在字形 2 則作「」字，原整理者〔註 92〕及劉信芳〔註 93〕皆從「昱」，而黃錫全由璽印文字「立」、「土」偏旁相通，認爲「昱」所從之「立」，實爲「土」，因此將「」釋爲「吐」，作姓氏解〔註 94〕。何有祖由《郭店・緇衣》簡 13「懽（勸）」與相對應《上博一・緇衣》簡 24 的「」字的啓發，進而認爲字形 3 的「」字，當讀爲「鄻」。〔註 95〕

字形 4 屬於包山二號楚墓遣策部分的文字，所記均爲隨葬物品，「」字原整理釋爲「𥂴」，爲「溤昱」之合文〔註 96〕，劉信芳則隸定爲「澫䢀」，「澫」釋作「漫」字，「䢀」釋作「丘」字，讀爲「蔓藘」，爲食用植物名〔註 97〕。

由於字形 1～4，或作人名，或作隨葬品名，故實際意義較難釐清，以下由文例較清楚的字形 5《上博一・緇衣》「」字來探討。有關〈緇衣〉篇的相關異文如下表所示：

出　處	文　　例
今本《禮記・緇衣》	子曰：夫民教之以德，齊之以禮，則民有格心；教之以政，齊之以刑，則民有遯心。故君民者，子以愛之，則民親之，信以結之，則民不倍，恭以蒞之，則民有孫心。

〔註 90〕陳偉《包山楚簡初探》（武漢：武漢大學出版社，1996.08），頁 49。

〔註 91〕湖北省荊沙鐵路考古隊《包山楚簡》（北京：文物出版社，1991.10），頁 11。

〔註 92〕湖北省荊沙鐵路考古隊《包山楚簡》（北京：文物出版社，1991.10），頁 19。

〔註 93〕劉信芳《包山楚簡解詁》（臺北：藝文印書館，2003.01），頁 51。

〔註 94〕黃錫全《湖北出土商周文字輯證》（武漢：武漢大學出版社，1992 年），頁 193。

〔註 95〕何有祖〈包山楚簡試釋九則〉（簡帛網，2005.12.15，網址：http://www.bsm.org.cn/show_article.php?id=132）

〔註 96〕湖北省荊沙鐵路考古隊《包山楚簡》（北京：文物出版社，1991.10），頁 37。

〔註 97〕劉信芳《包山楚簡解詁》（臺北：藝文印書館，2003.01），頁 261。

《郭店・緇衣》簡 23～24	子曰：倀（長）民者叁（教）之以悳（德），齊之以豊（禮），則民有懽（歡）心，叁（教）之以正（政），齊之以型（刑），則民又孳（免）心。古（故）孶（慈）以悉（愛）之，則民又（有）新（親），信以結之，則民不伓（倍），共（恭）以位（莅）之，則民又（有）悉（遜）心。
《上博一・緇衣》簡 12～13	子曰：長民者叁（教）之吕（以）悳（德），齊之吕（以）豊（禮），則民又（有）𡈼心。叁（教）之吕（以）正（政），齊之吕（以）型（刑），則民又（有）免心。古（故）慈子吕（以）悉（愛）之，則民又（有）罕（親），信吕（以）結之，則民伓＝（不伓）。龍（恭）吕（以）立（涖）之，則民又（有）恙＝（遜心）。

〈緇衣〉篇引用的孔子之言乃出自於《論文・為政》：「道之以政，齊之以刑，民免而無恥；道之以德，齊之以禮，有恥且格。」，而《上博一・緇衣》的「𡈼」字，在今本《禮記・緇衣》作「格」，在《郭店・緇衣》作「懽」。關於《上博一・緇衣》的「𡈼」字的解釋眾說紛紜，歸納如下：

1. 釋為「呈」：

鄒濬智學長據黃錫全璽印文字中「立」、「土」偏旁相通的說法，進一步認為楚簡中亦可見此現象，並以為上「口」下「土」的「呈」字，在楚簡中多作「呈」字用。而將《上博一・緇衣》「」隸定作「呈（呈，定紐耕部）」，讀作「誠（禪紐耕部）」，簡文「呈心」讀作「誠心」。「誠」字，《說文》：「信也。」，《玉篇》：「信也，敬也。」，《廣韻》：「審也，信也，敬也」。《上博一・緇衣》簡文「長民者教之以德，齊之以禮，則民有誠心」解作「領導人民的上位者，用道德來教育人民，用禮義來約束人民，人民才會培養出信實忠厚的品行」〔註 98〕。

2. 釋為「歡」：

《郭店・緇衣》作「」，原整理者隸定作「懽」，讀作「歡」。裘錫圭以為「『懽』也有可能讀為『勸』。勸，勉也。」〔註 99〕何有祖由《郭店・緇衣》簡 13「懽（勸）」與《上博一・緇衣》簡 24 的「」字相對應，進而將包山簡

〔註 98〕鄒濬智《《上海博物館藏戰國楚竹書（一）・緇衣》研究》（國立臺灣師範大學國文研究所碩士論文，2004 年 6 月），頁 131。

〔註 99〕荊門市博物館《郭店楚墓竹簡》（北京：文物出版社，1998 年 5 月），頁 134。

「」字，當讀爲「鄿」。〔註 100〕而季旭昇師則受何有祖的釋讀的啓發，將《上博五》「」形釋爲的「逞」字，讀爲「歡」〔註 101〕。

3. 釋為「娛」：

趙建偉由《郭店・緇衣》「歡心」對應到《上博一・緇衣》「心」，認爲是「吳心」的訛寫，讀作「娛心」，「娛」、「歡」同訓，「娛心」即「歡心」。〔註 102〕

4. 釋為「恥」：

李零以爲從口從立，疑同「咠」，而以音近讀爲「恥」（「咠」是清母緝部字，「恥」是透母之部字，讀音相近）。〔註 103〕

5. 釋為「恪」或「洛」：

白於藍引用劉寶楠《論語正義》：「有恥且恪」一語，將《論語・爲政》及今本《禮記・緇衣》的「格」字釋爲「恪」，訓爲「敬」。〔註 104〕而後虞萬里則以爲：「鄭訓『格』爲『來』，此用『洛』字義，《費鳳碑》作『有恥且洛』」又曰：「『洛』重在德，『恪』重在禮，雖兩字常相假借，頗難定其最初作某。」並認爲「懽」與「格」可通假。〔註 105〕林志鵬則贊成此說進一步認爲其字形當隸定作「曷」，可與「各（恪）」、「懽」通假。〔註 106〕

〔註 100〕何有祖〈包山楚簡試釋九則〉（簡帛網，2005.12.15，網址：http://www.bsm.org.cn/show_article.php?id=132）

〔註 101〕季旭昇師〈《上博五.鮑叔牙與隰朋之諫》「篤歡附忨」解——兼談「錢器」〉（武漢大學簡帛網，2006.03.06，網址：http://www.bsm.org.cn/show_article.php?id=267）

〔註 102〕趙建偉〈「民有娛心」與「民有順心」說——上博簡（一）拾零之二〉（簡帛研究，2003.08.30，網址：http://www.bamboosilk.org/Wssf/2003/zhaojianwei04.htm）

〔註 103〕李零《上博楚簡三篇校讀記》（臺北：萬卷樓圖書有限公司，2002 年 3 月），頁 55。

〔註 104〕白於藍〈釋「」、「」〉（《古文字研究》第二十二輯，北京：中華書局，1990 年 8 月），頁 268。

〔註 105〕虞萬里〈上博簡、郭店簡〈緇衣〉與傳本合校補證（中）〉（《史林》，2003 年第 3 期），頁 78。

〔註 106〕林志鵬〈釋戰國楚簡中的「曷」字——兼論《緇衣》「民有格心」句異文〉（武漢大學簡帛網，2007.01.30，網址：http://www.bsm.org.cn/show_article.php?id=513）

關於以上五種說法，以下依次分別討論：

鄒濬智學長提出釋爲「呈」，主要根據於戰國文字「立」、「土」相通的說法，而何琳儀《戰國文字通論》第四章戰國文字形體演變，其中第四節異化的「形近互作」單元即歸納出有「土——立」偏旁互作的現象〔註 107〕，但是在「⿱口立」和「呈（𡈼）」之間並無相通的使用狀況，呂佩珊學姐指出：

> 「呈」，《說文解字・口部》：「呈，平也。从口壬聲。」（卷二上）戰國時期「呈」字或从土作「呈」（《璽彙》4517）之形，或改从壬聲，如「呈」（《璽彙》4523）；而从呈之字，如浧「浧」（包山 2.156）、郢「郢」（包山 2.7）、逞「逞」（吳季子之子逞劍）等字，下則多从土旁。「呈」从土旁之形乃承春秋金文而來，知「𡈼」爲「呈」字異體。
>
> ⿱口立，从口从立，《集韻》：「⿱口立，⿱口立⿱口立，送舟聲。」「⿱口立」字見於包山簡與上博簡。包山簡中，「⿱口立」字凡三見，如「⿱口立判」（簡 2.48），亦作「⿰⿱口立阝（⿰⿱口立阝）判」（簡 2.41）、「⿰⿱口立阝（⿰⿱口立阝）判」（簡 188），或从邑、或不从邑旁，皆作爲人名使用，與「𡈼」無通用之情形；而包山簡中亦有「居浧」（簡 127）、「[glyph]」（簡 172）之語，其與「⿰⿱口立阝」亦無混用現象。而《上博一・緇衣》有「則民又⿱口立心」（簡 13）之語，季師旭昇認爲此字从口立聲（來母緝部），讀作「恥」（透母之部）〔註 108〕，亦與「𡈼」字無涉。〔註 109〕

由此可知，在戰國時期並未有「⿱口立」和「呈（𡈼）」相通的直接證據，僅據戰國「立」、「土」相通之說來解釋，是值得再商榷的。

而季旭昇師從何有祖釋包山簡「[glyph]」字爲「鄻」的說法，主要根據《郭店》與「[glyph]」字對讀《上博》，故將「[glyph]」隸作「⿱口立」讀爲「歡」，從典籍異

〔註 107〕參見何琳儀《戰國文字通論（訂補）》（南京：江蘇教育出版社，2003 年 1 月），頁 237。

〔註 108〕參見季師旭昇主編：《上海博物館藏戰國楚竹書（一）讀本》（台北：萬卷樓圖書股份有限公司，2004.07），頁 119。

〔註 109〕呂佩珊〈戰國文字「土旁與立旁形近通用」說檢討〉（《第二十屆中國文字學國際學術研討會論文集》，2009.05.02），頁 116。

文的角度來考量，讀爲「歡」字確實是有可能的，但惜無法從字形的角度說明「㞷」的來源。

趙建偉以爲是「吳」字的訛寫，在上一節中討論到「吳」字的古文字中，有从大从口的寫法，分別是出現在包山簡 122 的「」及楚璽的「」、「」，但這幾個字形與楚系「吳」字明顯不同，僅由人名推測爲「吳」字形，而其是否爲「吳」字尚待釐清。

李零釋爲「咠」，《說文》：「咠，聶語也。从口从耳。《詩》曰：『咠咠幡幡。』」甲骨文有「」（合集 3682），學者或釋爲「耶」，或釋爲「咠」，金文「」（大保簋）則釋爲「聽」，戰國楚系文字無「咠」字，而「耳」字則作「」（包山 2.34）、（包山 2.34）、（郭店.五行 45）、（郭店.唐虞之道.26）、（包山 2.265）、（郭店.性自命出 44）等形，與「」字均不類，故釋作「咠」字有待商榷。

白于藍、虞萬里以通假釋爲「恪」或「佫」，而林志鵬則隸定爲「曷」字，通假「各（恪）」、「懽」，隸作「曷」字，與古文字从「曷」之字形均不相合，在下一小節中會詳細作討論。

由以上五種說法的檢討，可知將「」字釋爲「呈」、「咠」、「曷」均不理想，釋爲「吳」則仍待考驗，因此目前以釋爲「歡」字是較恰當的。

宛臻按：針對《上博五·鮑叔牙與隰朋之諫》簡 4△字，季旭昇師受到何有祖據《郭店》與《上博》對應，將《包山》「」字釋爲「鄻」的啓發，將「」形釋爲的「逞」字，讀爲「歡」，並分析「」形作「㞷」，「上從『口』，下從『立』，唯『立』之末筆訛爲『L』形，「L」形即《說文》卷十二下釋爲「匿也，象迟曲隱蔽形」之「ㄣ」字，象建築區中一塊隱蔽的區域」〔註 110〕，又何琳儀《戰國文字通論》第四章戰國文字形體演變，其中第四節異化的「形近互作」單元即歸納出有「彎曲筆劃」的現象〔註 111〕，故此說可從，但林志鵬則反對，林志鵬以爲是「書寫『』字底部橫畫時的自然筆勢」，

〔註 110〕季旭昇師〈《上博五.鮑叔牙與隰朋之諫》「篤歡附忨」解——兼談「錢器」〉（武漢大學簡帛網，2006.03.06，網址：http://www.bsm.org.cn/show_article.php?id=267）

〔註 111〕參見何琳儀《戰國文字通論（訂補）》（南京：江蘇教育出版社，2003 年 1 月），頁 246～247。

但顯然由楚簡的書寫習慣來觀察，橫筆未有如「」字呈現九十度角者，且由書法的角度來看，若起筆爲橫筆，以行書來說，收筆當向下拖曳，未有在橫筆的起筆前先作豎筆再向右彎折者，若說明爲「自然筆勢」實爲牽強，且違反了中國文字向上至下、由左至右的書寫原則，未如說明作訛筆來得恰當。

（五）綜合討論

由以上四說的檢討後，可知將《上博五・鮑叔牙與隰朋之諫》簡 4「」字釋爲從甚的「逃」字及從曷的「遏」字都是有問題的，而李守奎釋作「遈」則待考驗，在有文獻對勘的角度上，目前以季旭昇師釋作「逗」字，讀爲「歡」是較爲理想的。

而「豆」字字形的來源問題也是值得觀察的，筆者試由甲骨文字形查找，發現甲骨文中有一字形與「豆」字字形極爲類似：

	字形	出　處	文　　例
1		合 3028	貞：　由亥令十三月。 
2		合 13728 正	……亥……無疾。 
3		合 20164	……申卜，徭令比……侯。 
4		屯 4556	辛丑卜，翌日壬，王其戍田於……亡災，毕。

「」（《屯》4556），可隸定作「吴」，上作口形，下作大形，與「立」形僅爲下方一橫筆之別，或許就是「豆」字的來源，而其在甲骨文爲地名〔註 112〕，本義不明。

其中《合集》20164，《甲骨文合集釋文》20164 釋作：「□申卜，徭，令从□侯……」，而《殷墟卜辭刻辭類纂》20164 釋作：「……申卜，徭令吴从……侯。」因其上殘缺，在未見其甲骨片的原始材料之前，無法確定其上爲筆畫，

〔註 112〕中國社會科學院考古研究所《小屯南地甲骨》（北京：中華書局，1983 年），頁 1158。

抑或泐痕之前，暫列聊備一說。

或許以上幾個甲骨字形即是「昱」字形的來源，而其本義筆者推測可能象人仰天長嘯，表歡嘩之意，但尚待更多證據來證實，姑且存之。

四、辭例探析

原考釋讀爲「敦」之字被陳劍改讀爲「篤」字，而由本文的討論可知△字目前的釋讀以季旭昇師釋作「逗」字，讀爲「歡」是較爲理想的，接下來要討論的是該句的釋讀。

該句「伓忎」二字目前解釋方式有三種：

（一）釋為「背願」

原考釋者釋爲「敦堪背願」，譯爲「違背天道的意願」〔註 113〕，季旭昇師認爲可以讀爲「篤歡背願」，意即「盡情歡樂，背離民願」，但季旭昇亦指出此說將將「願」字解爲「民願」，有增字解經之嫌〔註 114〕，顏至君學姐則以爲：

> 「篤歡背願」解釋爲增加桓公歡樂，違背民願，與簡文「縱公之所欲，厲民獵樂」有所呼應，「縱公之所欲」而「篤歡」，「厲民獵樂」造成了「背願」，簡文解釋上頗爲合理，故此説尚有討論空間。〔註 115〕

宛臻按：顏至君學姐之說當是，「願」字解爲「民願」雖有增字解經之嫌，但「篤歡背願」與前兩句「縱公之所欲，厲民獵樂」恰好呼應，因此讀爲「篤歡背願」之說是值得考慮的。

（二）釋為「附忨」

季旭昇師又將該句讀爲「篤歡附忨」，意爲「盡情歡樂，親附貪頑」，並以爲此說「本篇簡 3『遜人之伓者七百』，『伓』字釋爲『附』的內證支持，釋

〔註 113〕陳佩芬〈鮑叔牙與隰朋之諫考釋〉（馬承源主編《上海博物館藏戰國楚竹書（五）》，上海：上海古籍出版社，2005.12），頁 186。

〔註 114〕季旭昇師〈《上博五.鮑叔牙與隰朋之諫》「篤歡附忨」解——兼談「錢器」〉（武漢大學簡帛網，2006.03.06，網址：http://www.bsm.org.cn/show_article.php?id=267）

〔註 115〕顏至君《《上海博物館藏戰國楚竹書（五）〈競建內之〉與〈鮑叔牙與隰朋之諫〉研究》（台北：國立臺灣師範大學國文研究所碩士論文，2008.06），頁 163。

爲齊桓公親附貪頑小人，也和史實比較接近」〔註 116〕。

顏至君學姐指出將「忨」解釋爲「貪頑小人」有增字解經之嫌，且認爲「此處是說明豎刁與易牙的行爲，因此解釋爲齊桓公親附貪頑小人，並不適當」〔註 117〕。

宛臻按：顏至君學姐之說當是，此句主語當爲「豎刁」與「易牙」，《競建內之》簡 10 有「又以豎刁與易牙爲相，二人也朋黨，……」等內容，又接《鮑叔牙與隰朋之諫》簡 4，此句前一句爲「縱公之所欲，厲民獵樂」，其中「縱公之所欲的主語亦當爲「豎刁」與「易牙」，據此將該句釋爲「篤歡附忨」，有所不妥。

（三）釋為「倍忨」

李守奎隸定作「遈」，讀爲「娛」，該句讀爲「篤虞倍忨」，意爲「厚其樂而倍其欲」〔註 118〕；季旭昇師則以爲可讀「篤歡倍忨」，譯爲「盡情歡樂，加倍貪求」，而顏至君學姐從之〔註 119〕；林志鵬釋爲「遏」，讀爲「篤愒倍忨」，譯爲「加倍貪求」〔註 120〕。

宛臻按：「伓」讀爲「倍」。「倍」字釋爲加倍之例，傳世文獻時有之，《周易．說卦》：「爲近利市三倍。」《孟子．滕文公上》：「或相倍蓰，或相什百。」

「忨」字，《說文》：「忨，貪也。从心元聲。《春秋傳》曰：『忨歲而濷歲』」段《注》：「貪者，欲物也。忨與玩、翫義皆略同」王力指出《說文》所引即今《左傳》昭公元年作「翫歲而愒日」，又見於《國語．晉語》八：「今忨日而濷歲，怠偷甚矣。」

〔註 116〕季旭昇師〈《上博五.鮑叔牙與隰朋之諫》「篤歡附忨」解——兼談「錢器」〉（武漢大學簡帛網，2006.03.06，網址：http://www.bsm.org.cn/show_article.php?id=267）

〔註 117〕顏至君《〈上海博物館藏戰國楚竹書（五）〈競建内之〉與〈鮑叔牙與隰朋之諫〉研究》（台北：國立臺灣師範大學國文研究所碩士論文，2008.06），頁 163。

〔註 118〕李守奎〈《鮑叔牙與隰朋之諫》補釋〉（《新出楚簡國際學術研討會會議論文集（上博簡卷）》，武漢：武漢大學簡帛研究中心，2006.06.26～28）

〔註 119〕顏至君《〈上海博物館藏戰國楚竹書（五）〈競建内之〉與〈鮑叔牙與隰朋之諫〉研究》（台北：國立臺灣師範大學國文研究所碩士論文，2008.06），頁 163。

〔註 120〕林志鵬〈楚竹書《鮑叔牙與隰朋之諫》補釋〉（武漢大學簡帛網，2007.07.13，網址：http://www.bsm.org.cn/show_article.php?id=618）

而「倍貪」一詞，顏至君學姐〔註 121〕已指出《三國志．魏志．曹洪傳》：「乃得免官削爵土」裴松之注引《魏略》：「老惛倍貪，觸突國網。」

據此「伓忨」可釋爲「倍忨」，意爲「加倍其貪欲」，「篤歡倍忨」可釋爲「盡情歡樂，加倍貪欲」。

五、結　語

《上博五．鮑叔牙與隰朋之諫》簡 4 的△字，在通過以上形音義的討論，加上文獻之間的對勘，筆者目前傾向季旭昇師之說，將△字隸作「逞」，釋爲「歡」，其全句釋作「篤歡倍忨」，其意爲「盡情歡樂，加倍貪欲」，而其句主語當爲「豎刁與易牙」。而△字的字源來源，筆者推測其右旁所从的「」形，其來源可能承自甲骨文的「」、「」、「」等諸形，象人仰天歡嘩之形。

第三節　釋「䒨」

一、前　言

《上博五》、《上博六》中出現一個上从之、下从首的（以下以△代稱）字，過去，此字多被釋爲首，而在《上博六．慎子曰恭儉》再度被關注，字形上學者或以爲首，或以爲从之从首，讀法亦大不相同，或讀爲戴、或讀爲止、或讀爲置等，以下由字形結構及文字演進，試論△字是否爲首字，及其在楚系文字中的音義。

二、學者討論

戰國楚文字中有一系列上从之、下从首的△字，其字形及文例并舉於下：

	字 形	出 處	文　　例
1		古璽彙編 3376	 韓（） 

〔註 121〕顏至君《《上海博物館藏戰國楚竹書（五）〈競建内之〉與〈鮑叔牙與隰朋之諫〉研究》（台北：國立臺灣師範大學國文研究所碩士論文，2008.06），頁 163。

2		古璽彙編 3487	（）
3		古璽彙編 3534	（）
4		古璽彙編 3645	童頁（）
5		帛丙 11.2.9	利戠（侵）伐，可以攻城，可以聚眾，會者（諸）侯，型（刑）事，殄（戮）不義，姑（辜）分長，……。
6		信陽 2.04	御，良𩾏翠造。
7		信陽 2.021	一柧因（絪）。
8		包山 2.269	一和𩊤甲，胄，綠組之縢。
9		包山 2.269	其上載：朱旌，一百條四十條，翠。
10		包山 2.270	御右二貞犍甲，皆胄，紫縢。
11		包山 2.276	四馬。

12		包山牘 1	一和𩊚甲，[illegible]胄，綠組之縢。
13		包山牘 1	御、右二鼎兕甲，皆[illegible]胄，紫縢。
14		包山牘 1	其上載：朱旌，一百條四十條，翠[illegible]。
15		上博五·鬼神之明 2 背	此吕（以）桀折於鬲山，而受[illegible]於只（岐）袿（社），身不叟（沒），為天下芺（笑）。
16		上博六·申公臣靈王 4	戠（吾）於析述，繡（申）公子皇[illegible]皇子。王子回（圍）敓（奪）之，繡（申）公爭之。
17		上博六·慎子曰恭儉 5	古（故）曰：佢（居）首[illegible]，茅芙楷（？）筱，執樝迖䀢備䀢，必於遴汵。

以下依各組文字的出處分別概述歷來學者對此一△字的討論：

（一）古璽中的△字

四組文字《古璽彙編》皆未釋，《古璽文編》列於附錄。

湯餘惠《戰國文字編》〔註 122〕、李守奎《楚文字編》〔註 123〕皆釋為「首」。

劉釗《古文字構形研究》以為「首」字：

> 按甲骨文字作「[illegible]」、「[illegible]」，金文作「[illegible]」、「[illegible]」，象人頭形。金文䭫字作「[illegible]」（[illegible]簋）字从頁从七。按䭫从旨聲，而旨从七聲，故从旨的䭫字可以从七聲作，「[illegible]」字所从頁字上部象毛髮的部分已譌變為「[illegible]」，與止字相同。在古文字中，作[illegible]的又和作[illegible]的屮

〔註 122〕李守奎《楚文字編》（上海：華東師範大學出版社，2003.12），頁 537～538。

〔註 123〕湯餘惠《戰國文字編》（福州：福建人民出版社，2001.12），頁 611。

常常與作 的止相混。首字上部象毛形的部分因與又、屮形體近似而作「」、「」，故也有譌變爲从「止」的可能。這種譌變大概產生在周代，而在秦漢文字資料中還保存著這種形態，例如馬王堆一號漢墓竹簡首字作「」，同時的「止」字作「」（居延漢簡），从「止」的此字作「」（漢簡孫子兵法）、「」（漢墓帛書縱橫家書）。又作「」（漢墓帛書老子甲本），「」（漢簡孫子兵法），同時从止的歲字作「」（漢墓帛書縱橫家書），从止的趙字作「」（漢城漢墓銅甗銘），秦簡道字作「」，漢馬王堆帛書古地圖道字作「」，所从之「首」上部都變爲从「止」作，漢印首字作「」（漢印文字徵九・三）、「」（漢印文字徵九・三），也明確从「止」作。可證秦漢時期首字上部確實可以寫爲从「止」，上揭四個古璽文从止从首（或頁），由秦漢「首」字的構形上溯，故可以爲這四個字也應釋爲「首」。〔註 124〕

闕曉瑩《《古璽彙編》考釋》從劉釗之說作「首」。〔註 125〕

何琳儀《戰國古文字典》將（古璽彙編 3376）（古璽彙編 3487）及包山 276△字置於「首」字之下，並指出：「戰國文字有髮、無髮皆有之。或髮譌作止形。」以爲△字乃有髮的「首」字，而上方止形訛變作止形。〔註 126〕

（二）楚帛書中的△字

商承祚〈戰國楚帛書述略〉以爲「首」字，云：「刑首事，即刑其首難之人。」〔註 127〕

饒宗頤〈楚帛書新證〉釋「百」：「勘以秦簡（乙二十八）宮屢言『百事吉』、『百事凶』，以釋『百』爲妥。」〔註 128〕

〔註 124〕劉釗《古文字構形研究》（吉林大學博士論文，1991 年），頁 482～483。

〔註 125〕闕曉瑩《《古璽彙編》考釋》（台北：國立台灣師範大學國文研究所碩士論文，2000.06），頁 273。

〔註 126〕何琳儀《戰國古文字典》（北京：中華書局，1998.09），頁 194。

〔註 127〕商承祚〈戰國楚帛書述略〉（《文物》，第九期，1964.09），頁 18。

〔註 128〕饒宗頤〈楚帛書新證〉（《楚地出土文獻三種研究》，北京：中華書局，1993 年），

李零《長沙子彈庫楚帛書研究》從商承祚釋「首」，其云：

> 《吳越春秋》卷五：「子胥曰：今年七月辛亥平旦，大王以首事」，首事即舉事。古人說春夏行德，秋冬行刑，此月看來是宜于行兵刑之事最主要的一個月。〔註 129〕

劉信芳《子彈庫楚墓出土文獻研究》亦釋「首」：

> 《史記・項羽本紀》：「今陳勝首事，不立楚後而自立，其勢不長」，又《陳涉世家》：「其所置遣侯王將相竟亡秦，由涉首事也」，知「首事」，謂領頭舉大事者。」〔註 130〕

陳嘉凌學姐指出此字應從「首」、「之」聲，隸定當作「䒨」，並以為可讀為「滋」，「刑滋事」，即刑殺滋生事端之人。〔註 131〕

（三）信陽楚簡中的△字

此兩組文字，內容皆為遣策，劉雨皆隸為「䭫」〔註 132〕。

何琳儀以為是「首」的繁文，即在「首」字下加「儿」形，指出「二字（首與頁）『首』上之髮狀均有訛變為『止』形的共同趨勢，故首、頁一字」。〔註 133〕

湯餘惠《戰國文字編》釋為「首」〔註 134〕。

李守奎《楚文字編》隸作「頁」，列於「首」字之下〔註 135〕。

滕壬生《楚系簡帛文字編》釋為「頁」〔註 136〕。

頁 276。

〔註 129〕李零《長沙子彈庫楚帛書研究》（北京：中華書局，1985 年），頁 80。

〔註 130〕劉信芳《子彈庫楚墓出土文獻研究》（台北：藝文印書館，2002 年），頁 122。

〔註 131〕陳嘉凌《《楚帛書》文字考釋研究》（台北：國立臺灣師範大學國文學系博士論文，2009.06），頁 424。

〔註 132〕中國社會科學院考古研究所編《信陽楚墓》（北京：文物出版社，1986.03），頁 129～130。

〔註 133〕何琳儀〈信陽楚簡選釋〉（《文物研究》第 8 期，1993 年），頁 168～176。

〔註 134〕湯餘惠《戰國文字編》（福州：福建人民出版社，2001.12），頁 611。

〔註 135〕李守奎《楚文字編》（上海：華東師範大學出版社，2003.12），頁 537～538。

〔註 136〕滕壬生《楚系簡帛文字編》（武漢：湖北教育出版社，1995.07），頁 710～711。

（三）包山楚簡中的△字

原考釋者隸作「𦣻」，以為「疑讀如首」〔註137〕。

張守中《包山楚簡文字編》將包山牘1△字釋作「頁」〔註138〕。

張光裕、袁國華編《包山楚簡文字編》均釋作「𦣻」〔註139〕。

李守奎《楚文字編》將包山字形1、3、4釋作「首」、包山牘1字形5、6△字隸作「頁」，但以為「百、頁、首、頁並為一字異寫」〔註140〕。

滕壬生《楚系簡帛文字編》包山的字形第1、3、4△字釋作「首」，字形2釋為「之首」，字形5、6的包山牘1△字隸作「頁」，字形7則釋為「之頁」〔註141〕。

湯餘惠《戰國文字編》釋為「首」〔註142〕。其〈包山楚簡讀後記〉一文中針對包山牘1的△字，釋作「𦣻」、「頁」，其云：

> 牘1　𦣻·頁　商周古文頁字寫作字上近「之」形，因訛作此形。《說文》：「頁，頭也。」簡文「頁𩊚」，269、270簡稱「首𩊚」（首作，上亦訛為之形），皆指頭盔。牘1：「𦐖（翠）（之頁）」，因字上近「之」而用為「之頁」合文。〔註143〕

陳偉《包山楚簡初探》隸作「首」將包山269、270、276△字釋作「首」、包山牘1△字釋作「頁」。〔註144〕

劉信芳《包山楚簡解詁》亦隸作「𦣻」，其云：

> 「𦣻」字楚簡習見，多指首胄，簡269、270、牘1「𦣻胄」即人首之胄；信陽簡2-04、望山簡2-9「馬，皆𦣻」，「𦣻」謂馬之首

〔註137〕湖北省荊沙鐵路考古隊《包山楚簡》（北京：文物出版社，1991.10），頁65。

〔註138〕張守中《包山楚簡文字編》（北京：文物出版社1996.08），頁145。

〔註139〕張光裕主編、袁國華合編《包山楚簡文字編》（台北：藝文印書館，1992.11），頁449。

〔註140〕李守奎《楚文字編》（上海：華東師範大學出版社，2003.12），頁537～538。

〔註141〕滕壬生《楚系簡帛文字編》（武漢：湖北教育出版社，1995.07），頁710～711。

〔註142〕湯餘惠《戰國文字編》（福州：福建人民出版社，2001.12），頁611。

〔註143〕湯餘惠〈包山楚簡讀後記〉（《考古與文物》，1993.02），頁79。

〔註144〕陳偉《包山楚簡初探》（武漢：武漢大學出版社，1996.08），頁239、242。

> 胄。包山二號墓出土的馬甲皆由馬胄、胸頸甲以及身甲三部構成。〔註 145〕

又云：

> 「䭫」字讀如「首」，然與「首」用例有別，多與「韋」連用，僅見簡 276 單：「四馬䭫」，謂馬面甲。信陽簡 2-04「良馬䭫」，亦謂馬面甲。〔註 146〕

（四）上博楚簡中的△字

《上博五・鬼神之明》原考釋者曹錦炎將△字隸定作「首」，釋爲「頭」。〔註 147〕

黃人二以爲讀「鍘」：

> 「首」似無「被斷首」之義，也不可能讀爲倒首之「梟」或「縣（懸）」字。《説文》「首」的小篆字形，乃像人首，而上有三條彎曲筆劃，代表髮絲。今細審竹簡字形，「首」的上方，還有「之」字形，現在一般編楚系簡牘文字字形字典的學者，均將此形的字放置於「首」字之下。上博簡藏簡「首」字字形則單純許多，見諸第三冊《周易》簡十、簡五七、《彭祖》簡八、第四冊《曹沫之陣》簡五三、第五冊《弟子問》簡三、《三德》簡十三可知，無如此處多一從「之」之字形者。故可略爲推測：（一）此處竹簡「之」字形爲小篆髮絲（三彎筆）字形的誤摹，後來書寫「首」字，便多此偏旁。（二）竹簡「之」字形是偏旁，疑爲聲符。前者較爲不可能，則特定之楚系簡牘遣策詞例若「白羽之首」者，「首」字疑均不讀爲「首」，疑讀爲「鍘」，「鍘」從「則」聲，古精母之部字，「之」，古照母之部字，故可互作。〔註 148〕

〔註 145〕劉信芳《包山楚簡解詁》（台北：藝文印書館，2003.01），頁 306。

〔註 146〕劉信芳《包山楚簡解詁》（台北：藝文印書館，2003.01），頁 311。

〔註 147〕曹錦炎〈鬼神之明考釋〉（馬承源主編《上海博物館藏戰國楚竹書（五）》，上海：上海古籍出版社，2005.12），頁 315。

〔註 148〕黃人二〈上博藏簡第五冊鬼神之明試釋〉（簡帛網，2007.02.17，網址：http://www.bsm.org.cn/show_article.php?id=523）

《上博六．申公臣靈王》簡 4 原考釋者陳佩芬將△字隸定「菅」，讀爲「首」，「皇首皇子」，指第一個皇子。〔註 149〕

何有祖據《郭店．尊德義》簡 28「置」字作「」，釋爲「置」，並以爲「『置』有『釋放』之義。」〔註 150〕

陳偉以爲△字疑讀爲「止」，「止，猶『囚』」。〔註 151〕李學勤隸定「菅」，亦讀爲「止」，指俘獲。〔註 152〕

凡國棟以爲字形即「首」字，又據陳偉之說讀作「囚」，其云：

> 今按，楚簡「首」字主要作如下形體：  
>
> | | |
> |---|---|
> | A　郭店語叢四 5 號簡 | B　上博周易 10 號簡 |
> | C　包山喪葬 276 號簡 | D　包山喪葬 1 號牘 |
> | E　上博五鬼神之明　融師有成氏 2 號簡背 | |
>
> 以上 A 形是正體，B 形爲省體，省去了代表頭髮的小點畫。C 形上部點畫有些訛變。D、E 二形上部則在 C 形基礎上進一步訛變作「止」形，其中 D 形下方加上了人的下肢部分。從以上「首」字的演變過程來看，其演變的脈絡是清晰的。
>
> 包山喪葬 1 號牘辭例作「一首冑」，即頭盔。上博五《鬼神之明

〔註 149〕陳佩芬〈申公臣靈王考釋〉（馬承源主編《上海博物館藏戰國楚竹書（六）》，上海：上海古籍出版社，2007.07），頁 246～247。

〔註 150〕何有祖〈讀《上博六》札記〉（簡帛網，2007.07.09，網址：http://www.bsm.org.cn/show_article.php?id=596）

〔註 151〕陳偉〈讀《上博六》條記〉（簡帛網，2007.07.09，網址：http://www.bsm.org.cn/show_article.php?id=597）

〔註 152〕李學勤《讀上博簡〈莊王既成〉兩章筆記》（孔子 2000，2007.07.16，網址：http://www.confucius2000.com/admin/list.asp?id=3212）

> 融師有成氏》2 號簡背辭例作「桀折於鬲山，而受（紂）首〔6〕於只（岐）社（社）」。此前諸多學者均直接讀作「首」，意爲斷頭，受死。〔7〕因此 D、E 兩形上面的「止」形應該看作是「首」形上人發形之訛變，而不是從「止」。所以這五種形體無疑都應該是「首」字。
>
> 我們懷疑簡文「首」可以直接讀作「囚」。囚，上古音在幽部邪紐，「首」上古音在幽部書紐，二者韻部相同，聲紐爲准旁紐。古音當十分接近，應當可以通假。〔註 153〕

徐少華亦釋爲「首」，但以爲通作「守」：

> 「首」應是動詞，通作「守」，二字古音皆爲書紐幽部。守即保護、守候，《玉篇》卷一十「宀」部「守」條曰：「視也、護也。」即可說明。「皇子」即王子、太子。「申公子皇首皇子」，即申公子皇守護著王子或太子。至于申公何以守護皇子，應與楚君陝敖被弒殺的宮廷變故有關。〔註 154〕

《上博六．愼子曰恭儉》簡 5 原考釋者李朝遠隸作「䒨」，以爲是合文「之首」，雖下無合文符號，並舉包山 270「之首」亦無合文符號，該句讀爲「居首之首」，「首要的首要」。〔註 155〕

何有祖將〈愼子曰恭儉〉△字讀作「置」，指購買、置辦。〔註 156〕

劉洪濤隸定作「䒨」，據劉建民之說讀爲「戴」。〔註 157〕

沈培集合相關辭例綜合考察，並據劉洪濤引用劉建民之說，以爲△字當讀

〔註 153〕凡國棟〈讀《上博楚竹書六》記〉（簡帛網，2007.07.09，網址：http://www.bsm.org.cn/show_article.php?id=599）

〔註 154〕徐少華〈上博簡《申公臣靈王》及《平王與王子木》兩篇疏正〉（《古文字研究》，第二十七輯，2008.09），頁 479。

〔註 155〕李朝遠〈愼子曰恭儉考釋〉（馬承源主編《上海博物館藏戰國楚竹書（六）》，上海：上海古籍出版社，2007.07），頁 280～281。

〔註 156〕何有祖〈《愼子曰恭儉》札記〉（簡帛網，2007.07.05，網址：http://www.bsm.org.cn/show_article.php?id=590）

〔註 157〕劉洪濤〈上博竹書〈愼子曰恭儉〉校讀〉（簡帛網，2007.07.06，網址：http://www.bsm.org.cn/show_article.php?id=591）

爲「戴」，由此推測△字應看作从「之」得聲之字，又將〈申公臣靈王〉中△字讀爲「得」，其看法爲：

> 在戰國文字裏，A（宛臻按：A 即△字。）即除作姓氏外主要有兩種用法，一種用爲「戴」，一種用爲「得」。從字形上分析，A 似乎既可以看作是爲「得」而造的形聲字，也可以看作是爲「戴」而造的形聲字。我們說 A 可以看作是爲「得」而造的形聲字，主要是比照前面所說《老子》簡中的「得」字而說的，得財貨之「得」可以作形聲字而寫成从貝之聲，那麼，得人即抓獲人的「得」自然也可以作从首从之聲的寫法（以人的「首」代表人）。說此字也可能是專門爲「戴」而造的形聲字，這大概也能理解。《上博（二）·容成氏》簡 9「履地戴天」的「戴」就是一個形聲字，从首从弌得聲。因此可以把 A 看作是這種寫法的「戴」字的異體。需要注意的是，爲「戴」而造的這個形聲字，特意把聲符寫在上面，大概是因爲所戴的東西都在頭上面的緣故。〔註 158〕

范常喜亦從沈培之說釋爲「戴」，但以爲其將〈申公臣靈王〉△字讀爲「得」則不宜，並以爲仍應釋「戴」，訓爲「尊奉，擁戴」〔註 159〕。

在沈培的文章之後，陳偉受其啓發，又撰一文針對〈愼子曰恭儉〉△字提出看法，其以爲《郭店·尊德義》簡 28 从誻从木之字透過對讀當釋爲「植」，讀爲「置」，而△字當爲「直」的異體，「因爲從『止』得聲，自可讀爲『止』」，並由古籍的辭例推論與「囚」義相通，對於沈培釋爲「得」和「戴」，則認爲可以「直」、「止」相通。〔註 160〕

由以上學者的討論，可以發現在《上博六》出版以前，△字主要被釋爲「首」字，而在《上博六》出版後，△字又出現在〈申公臣靈王〉、〈愼子曰恭儉〉中，因爲再度引發關注，字形上除了原考釋者以爲的「之首」合文之外，學者或以

〔註 158〕沈培〈試釋戰國時代从「之」从「首（或从「頁」）」之字〉（簡帛網，2007.07.17，網址：http://www.bsm.org.cn/show_article.php?id=630）

〔註 159〕范常喜〈讀《上博六》札記六則〉（簡帛網，2007.07.25，網址：http://www.bsm.org.cn/show_article.php?id=667）

〔註 160〕陳偉〈《愼子曰恭儉》校讀〉，（簡帛網，2007.07.19，網址：http://www.bsm.org.cn/show_article.php?id=637）

爲首，或以爲从之从首，釋讀亦各不相同，以下就字形上試分析△字是否來源爲「首」，抑或爲其他文字。

三、字形分析

透過諸位學者的討論，△字大致上隸作「首」或「𩠐」，主要意見或以爲即首或頁字，或以爲是「之首」的合文，或以爲是一個「从之从首」的字，因此以下將△字與各組古文字做一對照，探求其字形的來源：

（一）古文字中的「首」與「頁」字

首先，就「首」字的甲金文字形表，試探「首」字的意義。

1. 甲金文中的「首」字

【字形表1－甲金文「首／百」字】

甲骨文	首	 1 甲 653	 2 乙 3401	 3 乙 6419	 4 乙 7828	 5 前 6.71
甲骨文	百	 6 前 6.17.6	 7 珠 268	 8 摭續 268	 9 後 2.7.12	 10 前 6.17.7
甲骨文	百	 11 柏 23	 12 庫 564	 13 掇 1.87		
金文		 14 西周早期.沈子它簋	 15 西周中期.彔伯簋	 16 西周中期.師酉簋	 17 西周晚期.克鼎	 18 西周晚期.䢅伯簋

《說文》：「百，頭也。象形。凡百之屬皆从百。」又於首字條下云：「首，百同，古文百也。巛象髮，謂之鬊，鬊即巛也。凡首之屬皆从首。」

商承祚《說文中之古文攷》謂：「百者篆文，首者古文。曷以古篆別出爲部首，以各有隸之字故也。其字從古文者多。篆文者少。又肖其形。遂篆廢而古文行矣。」〔註161〕

〔註161〕商承祚《說文中之古文攷》（轉引自《古文字詁林（八）》，上海：上海古籍出版社，

姚孝遂以爲「首既爲百之古文，則不得歧爲二字，蓋篆文偏旁各有所從，此所謂削足適履。典籍皆作『首』，『百』字久廢，今並釋作『首』。」〔註 162〕故「首」、「百」當爲同字。

宛臻按：甲骨文「首」字象頭形，或作有髮之形，如字形 1～8，或作無髮者，如字形 9～13，所面對的方向或左或右，大致不出以上形狀。李孝定指出「卜辭百字之義均爲頭，而首字無用此義者。首在卜辭多爲地名。」卜辭文例上，「疾」之「首」字作無髮之形；「王途」之「首」上作有髮之形，其文例附錄如下：〔註 163〕

【文例表 1－甲骨文「」字文例】

出　處	文　　例
《合》13614	貞子疾首……
《合》13615	……㱿貞有疾首……不……
《合》13616	……卜㱿……有疾首……
《合》13617	……疾首不惟丁……
《合》13618	……疾首
《合》13619	丁亥卜㱿貞[illegible]享首[illegible]于…………
《合》13814	……酉卜㱿貞疾……惟首
《合》24956	甲辰卜出貞王疾首無延
《合》24957	甲辰卜出貞王疾首無延
《英》1123	貞子……疾首

【文例表 2－甲骨文「」字文例】

出　處	文　　例
《合》6031	貞王途首勿……
《合》6032 正	甲戌卜㱿貞翌乙亥王途首無𡆥

2004.12），頁 43。

〔註 162〕于省吾主編、姚孝遂按語《甲骨文字詁林》（北京：中華書局，1996.05），頁 1010～1011。

〔註 163〕以下例句隸定參姚孝遂主編《殷墟甲骨刻辭類纂》（北京：中華書局，1989.01），頁 380。

《合》6033 反	翌庚辰王往途首
《合》6033 反	貞翌庚辰王往途首
《合》6037 正	貞翌庚申我伐暘日庚申明霧王來途首雨
《合》11506 反	王臣固……途首若
《合》15105	……首曰……禦
《合》22130	甲子卜[illegible]乙豭
《合》22133	……卜[illegible]乙豭
《合》29255	惟楙首田無災　吉
《合》29279	王惟楙首田無災
《英》2526	首吉

金文首字多作有髮之形，如字形 14～17；僅少數作無髮之形，如字形 18，高鴻縉謂「象人頭形，象頭及耳，並非頭有缺也」〔註 164〕。字義上有，一、「頭」：如「折首」之「首」，意即斬首，還有「𩒨首」之「首」，稽首是古文一種跪拜禮，二、通「手」，如遹簋的「遹拜首𩒨首」，一般作「拜手𩒨首」。〔註 165〕

多位學者們指出「首」、「頁」爲一字之分化，如王念孫謂：「頁即首字，不知何故轉爲胡結切。《說文》𩠐即從頁聲。朱駿聲《說文通訓定聲》逕以頁爲古文「首」字。其他如李孝定〔註 166〕、劉釗〔註 167〕、湯餘惠〔註 168〕、李家浩〔註 169〕及沈培〔註 170〕等人均以爲「首」、「頁」爲一字之分化。

2. 甲金文中的「頁」字

以下就「頁」字的甲金文字形表，試探「頁」字的意義。

〔註 164〕高鴻縉《中國字例》（台北：廣文書局，1964 年），頁 87～88。

〔註 165〕參陳初生《金文常用字典》（西安：陝西人民出版社，2004.01），頁 846～847。

〔註 166〕參李孝定《甲骨文字集釋·第九》（中研院史語所集刊之 50，1970 年。），頁 2837。

〔註 167〕參劉釗《古文字構形研究》（吉林大學博士論文，1991 年），頁 482。

〔註 168〕參湯餘惠〈包山楚簡讀後記〉（《考古與文物》，1993.02），頁 79。

〔註 169〕參李家浩〈包山楚簡中的旌旆及其他〉（《著名中年語言學家自選集·李家浩卷》，合肥：安徽教育出版社，2002 年），頁 260～261。

〔註 170〕沈培〈試釋戰國時代从「之」从「首（或从「頁」）」之字〉（簡帛網，2007.07.17，網址：http://www.bsm.org.cn/show_article.php?id=630）。

【字形表 2－甲金文「頁」字】

甲骨文	1 乙 8780	2 乙 8815	3 乙 8848	4 珠 320	5 坊間 2198
金文	6 西周中期.卯簋	7 元年師兌簋（䭬）	8 秦公簋（顯）		

《說文》：「頁，頭也。从百、从儿，古文䭬首如此。」

甲骨文「頁」字，上徐中舒《甲骨文字典》釋形以為為「象人之頭及身、頭上有髮之形。以人身映襯頭部特點，表示人之頭顱，故與省略身形之[illegible]、[illegible]（首）字實同。」釋義為「人之首也」。〔註 171〕

李孝定《甲骨文字集釋》針對「頁」字按語謂：「古文頁百首當為一字，頁象頭及身，百但象頭，首及其上髮小異耳。此並髮頭身三者皆象之。」〔註 172〕

姚孝遂指出：「卜辭頁字用義不詳，與『首』字有別。唯『頁』字僅見於自組卜辭，自組卜辭字多異構，或當為『首』之異體。」〔註 173〕

金文「頁」字在卯簋中辭例為「拜手頁手」，作「䭬」字用，林義光指出：「古䭬首字彝器屢見，皆作首，不作頁，頁偏旁所用，亦以頭為義。」〔註 174〕季師旭昇則以為此或係錯字〔註 175〕，林義光與季師旭昇之推測有理。

高鴻縉指出：「第三字（宛臻按：指字形 7 師兌簋「䭬」字偏旁[illegible]）於首下增人字，亦見於金文偏旁中，小篆以後無傳，第四字（宛臻按：指字形 8 秦公簋「顯」字偏旁[illegible]）於百下增人字直傳至今存於偏旁中，獨行者音變為葉，亦通以代書葉。」〔註 176〕

〔註 171〕徐中舒《甲骨文字典》（成都：四川辭書出版社，1989.05），頁 991。

〔註 172〕李孝定《甲骨文字集釋》（台北：中央研究院史語所，1977 年），頁 2837。

〔註 173〕于省吾主編、姚孝遂按語《甲骨文字詁林》（北京：中華書局，1996.05），頁 1012。

〔註 174〕林義光《文源．卷二》（轉引自《古文字詁林（八）》，上海：上海古籍出版社，2004.12），頁 1。（八）

〔註 175〕季師旭昇《說文新證（下）》（台北：藝文印書館，2004.11），頁 62。

〔註 176〕高鴻縉《中國字例》（台北：廣文書局，1964 年），頁 87～88。

宛臻按：甲骨文「頁」字字義用法不明，可以確定的是與「首」或「百」用法不同，以下附上頁字的文例：〔註 177〕

【文例表 3－甲骨文「」字文例】

出　處	文　　例
《合》15684 反	丁丑……豕頁……
《合》22215	壬寅卜貞四子口乀頁
《合》22215	乙丑中母飲五子𠂉口頁
《合》22216	……四子𠂉口頁
《合》22217	……四子𠂉口頁

此外，金文中僅見的「頁」字爲卯簋的「 」，在文例句作「䭫」字用，但僅見此例，不足以將「頁」字等同於「䭫」字，在未見到更多證據之前，僅供參考。

而頁、百、首爲一字之說，雖然從甲骨文及金文中尚且找不到明確的文例，且字音上明顯相距甚遠，但從字形上，基本上可知頁與首、百之間的關係是密不可分的。

3. 戰國楚簡中的「首」字

【字形表 3－楚簡中「首」字】

單字	1 包山 2.269	2 包山 2.273	3 望山 2	4 曾侯乙 9	5 曾侯乙 3
	6 信陽 1.016	7 信陽 2.029	8 天星觀.遣策	9 天星觀.遣策	10 天星觀.遣策
偏旁	11 包山牘 1（頁）	12 郭店 7.16（憂）	13 包山 2.88（道）	14 信陽 1.042（導）	15 天星觀.遣策（馘）

〔註 177〕隸定參姚孝遂主編《殷墟甲骨刻辭類纂》（北京：中華書局，1989.01），頁 380。

	16 天星觀.遣策（戠）	17 包山牘 1（項）	18 天星觀.卜筮（憼）	19 包山 2.199（憼）	

戰國楚系字形當中，一如何琳儀所說的「戰國文字有髮、無髮皆有之」〔註 178〕，但絕大部分是繼承甲金文中無髮的「首」字，如字形 1～8 省略毛髮狀，與「自」字形相似〔註 179〕，但大多與「自」字有所區別，如字形 1～2 的第一筆略勾以示與「自」字的區別，字形 3～4 及 8 是首筆爲明顯斜撇，字形 5～6 則是第一筆較長，字形 7 上則有二橫飾筆，而有少部分作偏旁用，較易與「自」字混淆，如字形 12 郭店楚簡的字，而字形 9、10 則是繼承甲金文中有髮之形的「首」字，上亦作三斜筆似止形，但比止形少一橫筆，因此在天星觀中的「首」字，上無斜筆與有三斜筆的字形是共存的，但沈培認爲其與△字是不可混淆的：

> 戰國文字中有些「首」字寫得確實像 A 形，例如滕壬生（1995：713）所錄天星觀所出遣策「白羽之」等辭的「」等字。但是，像包山牘 1、《鬼神之明》等簡中的 A 則明顯是从「之」从「首」的寫法，不能與之混淆。〔註 180〕

而字形 11 包山牘 1下作人形，其文例爲「冡羿首」，劉信芳指出：「『冡羿首』簡 269 作『冒毣之首』，冡、冒義同，謂注旄於干首。」〔註 181〕又於「冒毣之首」條曰：「牘 1 作『冡羿首』，『冡』讀爲蒙，蒙、冒音近義通，辭例可對照。」〔註 182〕據此包山牘 1字通「首」字，聊備一說。

作爲偏旁的首字，主要也是無髮的「首」字，如字形 12～15，亦有承襲

〔註 178〕何琳儀《戰國古文字典》（北京：中華書局，1998.09），頁 194。

〔註 179〕陳嘉凌《楚系簡帛字根研究》（台北：國立臺灣師範大學國文研究所碩士論文，2002.06），頁 96。

〔註 180〕沈培〈試釋戰國時代从「之」从「首（或从「頁」）」之字〉（簡帛網，2007.07.17，網址：http://www.bsm.org.cn/show_article.php?id=630）。

〔註 181〕劉信芳《包山楚簡解詁》（台北：藝文印書館，2003.01），頁 323。

〔註 182〕劉信芳《包山楚簡解詁》（台北：藝文印書館，2003.01），頁 310。

有髮的「首」字，如字形 16，此外亦有「首」部分橫筆簡省者，如字形 17，或變化爲「大」形者，如字形 18～19，《楚系簡帛文字編》釋爲「⿱⿰弓頁心」〔註 183〕，而李守奎則釋「⿱⿰弓頁心」，謂「人」形爲「弓」形簡省〔註 184〕，陳嘉凌學姐指出此種字形「與楚系簡帛『𠙵』字相似」，又謂「四字文義相同，應爲『首』形省變，故疑首形下部『夕』爲『卩』形之訛變。」〔註 185〕

至於「首」字與△字在文例的使用上，筆者以《包山楚簡》、《信陽楚簡》「首」字爲例〔註 186〕，發現其使用上是有所不同：

【文例表 4－包山、信陽楚簡「首」字文例】

出　處	文　　例
《包山》269	冒筆（旄）之首。
《包山》273	其上載：（㒇）羿（旌），毫首。
《信陽》1.016	有首，行有道，尾（度）有
《信陽》2.029	首善米，紫緅百囊，米純緅幂。

雖然可供對照的文例不多，但同書於包山簡 269，「首」與△字明顯不同，可知目前尚不能證明「首」字與△字爲同一字。

4.「首」字的字形演變

【字形表 4－「首」字的字形演變】

 1 乙 3401	 2 前 6.17.7	 3 西周早期.沈子它簋	 4 西周中期.師酉簋	 5 西周晚期.克鼎

〔註 183〕滕壬生《楚系簡帛文字編（增訂本）》（武漢：湖北教育出版社，2008.10），頁 929。

〔註 184〕李守奎〈釋楚簡的「⿱⿰弓頁心」字——兼釋楚璽中的「弼」〉（《簡帛研究 2001》，2001 年），頁 215～217。

〔註 185〕陳嘉凌《楚系簡帛字根研究》（台北：國立臺灣師範大學國文研究所碩士論文，2002.06），頁 96～97。

〔註 186〕以下《包山楚簡》文例的隸定暫採劉信芳《包山楚簡解詁》（台北：藝文印書館，2003.01）的隸定方式，《信陽楚簡》文例的隸定則依劉雨〈信陽楚簡釋文與考釋〉（河南文物研究所《信陽楚墓》，北京：文物出版社，1986.03）的隸定方式。

6 西周晚期.祈伯簋	7 戰國.晉.貨系 578	8 戰國.楚.包山 2.269	9 戰國.秦.廿六年詔權	10 西漢.一號墓竹簡 195
11 西漢.一號墓竹簡 1	12 西漢.孫子兵法	13 西漢.老子甲 4	14 漢印文字徵 9.3	15 漢印文字徵 9.3
16 東漢.朝侯小子殘碑	17 東漢.曹全碑			

自甲骨文開始，「首」字分別作有髮的「首」字如字形 1，及無髮的「首」字如字形 2，金文大都承襲有髮的「首」字，僅少數作無髮的「首」字如字形 6，戰國晉系、楚系主要承襲無髮的「首」字，而秦系承襲金文中有髮的「首」字，漢代以降，承襲秦系小篆「首」字的寫法，作有髮之「首」如字形 10，或其上髮形略有訛變如字形 11、14、15，亦有「首」上毛髮由三筆省爲兩筆者，後世楷書的「首」字即由此而來，其字形演變，如下圖所示：

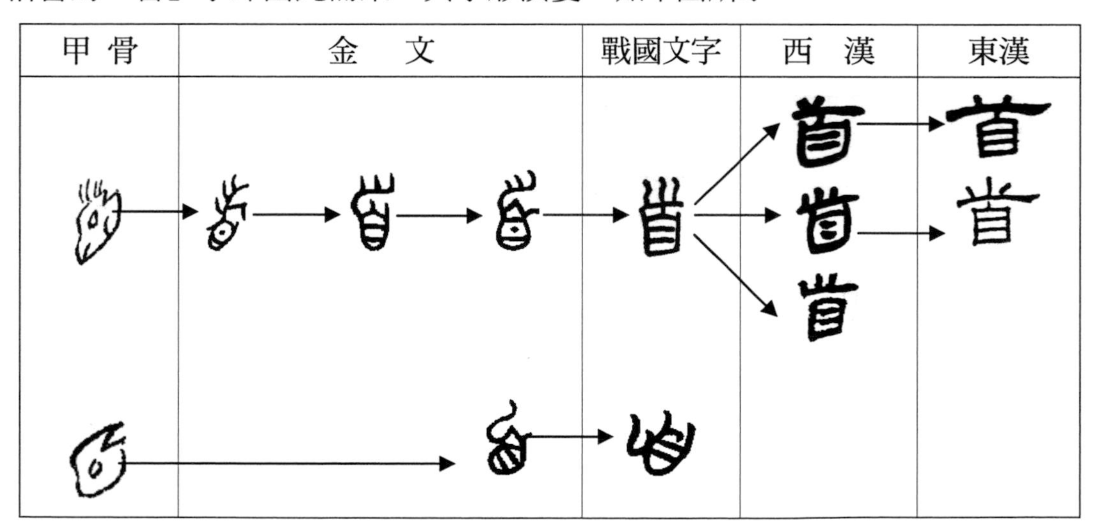

（二）古文字中的「之」與「止」字

沈培指出△字是一個「上从之下从首（或从頁）」的字，以下先由古文字「之」字的字形表看其字形演變發展的過程：

1. 古文字中的「之」字

【字形表 5－古文字「之」字】

1 商.甲 170	2 商.甲 180	3 商.甲 3213	4 商.乙 570	5 西周中期.縣妃簋
6 西周晚期.散盤	7 西周晚期.善夫克鼎	8 春秋.取它人鼎	9 春秋晚期.王子午鼎	10 春戰.晉.侯馬 1:6
11 春戰.晉.侯馬 156:4	12 戰國.楚.鑄客鼎	13 戰國.楚.包山 2.2	14 戰國.楚.帛乙 5.34	15 戰國.璽彙 327
16 秦.睡虎地.爲 11	17 秦.睡虎地.法 141	18 西漢.老子甲 4	19 西漢.定縣竹簡 10	20 西漢.居延簡 713

《說文》：「㞢，出也。象艸過屮，枝莖益大，有所之。一者，地也。凡之之屬皆从之。」

羅振玉以爲：「卜辭从止、从一，人之所之。《爾雅．釋詁》：『之，往也。』當爲之之初誼」羅振玉所言甚是，季師旭昇補充謂：「字象人足踏地，以示欲某地也。一，地也。《說文》釋爲『象屮過中，枝葉漸益大有所之也』，殊誤。」〔註 187〕

何琳儀指出：「戰國文字承襲兩周金文。或作㞢，取其對稱。或作[illegible]，斜筆穿透。或作[illegible]，加一贅筆。」〔註 188〕

另外，字形 15《古璽彙編》327 的[illegible]字，在《古璽文編》列於「止」字，《古璽彙編》原璽文隸作「君之稟」，吳振武指出《古璽文編》之誤，並以爲「在所有古文字資料中，止、之二字在單獨使用時是有嚴格區別的，絕不相混。」

〔註 187〕季師旭昇《說文新證（上）》（台北：藝文印書館，2002.10），頁 498。

〔註 188〕何琳儀《戰國古文字典（上）》（北京：中華書局，1998.09），頁 43。

〔註189〕其說甚確，此字當作「之」字，而非「止」字。

宛臻按：「之」字甲骨从止从一，象人有所往，羅振玉所言不誤，而金文「止」形與「一」形相連作「」，或「止」形類化爲「屮」形作「」，春秋、戰國大抵承此，秦、漢以後小篆作「」，而後因書寫上連筆的關係，其上所从的「止」形的末筆與「一」形連爲一氣，如「」、「」，便演變爲目前我們所見到的楷書「之」了。

2. 古文字中的「止」字

除了沈培釋从之從首之說外，多位學者將△字隸定作「峕」字，陳偉則指出△字從止從首，以下由「止」字的古文字形表，觀察其字形演變的歷程。

【字形表 6－古文字「止」字】

1 商.甲 600	2 商.甲 2744	3 商.甲 1897	4 商.甲 2489	5 商.古陶 1.5
6 西周晚.召伯簋二	7 戰國.齊.古陶 3.769	8 戰國.燕.古陶 4.127	9 戰國.晉.璽彙 895	10 戰國.楚.天星觀.卜筮
11 秦.睡虎地 10.11	12 西漢初.老子甲 17	13 西漢.居延簡甲 11	14 東漢.夏承碑	15 東漢.熹平石經.易.說卦

《說文》：「，下基也。象艸木出有址，故以止爲足。凡止之屬皆从止。」

甲骨文象人的腳底，腳趾以三根象徵全部，金文字形線條化作「」，由字形 3 演變而來，右邊的一撇不穿透，戰國、秦、漢文字承襲金文，但值得注意的是「止」字的筆劃爲三筆，直到熹平石經訛爲四筆，季師旭昇指出：

> 無論怎麼變，「止」字都是三筆，和「㞢（之）」字作四筆者，區別非常嚴格。直到熹平石經才訛爲四筆，和「之」字就很容易相

〔註189〕吳振武《《古璽文編》校訂》（長春：吉林大學博士論文，1984 年），頁 28。

混了。〔註 190〕

因此可知後世楷書四筆的「止」字，乃是在熹平石經之後訛變產生的。

4. 戰國楚簡中的「之」與「止」字

△字學者或以爲从之从首，或以爲从止从首，之所以有此歧異乃是將「之」、「止」混用的結果，接下來，探討戰國楚簡中「之」與「止」是否有混用的情形。

首先，先將戰國楚文字中的「之」與「止」的字形做一簡單的對照比較：

【字形表 7—戰國楚文字「之」、「止」字對照】

之	單字	天星觀.卜筮	天星觀.遣策	信陽 2.021	包山 2.145 反	包山 2.267
	偏旁	包山 2.237（先）	天星觀.卜筮（志）	包山 2.266（寺）	望山 2.遣策（𡸝）	包山 2.232（𡳿）
止	單字	天星觀.卜筮				
	偏旁	包山 2.230（出）	包山 2.100（走）	望山 1.卜筮（趣）	天星觀.卜筮（是）	包山 2.228（𡳿）

從以上字形看來，單字的「之」字爲四筆，「止」爲三筆，二字之間並無混淆。至於「出」字从止从凵，與「止」頗有相似之處，但明顯可見「出」字末筆爲凵，與「止」形末筆从一，略有不同。另外，楚簡中有一個「𡳿」〔註 191〕

〔註 190〕季師旭昇《說文新證（上）》（台北：藝文印書館，2002.10），頁 97。

〔註 191〕季師旭昇指出「𡳿」字在大多數的文例中讀爲「止」，少數讀爲「之」，而此字的產生可能是疊加義符「止」，也有可能是「止」形加注聲符「之」。全文參見季師旭昇〈從戰國文字中的「𡳿」字談詩經中「之」字誤爲「止」字的現象〉（《第四屆詩經國際學術研討會論文集》，山東大學，1999.08.04，又見於復旦大學出土文獻與古文字研究中心網站，2009.03.21，網址：http://www.gwz.fudan.edu.cn/Src

字，上从之、下从止，上下部件顯然不同，足見「之」、「止」在楚簡中大多是有所區別的。

季師旭昇認爲：

一般以爲戰國文字中「之」字和「止」字可以混用。但是，從古文字現有的材料來看，這兩個字其實是分得很清楚的，所謂的混用，往往是後人沒有認清楚字形罷了。〔註192〕

實際上從「之」字與「止」字古文字字形來看，「之」與「止」少有混用的狀況，但是亦有特例。陳嘉凌學姐指出「『之』、『止』二字於古文字中，因形近偶可互作」〔註193〕。金俊秀學長在其論文中特表列「止」字在偏旁中類化爲「之」的情形，其文揭示如下：

首先談其形，楚文字裡「止」字用作偏旁時呈多種寫法，此選取幾種具有代表性的形體表列於後：

戠	包 2.230		包 2.129	包 2.239	包 2.2	信 1.03	包 2.167
此	郭・老甲 10		包 2.132	郭・尊 39		信 1.031	
歸	包 2.206		天・卜	包 2.212			
⿱艹寺	郭・老甲 3	包 2.122		包 2.123			
隆			包 2.168				

Show.asp?Src_ID=731）

〔註192〕季師旭昇〈古璽雜識二題：壹、釋「𡳿」、「徏」、「峙」；貳、姜業〉（《中國學術年刊》，第廿二期，2001.05），頁85。

〔註193〕陳嘉凌《楚系簡帛字根研究》（台北：國立臺灣師範大學國文研究所碩士論文，2002.06），頁231。

> 「𢧢」字所从之「止」或類化爲「之（[illegible]」，但並不多見，古文字裡「止」與「之」的區別甚嚴，楚文字亦然。「𢧢」字所从「之」，屬罕見之例。〔註 194〕

一如季師旭昇所指出的：

> 即使古文字中「之」、「止」可以互作，也應該是有限制的，即在不會造成混淆的情況下，二者或可互作。〔註 195〕

季師旭昇所言極是，「之」與「止」字在一般的情況下，其實是有所區別的，但是仍有訛混的可能，只是當是有所限制和有條件的，因此在考釋文字時當特別注意，而非因其字形或有訛混的現象，便不特別考慮它。

（五）綜合討論

由以上字形的比較，筆者認爲△字當爲一個从之从首的字，而陳偉以爲从止从首，但由「之」、「止」的古文字形幾乎不相混淆的情況看來，从止之說是需要修正的。

至於劉釗、凡國棟等人以爲△字爲「首」字，認爲其上的之或止形是由甲、金文其上有髮的「首」字演變而來，但一如沈培所指出的，從滕壬生《楚系簡帛文字編》所收天星觀的遣策中的「[illegible]」等字即是承自甲、金文的有髮的「首」字，故不宜再將△字理解爲首字的訛變。又由《包山楚簡》諸例與簡冊中其他「首」字的用法並無混用，可見△字與「首」的文例確實有所不同。

而劉釗指出首字「秦漢時期上部確實可以寫爲从『止』」，從漢印的「[illegible]」（漢印文字徵九・三）、「[illegible]」（漢印文字徵九・三）其上可見確實已訛變爲「止」形，但是從篆刻採美感的角度，訛爲「止」形確實是有可能的，但是並不影響文字本身的流傳，且△字其上之形實爲「之」形，而非「止」形，從前面討論的古文字「之」、「止」區別甚嚴的角度，劉釗之說是有待商榷的。

至於李朝遠以爲是「之首」的合文，筆者認爲其下並無合文符號，未必

〔註 194〕金俊秀《《上海博物館藏戰國楚竹書（四）》疑難字研究》（台北：國立臺灣師範大學國文研究所碩士論文，2007.06），頁 58～59。

〔註 195〕季師旭昇〈古璽雜識二題：壹、釋「㞷」、「徃」、「[illegible]」；貳、姜業〉（《中國學術年刊》，第廿二期，2001.05），頁 87。

就是合文，林清源《楚國文字構形演變研究》指出：

> 春秋戰國時期的「合文」，幾乎都是二字合文，而且多半會在右下角添加合文符「=」，以避免跟一般的單字產生混淆。〔註 196〕

因此，如《包山》簡 269 的「」及《包山》牘 1「」，其上有合文符號「=」，理解爲合文是合理的，但其他諸字則未必是合文，尚須配合文例來看方可確認。

三、辭例探析

何有祖據《郭店．尊德義 28》的字，將《上博六》〈愼子曰恭儉〉及〈申公臣靈王〉△字釋爲「置」，因此我們從還原《郭店．尊德義 28》的字試圖來探索其與△字的關係：

	郭店．尊德義 28	悳（德）之流，速唇（乎）蚤而連（傳）命。

裘錫圭按語謂：

> 此句讀爲「悳（德）之流，速唇（乎）蚤而連（傳）命。」《孟子．公孫丑上》：「孔子曰：德之流行，速於置郵而傳命。」〔註 197〕

又謂：

> 「栺」从「之」聲，「蚤」从「又」聲，故兩字可讀爲「置郵」。〔註 198〕

劉釗謂：

> 「栺」從「止」聲，讀爲「置」，古音「止」在章紐之部，「置」端紐職部，聲爲一系，韻爲對轉，於音可通。「蚤」從「又」聲，

〔註 196〕林清源《楚國文字構形演變研究》（台中：東海大學中國文學系博士論文，1997 年 12 月），頁 58。

〔註 197〕裘錫圭按語見荊門市博物館《郭店楚墓竹簡》（北京：文物出版社，1998.05），頁 175。

〔註 198〕裘錫圭按語見荊門市博物館《郭店楚墓竹簡》（北京：文物出版社，1998.05），頁 175。

古音「又」、「郵」皆在匣紐之部，故「蚤」可讀爲「郵。」〔註199〕

宛臻按：「[glyph]」字其上所从即△字，而下从木，裘錫圭以爲「[glyph]」从之聲，劉釗以爲从止聲，從前文的討論可知「之」與「止」字實有分別，故以裘錫圭从之爲確，但無論從之或從止，由《郭店・尊德義》此段文字與《孟子・公孫丑》可以對讀的關係看來，若「[glyph]」字爲一形聲字，其上所从的△字即爲聲符，依此軌跡推敲，「[glyph]」與「置」字有聲音關係，可知△字其上的「之」字可能正是△字的聲符。

在此基礎之下，以下分別討論各文獻中△字的辭例問題：

（一）《上博六・愼子曰恭儉》的△字

	上博六・愼子曰恭儉 5	古（故）曰：信（居）首[glyph]，茅芙楮（？）筱，執樝迖畎備畎，必於遴汵。

△字何有祖以爲與下文「執」相對應，當同爲動詞，又以爲「茅芙」疑讀爲「茅蒲」，其說可信。

又該句斷讀劉洪濤改讀爲「彔（祿）不申其志，故曰強。首菁（戴）茅芙（蒲），櫻筱（蓧）執樝（鉏），畎備畎，必於……」又引用劉建民之說將△字釋爲戴，其說被沈培、陳偉、陳劍、范常喜等人所贊同。

而沈培在文中提到△字可能是專門爲「戴」而造的形聲字，又指出《上博二・容成氏》簡9「履地戴天」的「戴」（[glyph]）就是一個形聲字，从首从弌得聲〔註200〕，可視爲△字的異體。

宛臻按：其中劉洪濤將原考釋所釋的「厚」字改釋「彔」字，「繮」字改釋「申」字，「居」字改釋「強」字，筆者同意此說。又從劉建民釋「戴」，

〔註199〕劉釗《郭店楚簡校釋》（福州：福建人民出版社，2003.12），頁128。

〔註200〕《上博二・容成氏》簡9的「戴」（[glyph]）字，沈培以爲从首从弌得聲，原考釋者李零隸作「𢦔」，並指出：「『𢦔』即『戴』。原從首從弋，『弋』疑同『戈』。」而蘇建洲學長則指出「弌」（影紐質部）與「戴」（精紐之部）聲韻關係並不近，當从弋得聲（見蘇建洲〈對於《試釋戰國時代從「之」從「首（或從「頁」）」之字》一文的補充〉，2007.07.18，網址：http://www.bsm.org.cn/show_article.php?id=635），學長之說甚是。

筆者亦贊同，「戴」字上古音為端母之部，△字可能即由「之」字得聲，又象首字上戴一物之形，而劉洪濤又引劉建民之說，「首戴茅蒲」可見於《國語．齊語》：「脫衣就功，首戴茅蒲，身衣襏襫，沾體塗足，暴其髮膚，盡其四支之敏，以從事于田野。」韋昭注：「茅蒲，簦笠也。」而何有祖亦同樣引用《國語．齊語》這一段文字，但將△字釋為「置」字，讀為「購買、置辦」，可惜不如釋為「戴」字貼切。「戴」字，《說文》：「戴，分物得增益曰戴。从異𢦏聲。」段《注》云：「引申之，凡加於上皆曰戴。」「戴」字可用於一切上加之物，而△字可能就適用於專指頭上所戴之物了。

（二）《上博六．申公臣靈王》的△字

	上博六．申公臣靈王 4	戠（吾）於析述，繣（申）公子皇△皇子。王子回（圍）敓（奪）之，繣（申）公爭之。

原考釋者提到本篇內容是「記王子回與申公爭王位，最後申公願為『君王臣』事」〔註 201〕，陳偉指出《上博六．申公臣靈王》講的是穿封戌與楚靈王的故事〔註 202〕，並引用了《左傳》襄公二十六年的一段文字：

> 楚子、秦人侵吳。及雩婁，聞吳有備而還，遂侵鄭。五月，至於城麇。鄭皇頡戍之，出與楚師戰，敗。穿封戌囚皇頡。公子圍與之爭之，正于伯州犁。……囚曰：「頡遇王子，弱焉。」戌怒，抽戈逐王子圍，弗及。

把子皇解為穿封戌的字，意即申公即穿封戌，並把皇子解為皇頡，此段解釋為凡國棟、沈培所採用。據此原考釋者將第四簡釋為「皇首皇子」，釋為第一個皇子，以為第五簡「皇」讀為「惶」，在斷句上均有誤，子皇均應解為申公的字。

宛臻按：此段文字寫申公穿封戌擒獲皇頡，並將之囚禁，因此何有祖釋為「釋放」，及范常喜釋為「擁戴」之意均不符《左傳》的描述，而陳偉釋為「止」讀為「囚」、李學勤釋為「止」讀為「俘獲」、沈培釋為「得」讀為「捕

〔註 201〕陳佩芬〈申公臣靈王考釋〉（馬承源主編《上海博物館藏戰國楚竹書（六）》，上海：上海古籍出版社，2007.07），頁 240。

〔註 202〕陳偉〈讀《上博六》條記〉（簡帛網，2007.07.09，網址：http://www.bsm.org.cn/show_article.php?id=597）

獲」等說均有一定的道理，但沈培釋爲「得」，並以爲《郭簡・老子甲》簡 36「得與亡孰病」的「得」即作形，認爲得有从貝从之的寫法，故得亦當有从首从之的寫法，以表「捕獲」人「首」〔註 203〕，此說筆者以爲不妥，若捕獲人可逕造一从首从之的字，那麼獲得其他物品，亦得按所得之物造字，文字恐無限孳乳了，因此筆者目前傾向釋爲「止」，讀爲「囚」或「俘獲」均可通，△字其上爲聲符，其下之「首」象「執獲」或「禁制」的俘虜，亦可謂形聲兼會意。《故訓匯纂》曰：「執獲謂之止，禁制亦謂之止。《爾雅・釋詁下》『訖，止也』郝懿行義疏。」〔註 204〕，如《左傳》昭公四年：「四年，春，王正月，許男如楚，楚子止之；遂止鄭伯，復田江南，許男與焉。」《左傳》昭公五年：「夏，莒牟夷以牟婁及防、茲來奔。牟夷非卿而書，尊地也。莒人愬于晉，晉侯欲止公。」又《左傳》昭公十六年：「十六年，春，王正月，公在晉，晉人止公。不書，諱之也。」可證之。

（三）《上博五・鬼神之明》的△字

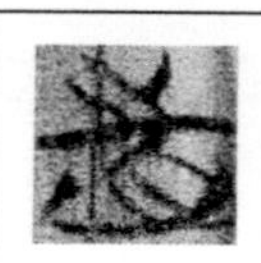	上博五・鬼神之明 2 背	此㠯（以）桀折於鬲山，而受於只（岐）袿（社），身不叟（沒），爲天下芙（笑）。

原考釋隸定作「首」，釋爲「頭」，由前文的討論已經△字當釋爲从止从首之字，且在〈鬼神之明〉原文中的「桀折於鬲山」，可知△當與「折」字相對，當爲一個動詞，故原考釋者的說法有待修正，而黃人二以爲當讀爲「鍘」，但「鍘」字顯然是個晚起字，元代以降才見使用〔註 205〕，因此讀爲「鍘」也不妥當。

宛臻按：筆者認爲此字亦當讀爲「止」，訓爲「執獲」或「禁制」，在此爲動詞，屬於被動用法。

（四）楚帛書的△字

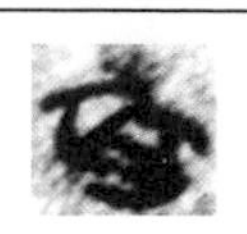	帛丙 11.2.9	利戠（侵）伐，可以攻城，可以聚眾，會者（諸）侯，型（刑）事，殄（戮）不義，姑（辜）分長，……。

〔註 203〕沈培〈試釋戰國時代从「之」从「首（或从「頁」）」之字〉（簡帛網，2007.07.17，網址：http://www.bsm.org.cn/show_article.php?id=630）

〔註 204〕宗福邦、陳世鐃、蕭海波《故訓匯纂》（北京：商務印書館，2003.07），頁 1177。

〔註 205〕參王力《王力古漢語字典》（北京：中華書局，2000.06），頁 1537。

商承祚〈戰國楚帛書述略〉以爲「首」字。〔註 206〕李零《長沙子彈庫楚帛書研究》〔註 207〕、劉信芳《子彈庫楚墓出土文獻研究》〔註 208〕從之。

饒宗頤〈楚帛書新證〉釋「百」。〔註 209〕

陳嘉凌學姐指出此字應從「首」、「之」聲，隸定當作「䒑」，並以爲可讀爲「滋」，「刑滋事」，即刑殺滋生事端之人：

> 「之」古音照紐之部，「滋」古音精紐之部，照紐爲正齒音，精紐爲齒頭音，兩字發音部位相近，韻母同爲之部，故「䒑」可讀爲「滋」
>
> 「滋」，《說文・水部》：「滋，益也」，《玉篇・水部》：「滋，長也」《廣韻・之部》：「滋，繁也」因此「滋事即生事，因此「刑滋事」，即刑殺滋生事端之人，，而下文「戮不義」，爲殺戮不義之人，「刑」與「戮」同義，由信陽簡 1-01 文句可知，故「刑滋事，戮不義」爲同義之對句，或爲互文見義。〔註 210〕

宛臻按：由字形來看，楚帛書的△字，當作「䒑」字，其上作「之」形，其下爲「首」字，因此商承祚等人釋「首」或饒宗頤釋「百」均不可從，而陳嘉凌學姐以爲當爲「䒑」字，甚確，而其以爲讀爲「滋」，將「刑滋事」釋爲「刑殺滋生事端之人」則有增字解經之嫌，筆者以爲「䒑」亦當讀爲「止」，訓爲「禁制」之意，當作「刑罰禁錮之事」。

（五）其他△字

沈培以爲《古璽彙編》、《包山楚簡》、《信陽楚簡》等的△字均可釋「戴」，《古璽彙編》的△字已知不釋爲「首」，釋爲「戴」姓則可備一說，但因《包山楚簡》、《信陽楚簡》均爲遣策，故用法尚待進一步釐清。

〔註 206〕商承祚〈戰國楚帛書述略〉（《文物》，第九期，1964.09），頁 18。

〔註 207〕李零《長沙子彈庫楚帛書研究》（北京：中華書局，1985 年），頁 80。

〔註 208〕劉信芳《子彈庫楚墓出土文獻研究》（台北：藝文印書館，2002 年），頁 122。

〔註 209〕饒宗頤〈楚帛書新證〉（《楚地出土文獻三種研究》，北京：中華書局，1993 年），頁 276。

〔註 210〕陳嘉凌《《楚帛書》文字考釋研究》（台北：國立臺灣師範大學國文學系博士論文，2009.06），頁 424。

五、結　語

過去，△字被釋爲「首」字，經過一番討論，筆者認爲△字當釋爲从之从首的字，而非「首」字，此字可能是爲頭上「戴」物的「戴」字專門而造的形聲字，此字在《上博六・慎子曰恭儉》即釋爲「戴」，而此字在《上博五・鬼神之明》、《上博六・申公臣靈王》、《楚帛書》中當讀爲「止」，意爲「執獲」或「禁制」。

第四節　釋「疐」

一、前　言

《上博五・融師有成氏》簡 5 中，有一句原考釋讀作「名則可畏（畏），蛓（步）者可矛（柔）。」其中的「蛓」字，原考釋者釋爲「步」，而陳斯鵬指出其與《上博四・周易》簡 4 釋爲「懥」字字形上部所從構形相同，因釋爲「疐」字，而《上博六》出版後，其中的〈申公臣靈王〉及〈慎子曰恭儉〉兩篇均出現相同字形，再度引發眾家學者的討論，或釋爲「步」、或釋爲「疐」、或釋爲「陟」，本文試檢視諸說，試還原該字各種釋讀的可能性。

二、學者討論

與△字字形相關的出土文獻材料，及其相關文例，羅列如下：

	字形	出　處	文　　例
1		中山王譽方壺（《集成》9735）	其老筴（策）賞中（仲）父，者（諸）侯皆賀，夫古之聖王敄（務）才得賢，其即得民，旓（故）諱（辭）豊（禮）敬則賢人至，愛深則賢人窺（親），复（作）斂中則庶民㑗（附）。 
2		包山 25	八月辛未之日，司敗黃貴鈉受期，癸巳之日不遅（詳）玉敏（令）、玉婁瘷以廷，阩門又敗。秀睪。 
3		包山 105	鄝莫囂、左司馬毆、安陵莫囂繺獻爲鄝貣（貸）郕異之黃金七益以翟（糴）穜。 
4		包山 116	鄝莫囂卲、左司馬旅毆爲鄝貣（貸）郕異之金七異。 

5		包山 151	戌死，其子番後之；死，無子，其弟黯番黯後之。
6		包山 151	戌死，其子番後之；死，無子，其弟黯番黯後之。
7		包山 167	辛未，東阪人登、東阪人登뫵。
8		包山 194	戊寅，正昜邵奚、鄰（蔡）、雧（集）脰（廚）鳴夜、舒李鯇、郊（鄢）人鹽憖。
9		上博三・周易 4	☰䷅訟■：又（有）孚悥（惕），中吉，冬（終）凶。利用見大人，不利涉大川。
10		上博五・融師有成氏 5	蠪（融）帀（師）又（有）成氏，牆（狀）若生又（有）耳不𦖞（聞），又（有）口不鳴，又（有）目不見，又（有）足不遫（趨）。名則可畏（畏），者可矛（柔）。
11		上博六・申公臣靈王 9	臣爲君王臣，君王孚（免）之死，不吕（以）晨（辰）鈇（扶），可（何）敢心之又（有）。
12		上博六・慎子曰恭儉 1	訢（慎）子曰：「共（恭）㑣（儉）吕（以）立身，㲋（堅）弜（強）吕（以）立志，忠吕（以）反；逆（友）吕（以）載道，精瀝吕（以）巽䙖（藝）。
13		上博六・用曰 16	茅（務）之以元印，柬其又（有）亙（恒）井（形），其又（有）戮（威）頌（容），而紋其又（有）盍用，亡咎隹（惟）浧（盈）。

中山王嚳方壺的「」字，張政烺據《說文》遠的古文及魏三體石經遠的古文，以爲是「原」之異體，讀爲「願」：

> 𢉖，从厂，𣥠聲。《說文》遠之古文作，魏三體石經《尚書・君奭》遠之古文作，則此或是原之異體，讀爲願。《爾雅・釋詁》：「願，思也」《方言》：「願，欲思也。」〔註 211〕

〔註 211〕張政烺〈中山王嚳壺及鼎銘考釋〉（《古文字研究》第一輯，北京：中華書局，1979.08），頁 220。

趙誠即釋爲「𨔶」，讀爲「至」：

𨔶，《說文》从冂，與此从厂同意。朱駿聲《說文通訓定聲》云：「字亦作㗥、作躓，《詩·狼跋》『載𨔶其尾』，字又作駤。」本銘用作至。〔註212〕

徐中舒、伍仕謙隸定爲「陟」，作爲「登用」之義：

厤、陟，《說文》：「陟，古文作[古文字形]」。中山三器，凡从日之字，多譌爲田。厂亦[古文字形]之譌變，當讀爲黜陟之陟，謂登用授職也。辭是言辭，禮是禮物；陟是登用，愛是恩惠；作是徭役，斂是賦斂；皆並舉兩兩相關之事。〔註213〕

何琳儀以爲徐中舒、伍仕謙隸定爲「陟」可從，但認爲其解說有誤：

「[古文字形]」，从厂从𣦵。諸家據《說文》古文、《汗簡》等形體隸定「𣦵」爲「步」是對的，但讀作从步得聲之魚部字則爲當。唯徐中舒、伍仕謙隸「厤」爲「陟」可從，但解說有誤。

古文字偏旁「厂」與「阜」有時互作，如甲骨文「降」或作「[古文字形]」（《乙》5296）。「厂」，《說文》：「山石之厓巖」，與阜義進。換言之，陟象以「步」登「阜」，「𠩄」象以「步」登「厂」，二者並無本質區別。「陟」本銘讀爲「德」。〔註214〕

另外，何琳儀在《戰國古文字典》釋「步」字時提到：

或二止中間加日爲飾。三體石經《君奭》陟作[古文字形]，亦或加日爲飾。日或作田形，參中山王方壺作厤。二止或左右結構作[古文字形]。〔註215〕

商承祚釋爲「廣」字，但未加以說明。〔註216〕

〔註212〕趙誠〈中山壺中山鼎銘文試釋〉（《古文字研究》第一輯，北京：中華書局，1979.08），頁253。

〔註213〕徐中舒、伍仕謙〈中山三器釋文及宮堂圖說明〉（《中國史研究》，1979年第4期），頁88。

〔註214〕何琳儀〈中山王器攷釋拾遺〉（《史學集刊》，1984年第3期），頁8。

〔註215〕何琳儀《戰國古文字典》（北京：中華書局，1998.09），頁592。

〔註216〕商承祚〈中山王譽鼎、壺銘文芻議〉（《古文字研究》第七輯，北京：中華書局，

馬承源將「㕓炁」讀爲「博愛」，其對「㕓」字的解讀是：

> 㕓，《說文》步古文作陟，陟古文作遺，《汗簡》步作𡍮，此从厂𡍮，𡍮亦當是步之古文，爲字之聲符，當讀如博，步、博聲韻皆同。〔註217〕

《包山楚簡》的△字，《包山楚簡》原考釋考將以上諸句的△字均隸定作「步」〔註218〕，張光裕、袁國華《包山楚簡文字編》〔註219〕、劉信芳《包山楚簡解詁》〔註220〕均隸定作「步」。李守奎在《楚文字編》中，將《包山》25「[字形]」、《包山》105「[字形]」、《包山》116 等釋爲「步」字，並注明「與汗簡字形近」，而在附錄中將[字形]《包山》167「[字形]」、《包山》194「[字形]」列爲不識字，蘇建洲學長據林清源指出「『日』形部件與『田』形部件, 在楚國文字中經常訛混互用」〔註221〕以爲李守奎的分別沒有必要，並以爲當同釋爲「步」。〔註222〕

劉釗則以爲當釋「陟」：

> 簡 25、116、194 有字作「[字形]、「[字形]」、「[字形]」，字表釋爲「步」，考釋（176）引《汗簡》「[字形]」字爲證。按古文字「步」皆作「[字形]」，從不从「⊕」作，而从「⊕」正應是「陟」字，字應釋爲「陟」。中山器「㕓愛深」之「㕓」正作「㕓」，所从與簡文同。簡文中「陟」字用法不詳。〔註223〕

1982.06），頁 69。

〔註217〕馬承源主編《商周青銅器銘文選（四）》（北京：文物出版社，1990.04），頁 557。

〔註218〕湖北省荊沙鐵路考古隊《包山楚簡》（北京：文物出版社，1991.01）。

〔註219〕張光裕主編、袁國華合編《包山楚簡文字編》（台北：藝文印書館，1992.11），頁 221。

〔註220〕劉信芳《包山楚簡解詁》（台北：藝文印書館，2003.01），頁 40。

〔註221〕林清源《楚國文字構形演變研究》（台中：東海大學博士論文，1997.12），頁 144。

〔註222〕蘇建洲〈楚文字雜識〉（簡帛研究，2005.10.30，網址：http://www.jianbo.org/admin3/2005/sujianzhou006.htm）。

〔註223〕劉釗〈包山楚簡考釋〉（《中國古文字研究會第九屆學術研討會論文》，南京：1992 年），轉引自季師旭昇〈《上博三・周易・訟卦》二題：懥、其邑三四户〉（《中國文字》，新三十一期，台北：藝文印書館，2006.11），頁 28～29。

另外，李零〈讀《楚系簡帛文字編》〉一文指出：「皆人名用字，字作[古文字]，疑應釋『疐』。」〔註 224〕。

《上博三・周易》的「[古文字]」字，濮茅左考釋爲「『懥』，讀爲『窒』，上古音近，《說文・穴部》：『窒，塞也。』」〔註 225〕

楊澤生以爲「[古文字]」與「涉」相關，讀爲「恎」或「恤」，意爲體恤、憐憫：

> 同簡「涉」字作[古文字]，跟「[古文字]」只是從「水」與從「田」的不同，因此「[古文字]」和「涉」有可能是形音義相近的字。但「涉」字古音屬禪母葉部，「恤」屬心母質部，它們聲韻相近，可以相通，因此簡文[古文字]仍然可以讀作「恎」或「恤」，銘文[古文字]仍然可以讀作「恤」。〔註 226〕

何琳儀、程燕解爲「豈」，下從心：

> △（宛臻按：[古文字]）釋作「※」（宛臻按：懥），不似。▽之考釋則可信。△，原篆上從「豈」，下從「心」。《說文》「愷，怒也。從心，豈聲。」（10 下 19）「愷」，透紐月部；「窒」端紐質部。端、透均屬舌音，月、質旁轉。〔註 227〕

季師旭昇以爲釋爲「懥」字演變合理，其云：

> 從字音上來看，簡本的「疐」（知／質）和今本「窒」（知／質）完全同音，和馬王堆本「洫」（曉／職），聲同韻近，可以通假。從字形上來看，甲骨文作「疐」，甲骨文作[古文字]（《前》2.39.8），西周金文作[古文字]（𢦚簋）、西周晚期金文作[古文字]（楚簋）、[古文字]（《睡》116）。看得出，「疐」字從甲骨文到戰國古文，上部的「屮」形或變成「止」形（如楚簋），中間的「[古文字]」形或省成「田」形，於是就成了「[古文字]」。

〔註 224〕李零〈讀《楚系簡帛文字編》〉（《出土文獻研究》第五輯，1998 年），頁 141。

〔註 225〕馬承源《上海博物館藏戰國楚竹書（三）》（上海：上海古籍出版社，2003.11），頁 141。

〔註 226〕楊澤生〈竹書《周易》劄記（四則）〉（簡帛研究，2004.05.08，網址：http://www.jianbo.org/admin3/html/yangzesheng03.htm）

〔註 227〕何琳儀、程燕〈滬簡《周易》選釋〉（簡帛研究，2004.05.16，網址：http://www.jianbo.org/admin3/list.asp?id=1194）

據此。原考釋隸「[image]」爲「憓」，可從（參拙作〈憓三四户〉）。〔註 228〕

在《上博五．融師有成氏》簡 5 中，原考釋者曹錦炎將該句讀作「名則可畏（畏），歨（步）者可矛（柔）。」其中下半句「步者可柔」，譯爲「走路的樣子很溫柔」。其中將△字釋爲「步」的根據是「步」字的傳鈔古文字構形相同〔註 229〕。

陳斯鵬指出其字已見於包山楚簡中，並提出質疑，認爲其構形與《上博三．周易》簡 4 中「[image]」字上部所從相同，而其整理者將之釋爲「憓」，讀爲「窒」，此字又與中山王方壺中的「[image]」所從亦同，而趙誠亦釋爲「疐」，並提出「疐」於甲骨文及金文的來源，據此將△字隸爲「疐」，讀爲「實」〔註 230〕。

而後《上博六》出版，在其中的〈申公臣靈王〉及〈愼子曰恭儉〉中均出現了與《上博五．融師有成氏》簡 5 中相同構形的△字；〈申公臣靈王〉簡 9 作「[image]」形及〈愼子曰恭儉〉簡 1 作「[image]」形，而兩篇簡文的原考釋者也不約而同釋爲「步」字，而〈愼子曰恭儉〉原考釋者李朝遠並認爲字形爲由甲骨、金文从二止（趾）形的步字，「後或二止中間加日爲飾（如包山簡二五「不逕玉敏步」的「步」作[image]），或加田爲飾（如包山簡一六七「東阪人登步」的「步」作[image]）」，讀爲「樸」。〔註 231〕

針對〈愼子曰恭儉〉的△字，陳偉亦據《上博三．周易》簡 4 改釋爲「疐」，讀爲「質」，訓爲「實」〔註 232〕。而何有祖從之，並贊同陳斯鵬將《上博五．

〔註 228〕季師旭昇主編《《上海博物館藏戰國楚竹書（三）》讀本》（台北：萬卷樓圖書股份有限公司，2005.10），頁 11。

〔註 229〕曹錦炎〈融師有成氏釋文考釋〉（馬承源主編《上海博物館藏戰國楚竹書（五）》，上海：上海古籍出版社，2005.12），頁 324。

〔註 230〕陳斯鵬〈讀《上博竹書（五）》小記〉（簡帛網，2006.04.01，網址：http://www.bsm.org.cn/show_article.php?id=310）

〔註 231〕參陳佩芬〈申公臣靈王考釋〉及李朝遠〈愼子曰恭儉考釋〉（馬承源主編《上海博物館藏戰國楚竹書（六）》，上海：上海古籍出版社，2007.07），頁 251、276。

〔註 232〕陳偉〈上博竹書《愼子曰恭儉》初讀〉（簡帛網，2007.07.05，網址：http://www.bsm.

融師有成氏》簡5改讀爲「實」的說法〔註233〕。

而胡瓊則由徐中舒、何琳儀等人對中山王方壺對該字的釋讀，認爲《上博六．慎子曰恭儉》的△字當釋爲「陟」，「本義是兩足登高，是一個會意字」，並以爲《上博三．周易》簡4「」字今本作「窒」，而《說文》：「鷙讀若郅」，證明從「至」聲的「窒」與從陟聲的「」相通，再以《說文》陟字古文作「僜」爲旁證，並贊成陳偉讀作「質」的說法〔註234〕。

而劉洪濤又針對胡瓊釋爲「陟」的說法，撰寫〈《說文》「陟」字古文考〉一文，指出包山、上博等出土文獻中的△應釋爲「疐」，《說文》中「陟」字的古文「應當分析爲從『人』『疐』聲，用作『陟』大概是假借的用法」。〔註235〕

夒一則質疑胡瓊論證「陟」與「窒」相關的證據，主張《說文》「鷙讀若郅」爲後人添竄的，再由語音上的聯繫說明「陟」與「窒」相通是有問題的，並贊成《上博六．慎子曰恭儉》的△字釋爲「疐」。〔註236〕

林志鵬則贊成胡瓊之說釋爲「陟」，又依陳斯鵬讀爲「實」。〔註237〕

綜合以上諸說，△字原考釋等以爲「步」字古文，而學者一般認爲是「疐」字，而胡瓊而提出「陟」字的看法。

三、字形分析

△字字形分爲三個部件，其上下皆從止形，而中間的部件或從日形、或從田形。由上文諸家的討論，主要有三種意見，一爲「步」，二爲「陟」，三

org.cn/show_article.php?id=589）

〔註233〕何有祖〈《慎子曰恭儉》札記〉（簡帛網，2007.07.05，網址：http://www.bsm.org.cn/show_article.php?id=590）

〔註234〕胡瓊〈釋《慎子曰恭儉》中的「陟」〉（簡帛網，2007.08.07，網址：http://www.bsm.org.cn/show_article.php?id=691）

〔註235〕劉洪濤〈《說文》「陟」字古文考〉（簡帛網，2007.09.22，網址：http://www.bsm.org.cn/show_article.php?id=719）

〔註236〕夒一〈「陟」疑〉（簡帛網，2007.10.23，網址：http://www.bsm.org.cn/show_article.php?id=737）

〔註237〕林志鵬〈論楚竹書《慎子曰恭儉》「去圓」及相關問題〉（簡帛網，2007.05.06，網址：http://www.bsm.org.cn/show_article.php?id=825）

爲「寷」。以下分別由此三種可能性來還原檢視：

（一）釋「步」說

△字釋爲「步」字，最主要的證據在於傳鈔古文中的字形，《上博五·融師有成氏》原考釋者曹錦炎謂：

> 「歨」，即「步」字古文，構形亦見《汗簡》及《古文四聲韻》。《說文》書中雖脱漏「步」字古文，但「陟」、「遠」字古文所从偏旁仍存古文「步」字構形，與簡文相合。〔註238〕

而早在中山王方壺的「[illegible]」字，馬承源《商周青銅器銘文選》據《說文》古文已提出釋「步」之說：

> [illegible]悉，博愛。[illegible]，《說文》步古文作陟，陟古文作[illegible]，《汗簡》步作歨，此从厂歨，歨亦當是步之古文，爲字之聲符，當讀如博，步、博聲韻皆同。〔註239〕

筆者整理「步」古文相關的字形如下：

【字形表 1－「步」字傳鈔古文】

1 陽華岩銘	2 汗簡 1·8	3 古文四聲韻 4·12（汗簡）	4 集篆古文韻海 4·13	5 汗簡 1·8（孫強集字）（涉）
6 古文四聲韻 5·21 孫（涉）	7 古文四聲韻 5·37（涉）	8 說文遠字古文（遠）	9 汗簡 1·8（遠）（石經）	10 古文四聲韻 3·15（古老子又古尚書）（遠）
11 說文陟字古文（陟）	12 石經 17 上(陟)	13 石經 15 下(陟)	14 魏石經古文匯編（陟）	15 汗簡 3·41 尙（陟）

〔註238〕曹錦炎〈融師有成氏釋文考釋〉（馬承源主編《上海博物館藏戰國楚竹書（五）》，上海：上海古籍出版社，2005.12），頁 324。

〔註239〕馬承源主編《商周青銅器銘文選（四）》（北京：文物出版社，1990.04），頁 557。

16 汗簡 6・77 義（陟）	17 古文四聲韻 5・26 尙（陟）	18 集篆古文韻海 5・32（陟）		

上列字形表中，字形 1～4 爲「步」字古文，字形 5～7 爲「涉」字古文，字形 8～10 爲「遠」字古文，字形 11～18 則爲「陟」字古文。其中字形 8 及 11 分別爲說文所列「遠」及「陟」字古文，其偏旁均作△，而說文「步」字古文未列△字，黃錫全《汗簡注釋》引鄭珍云：「《說文》遠古文，陟古文，此形所出，蓋步字古文，今《說文》脫去，已收入《說文逸字》。」〔註 240〕又曰：「中山王壺有字，諸家隸定爲步。與僅從田與從之別。楚簡已出現此字。唐陽華巖銘步字古文作，同此。」〔註 241〕由此可知原考釋將△字釋作「步」字的理由。

而《上博六・愼子曰恭儉》原考釋者李朝遠謂：

> 「疌」，步：甲骨文和金文均从二止（趾），作、。後或二止中間加日爲飾（如包山簡二五「不遲玉敝步」的「步」作），或加田爲飾（如包山簡一六七「東阪人登步」的「步」作）。〔註 242〕

李朝遠進一步說明△字字形上與「步」字的關聯，以爲△字是在甲骨、金文从二止形的基礎下加日或田爲飾筆。其說是否合理，以下試列古文字「步」字諸形比較之：

【字形表 2－「步」字古文字形表】

1 甲 388《甲》	2 鐵 222《甲》	3 前 5.24.2《甲》	4 鐵 128.2《甲》	5 乙 1016《甲》
6 後 2.11.9《甲》	7 甲 436《甲》	8 前 14.1《甲》	9 存 78《甲》	10 後 2.43.2《甲》

〔註 240〕參黃錫全《汗簡注釋》（台北：台灣古籍出版有限公司，2005.01），頁 50。

〔註 241〕參黃錫全《汗簡注釋》（台北：台灣古籍出版有限公司，2005.01），頁 50。

〔註 242〕李朝遠〈愼子曰恭儉釋文考釋〉（馬承源主編《上海博物館藏戰國楚竹書（六）》，上海：上海古籍出版社，2007.07），頁 276。

11 子且辛尊《金》	12 父癸爵《金》	13 爵文《金》	14 中山王譽兆域圖《金》	15 楚帛書《長沙》
16 青川木牘《戰國》	17《古陶》3.90	18《古陶》3.266	19《古陶》3.319	20 日乙 106《睡》
21 法 101《睡》	22 爲 6《睡》	23 封 79《睡》	24《古璽》1630	25《古璽》0906
26《古璽》2472	27 步昌祭酒《漢印》			

「步」字甲骨文中，主要以字形 1 最多見，从止㐅，會一左腳一右腳步行之意。字形 2、3，从二止，兩止形方向相同，皆爲左腳，由字形 1 訛變而來；字形 4、5，从行从二止，其中字形 4 二止形亦爲一左一右，而字形 5 二止形訛爲一向前一向後；字形 6、7 則从行从四止，其中字形 6 之止形皆向外，而字形 7 止形其中二止形向前，另二止形向右，但皆爲左腳；字形 8～10 从彳从二止，其中字形 8、9 作反彳之形，止形一向前一向後，字形 10 則止形朝前，但亦皆左腳。金文「步」字 11～13 亦作二止前後相隨之形，字形 11 腳形填實作四趾之形，字形 12 亦填實作三趾之形，字形 13 則未填實。秦漢以後「步」字形構大多與小篆相同。

《說文》:「步，行也。從止㐅相背。」其釋「步」字爲「步行」之義可從，但釋形作「從止㐅相背」，季師旭昇以爲「相背」二字不妥〔註 243〕。段玉裁謂：「止㐅相竝者，上登之象；止㐅相相隨者，行步之象，相背猶相隨也。」羅振玉《殷虛書契考釋》以爲「步象前進時左右足時一前一後形，或增彳，乃借涉爲步，或又增行。」〔註 244〕楊樹達《積微居小學述林》則認爲：

〔註 243〕季師旭昇《說文新證（上）》,（台北：藝文印書館，2004.10），頁 105。

〔註 244〕羅振玉《殷虛書契考釋》（台北：藝文印書館，1969.02），頁 65。

說文二篇上步部云：「步，行也，从止𡳾相背。」按止𡳾皆象足趾，左右異向者，一象左足，一象右足。步字止在上，𡳾在下，象左右二足前後相承之形。許君云從止𡳾相背，非也。禮記祭義篇云：「故君子頃步而弗敢忘孝也。」釋文云：「頃讀爲跬，一舉足爲跬，再舉足爲步。」小爾雅廣度云：「跬，一舉足也，倍跬謂之步。」倍跬亦謂再舉足也，以再舉足釋步，較許君泛訓爲行者，其於字形尤爲密合也。〔註 245〕

季師旭昇則曰：「步从兩腳，所以『一步』應該是左腳、右腳各跨一下。今人稱單腳跨一下爲一步，這在古代叫『跬』或『蹞』，即『半步』。」〔註 246〕

宛臻按：由以上「步」字的古文字形演變來看，現存的甲金文中的「步」字的二止形間並無從「田」或「日」之形，而戰國文字中除了前面列舉的中山王嚳方壺、包山楚簡及上博楚簡中的諸字形之外，亦無從「田」或「日」之形。而劉釗亦指出古文字「步」不从「田」作〔註 247〕，因此釋△作「步」，很難說明其古文字的來源問題。

（二）釋「陟」說

針對中山王方壺的「」字，徐中舒、伍仕謙釋爲「陟」，認爲厂是阝之譌變，意爲登用授職〔註 248〕；何琳儀亦釋作「陟」，以爲从厂，从𡴀（步），會雙足登高之意，爲陟之異文，「𠩺悳」讀爲「德惠」〔註 249〕。

包山楚簡的△字，劉釗亦以爲作「陟」，其謂：

簡 25、116、194 有字作「」、「」、「」，字表釋爲「步」。考釋（176）引《汗簡》「」字爲證。按古文字「步」皆作「」，

〔註 245〕楊樹達《積微居小學述林》（上海：中國科學院，1954.02），頁 84。

〔註 246〕季師旭昇《說文新證（上）》（台北：藝文印書館，2004.10），頁 105。

〔註 247〕劉釗〈包山楚簡考釋〉（《中國古文字研究會第九屆學術研討會論文集》，南京，1992年），轉引自季師旭昇〈《上博三・周易・訟卦》二題：懥、其邑三四户〉（《中國文字》，新三十一期，台北：藝文印書館，2006.11），頁 28～29。

〔註 248〕徐中舒、伍仕謙〈中山三器釋文及宮堂圖說明〉（《中國史研究》，1979 年第 4 期），頁 88。

〔註 249〕何琳儀《戰國古文字典》（北京：中華書局，1998.09），頁 51。

從不从「⊕」作，而从「⊕」正應是「陟」字，字應釋爲「陟」。中山器「陟愛深」之「陟」正作「陟」，所从與簡文同。簡文中「陟」字用法不詳。〔註 250〕

而胡瓊受到此派說法的影響，亦將《上博六．慎子曰恭儉》簡 1 的「」釋作「陟」，讀爲「質」。以下試列古文字「陟」字諸形比較之：

【字形表 3－「陟」字古文字形表】

 1 後 2.11.13	 2 後 2.11.12	 3 前 5.30.6	 4 林 2.23.1	 5 甲 776
 6 寧滬 1.592	 7 明藏 472	 8 西周早期.沈子簋	 9 西周中期.班簋	 10 西周晚期.厲王.㝬簋
 11 西周晚期.散盤	 12 西周晚期.散盤	 13 西周晚期.散盤	 14 春秋晚期.蔡侯𩰫盤	 15 西周中期.㾓鐘
 16 陶彙 3．1291	 17 陶彙 3．1292	 18 陶彙 3．1293	 19 古陶文舂錄.附 30	 20 說文古籀補補 14．4〔註 251〕

《說文》：「陟，登也。从自从步。陟，古文陟。」

上表甲骨、金文字形 1～15，均作从阜从步，象上登之形。阜形或作，或簡化爲，字形 9，阜形則填實作；二止形則或从左右二足，如字形 1、2，或不分左右右，如字形 3～5。羅振玉以爲：「从自示山陵形，从歨象二足由下而上。此字之意，但示二足上行，不復別左右足，散盤作陟，與此同。」

〔註 250〕劉釗〈包山楚簡考釋〉（《中國古文字研究會第九屆學術研討會論文集》，南京，1992 年），轉引自季師旭昇〈《上博三．周易．訟卦》二題：懥、其邑三四戶〉（《中國文字》，新三十一期，台北：藝文印書館，2006.11），頁 28～29。

〔註 251〕《說文古籀補補》列於「陟」字，下注「古匋」二字。

〔註 252〕商承祚則分析作：「 爲山之無石者，从 象人足由下上升之形。」〔註 253〕

字形 16～20，則左旁从人，右旁从二止，止形中間或从 或从 形。

由上列字形表中可發現字形 1～15 的甲、金文字形與字形 16～20 等陶文相比較，顯然產生字形演變難以銜接的問題，但《古陶文彙編》、《古陶文孴錄》、《說文古籀補補》等釋作「陟」並非空穴來風，而是承襲自《說文》古文、《汗簡》、《古文四聲韻》的隸定，何琳儀以爲：「戰國文字步旁中間加田形或 形爲飾筆，阜旁作人旁，與古文 吻合。」〔註 254〕而季師旭昇則以爲：

> 古文「步」旁形近聲化爲「 （疐）」旁。左旁似可考慮爲疊加聲符「刀」（端母宵部），與「陟」（知母職部）聲同屬舌頭，韻爲旁對轉，宋玉〈小言賦〉以「照」（宵）韻「備」（職）。從下引 16-19 條《古陶文彙編》同樣的字形來看，這一類的字形應屬齊系文字。〔註 255〕

依何琳儀作飾筆之說，或可解釋「陟」字甲、金文與古文間的演變關係，但並不能說明爲何是加 形或 形，由季旭昇師之說可以補足其說，若是偏旁聲化的結果，更可以合理解釋字形、字音之間的關聯。

劉洪濤則進一步指出「 」字「應當分析从『人』、『疐』聲，用作『陟』爲假借的用法」〔註 256〕，此說與季師旭昇的說法不約而同從聲音的角度切入，不僅解決了字形演變的問題，同時也解釋了△字既與今本《周易》「窒」音近，又作爲「陟」字偏旁的原因。

而無論依何琳儀的飾筆說，或季旭昇師的偏旁聲化說，抑或劉洪濤的假借說，都說明了△字的左旁或從「步」，或從「疐」，而非從「陟」字，其次季師

〔註 252〕羅振玉《增訂殷虛書契考釋》（台北，藝文印書館，1969.02），頁 1509。

〔註 253〕商承祚《甲骨文字研究》（天津：天津古籍出版社，2008.04），頁 119。

〔註 254〕何琳儀《戰國古文字典》（北京：中華書局，1998.09），頁 592。

〔註 255〕季師旭昇〈《上博三・周易・訟卦》二題：懥、其邑三四户〉（《中國文字》，新三十一期，台北：藝文印書館，2006.11），頁 31。

〔註 256〕劉洪濤〈《說文》「陟」字古文考〉（簡帛網，2007.09.22，網址：http://www.bsm.org.cn/show_article.php?id=719）

旭昇亦指出：

> 劉釗已經指出戰國文字「步」字都作「」，從不从「⊕」作。但是又很難解釋「陟」字所從「」形爲什麼中間可以從「田」形？〔註 257〕

宛臻按：劉釗的說法已然指出關鍵所在，古文字「步」字不从「⊕」，但從「步」旁的「陟」字何以從「⊕」，顯得自相矛盾，因此釋作「陟」字有待考慮。

（三）釋「㥁」說

中山王方壺的「」字，趙誠即釋爲「㥁」，用作「至」。〔註 258〕

包山△字，李零〈讀《楚系簡帛文字編》〉謂：「疑應釋『㥁』。」〔註 259〕湯餘惠《戰國文字編》逕隸作「㥁」〔註 260〕。

《上博三・周易》簡 4「」，原考釋者濮茅左云「『懥』，讀爲『窒』，上古音近，《說文・穴部》：『窒，塞也。』」〔註 261〕

而《上博五・融師有成氏》△字，陳斯鵬據中山王方壺、《上博三・周易》等舊釋爲「㥁」之說，改釋爲「㥁」〔註 262〕。

至於《上博六・愼子曰恭儉》的△字，陳偉亦據《上博三・周易》「」釋爲「懥」，亦將《上博六・愼子曰恭儉》的△字改釋「㥁」〔註 263〕。何有祖

〔註 257〕季師旭昇〈《上博三・周易・訟卦》二題：懥、其邑三四户〉（《中國文字》，新三十一期，台北：藝文印書館，2006.11），頁 29

〔註 258〕趙誠〈中山壺中山鼎銘文試釋〉（《古文字研究》第一輯，北京：中華書局，1979.08），頁 253。

〔註 259〕李零〈讀《楚系簡帛文字編》〉（《出土文獻研究》第 5 集，1999.08），頁 141。

〔註 260〕湯餘惠主編《戰國文字編》（福州：福建人民出版社，2001.12），頁 248。

〔註 261〕濮茅左〈周易釋文考釋〉（馬承源主編《上海博物館藏戰國楚竹書（三）》，上海：上海古籍出版社，2003.12），頁 141。

〔註 262〕陳斯鵬〈讀《上博竹書（五）》小記〉（簡帛網，2006.04.01，網址：http://www.bsm.org.cn/show_article.php?id=310）

〔註 263〕陳偉〈上博竹書《愼子曰恭儉》初讀〉（簡帛網，2007.07.05，網址：http://www.bsm.org.cn/show_article.php?id=589）

〔註 264〕、劉洪濤〔註 265〕、孌一〔註 266〕均從之。

△釋作「疐」爲大多數學者的共識，但△字究竟是否爲「疐」字所演變，以下試列「疐」字古文字形比較之：

【字形表 4－「疐」字古文字形表】

 1 前 2・27・8	 2 前 2・30・1	 3 前 2・30・2	 4 前 2・30・6	 5 前 2・38・7
 6 前 2・39・5	 7 前 2・39・7	 8 粹 1196	 9 珠 125	 10 存 2236
 11 前 2・32・7	 12 菁 9・15	 13 西周早・疐作父丁卣（《集成》5209）	 14 西周早・疐尊（《集成》5819）	 15 西周早・疐尊（《集成》5820）
 16 西周早・疐父丁觥（《集成》9289A）	 17 西周早・疐父丁觥（《集成》9289B）	 18 西周早・遣鬲（《集成》631）	 19 西周早・疐甗（《集成》862）	 20 西周中・曶鼎（《集成》2838）
 21 西周中・疐卣（《集成》5187A）	 22 西周中・疐卣（《集成》5187B）	 23 西周晚・楚簋（《集成》4246B）	 24 西周晚・楚簋（《集成》4247A）	 25 西周晚・楚簋（《集成》4247B）
 26 西周晚・楚簋（《集成》4248A）	 27 西周晚・楚簋（《集成》4248B）	 28 西周晚・楚簋（《集成》4249）	 29 西周晚（厲王）・㝬簋（《集成》4317）	 30 西周晚・井人妄鐘（《集成》109）

〔註 264〕何有祖〈《愼子曰恭儉》札記〉（簡帛網，2007.07.05，網址：http://www.bsm.org.cn/show_article.php?id=590）

〔註 265〕劉洪濤〈《說文》「陟」字古文考〉（簡帛網，2007.09.22, 網址：http://www.bsm.org.cn/show_article.php?id=719）

〔註 266〕孌一〈「陟」疑〉（簡帛網，2007.10.23，網址：http://www.bsm.org.cn/show_article.php?id=737）

31 西周晚・井人妄鐘（《集成》109）	32 春秋早・晉姜鼎（《集成》2826）	33 春秋・秦公鎛（《集成》270）	34 陶彙 5・20	35 睡虎地 48・56

由以上字形表來看，甲、金文「疐」字異構甚多，上半構形不明，下半多从止，字形 10～12 或省止形。

《說文》:「疐，礙不行也。从叀，引而止之也。叀者，如叀馬之鼻。从此與牽同意。」

羅振玉釋卜辭「」爲「疐」，並以金文疐作「」（疐卣）爲證〔註 267〕，眾家從之。季師旭昇將「」析爲甲骨文的字根，其謂：

> ，各家皆以爲與疐同，而於其形構皆無人論及。《說文》謂疐从叀，而卜辭與（叀）字形相去絕遠，不从叀也。且卜辭疐之上部變化極多，如：（《前》二・三十・一，上不从屮）、（《前》二・三十・六）、（《前》二・三九・七、中不从田）、（《菁》九・一五，下不从止。〔註 268〕

郭沫若《兩周金文辭大系考釋》釋晉姜鼎「疐」字云:「此上从甹（花）省，下从止，即古文趾。則疏說最爲得之，中之形蓋即蒂之象，非田字。」〔註 269〕張亞初〈周厲王所作祭器㝬簋考〉云：

> 「疐」字早期作，是「脱華（花）後的象形字。後來才在下面加意符作，「止」表示「疐」爲花的下基、底座。花開總有花落時，唯有花托常在。所以，疐有鞏固、常在和根本的意思。〔註 270〕

若依郭沫若、張亞初之說，「疐」字本義爲「花蒂脫花之形」，上象花蒂之形，下从止者，象花托之形，據此，花蒂之形雖寫法多變，亦均象花蒂之形，

〔註 267〕羅振玉《殷虛書契考釋》（台北：藝文印書館，1969.02），頁 76。

〔註 268〕季師旭昇《甲骨文字根研究》（台北：文史哲出版社，2003.12），頁 271～272。

〔註 269〕郭沫若《兩周金文辭大系考釋》（北京：科學出版社，1957），頁 230。

〔註 270〕張亞初〈周厲王所作祭器㝬簋考〉（《古文字研究》第五輯，北京：中華書局，1981.01），頁 158～159。

而甲、金文至戰國文字的演變，季旭昇師以爲：

> 「疐」，甲骨文作（《前》2.39.8），西周金文作（㝬簋）、西周晚期金文作（楚簋）、春秋金文作（秦公簋），秦文字作（《陶彙》5.20）、（《睡》116）。看得出，「疐」字從甲骨文到戰國古文，上部的「屮」形或變成「止」形（如楚簋），中間的「」形或省成「田」形，於是就成了「」。〔註271〕

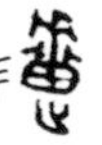

由於筆畫的簡省及訛變，逐漸形成了△字二止形中間或从田、或从日了。陳斯鵬亦對「疐」字的來源提出了補充〔註272〕：

> 按「疐」字已見於殷墟甲骨文和西周金文，本作：
>
>  （《京都》1957）、（疐鬲）、（曶鼎）
>
> 應該是一個形聲字，唯其聲符相當於後世何字尚可進一步研究。《說文》：「疐，礙不行也。从叀，引而止之也。叀者，如叀馬之鼻。从此與牽同意。」釋義則是，釋形則據已訛變的篆文爲說，恐不可靠。值得注意的是，到了西周晚期，「疐」字出現了一種新的寫法：
>
>  、、（楚簋）
>
> 其聲符的上部變作「止」，這極可能是一種有意的改造。戰國文字的「疐」當即由此進一步演變而來。蓋其中部略加省變即爲「田」形，而「田」顯然失去表音作用，故又或改作「日」以表音，因爲「疐」屬端母質部，「日」屬日質部，古音極近。於是，「疐」字演變之跡略如下圖所示：
>
> →→→

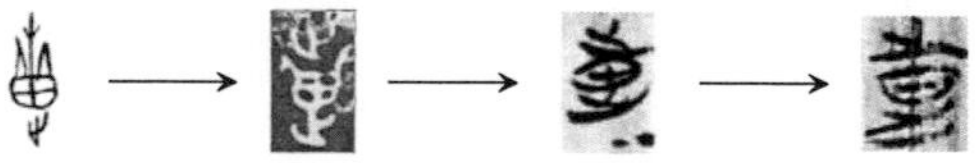

陳斯鵬針對△字中部簡省爲「田」形，又因表音作用改作「日」的說法，亦足

〔註271〕季師旭昇〈《上博三・周易・訟卦》二題：懥、其邑三四戶〉（《中國文字》，新三十一期，台北：藝文印書館，2006.11），頁30。

〔註272〕陳斯鵬〈讀《上博竹書（五）》小記〉（簡帛網，2006.04.01，網址：http://www.bsm.org.cn/show_article.php?id=310）

供參考。

宛臻按：△字釋爲「寷」字較爲合理，由字形的演變來說，楚簡△字其上所從止形，乃由甲金文「寷」字其上的屮形或于形演變而來，△字中的的田形也由甲金文中間的部件簡省而來，陳斯鵬以爲此是一種有意的改造，筆者則以爲此爲一種無意的訛變，而楚簡的△字或由「日」形取代「田」形，則可能兼有聲化的功能。

（三）綜合討論

綜合以上三種說法，從字形的演變的合理性來看，釋作「寷」字爲最恰當的說法，筆者試將「寷」字字形演變過程，以下圖表示：

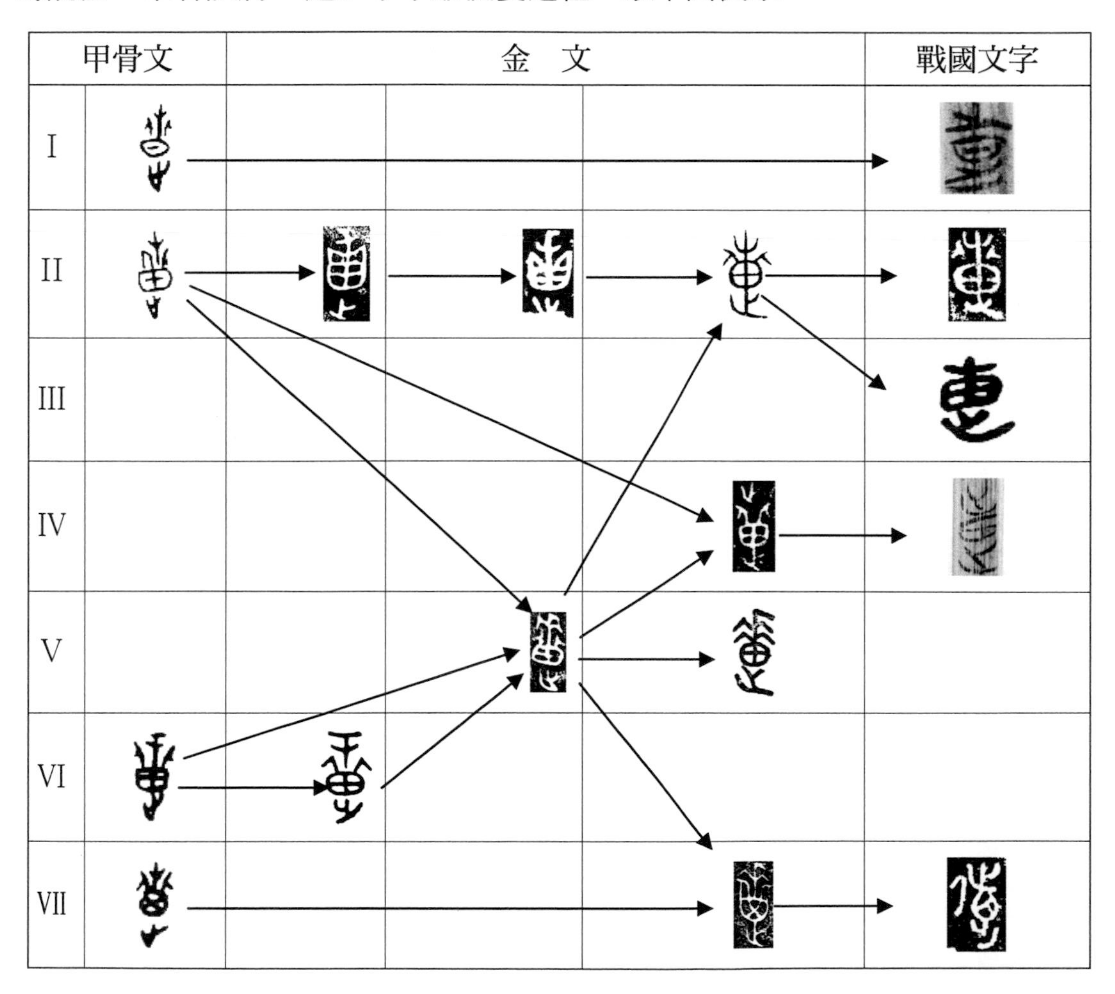

第 I 系，甲骨文上方部件作屮形，中間部件作形，下作止形；演變至戰國文字，屮形變成止形，中間部件簡省爲日形，下亦從止。本文所提到的（《包山》25）、（《包山》105）、（《包山》116）、（《包山》151）、

（《包山》151、（《上博五・融師有成氏》簡5）、（《上博六・申公臣靈王》簡9）等均作此。

第II、III系，甲骨文上方部件作屮形，中間部件作形，下作止形；金文西周早期、中期大抵承自甲骨文，春秋時期中間部件作；演變爲戰國秦系文字如（《陶彙》5・20），或者上半部類化爲形，下亦從止，如（《睡虎地》48・56）。

第IV系，金文字形的上方部件由甲骨文的屮形演變爲止形，中間的部件與第V、VI系相承作形，戰國文字中間的部件則省作田形。本文所提到的（中山王譽方壺）、（《包山》167）、（《包山》194）、（《上博三・周易》簡4）、（《上博六・慎子曰恭儉》簡1）均從此。

第V系，上方部件由甲骨文的屮形演變爲金文作形，中間的部件與第V系相承，作形，下作止形，或者將上方及中間的部件連接逕作形。

第VI系，甲骨文上方的部件从形，中間部件作形，下从止，金文亦承之。

第VII系，甲骨文上方的部件从屮形，中間部件作，呈交叉狀，下从止；西周晚期金文上方部件與第V系相承作形，中間部件作，亦呈交叉狀；戰國文字上部變成止形，中間的部件由金文演變而來，雖有簡省，但仍呈交叉狀。

四、辭例探析

（一）中山王譽方壺「」字

	中山王譽方壺（《集成》9735）	其老筋（策）賞中（仲）父，者（諸）侯皆賀，夫古之聖王敄（務）才得賢，其即得民，旃（故）諱（辭）豊（禮）敬則賢人至，愛深則賢人窺（親），复（作）斂中則庶民㒸（附）。

張政烺據《說文》遠的古文及魏三體石經遠的古文，以爲是「原」之異體，讀爲「願」。〔註273〕

〔註273〕張政烺〈中山王譽壺及鼎銘考釋〉（《古文字研究》第一輯，北京：中華書局，

趙誠即釋為「𡊏」，讀為「至」。〔註274〕

徐中舒、伍仕謙隸定為「陟」，作為「登用」之義。〔註275〕

何琳儀以為徐中舒、伍仕謙隸定為「陟」可從，並以為當讀為「德」。〔註276〕

商承祚釋為「廣」字，但未加以說明。〔註277〕

馬承源將「㢊悉」讀為「博愛」。〔註278〕

楊澤生讀為「恤」：

> 根據上引《周易》竹書本和帛書本有關異文的情況，我們認為當讀為「恤」，意為體恤、憐憫。《史記・項羽本紀》：「今不恤士卒而徇其私，非社稷之臣。」「恤愛」猶「愛恤」、「惠恤」。《漢書・晁錯傳》：「賓禮長老，愛卹（恤）少孤。」《左傳・成公二年》：「無德以及遠方，莫如惠恤其民，而善用之。」〔註279〕

陳斯鵬亦讀為「恤」，其指出「與『愛』為近義連文」。〔註280〕

宛臻按：由前文的字形分析可知，㢊左上从厂，其右下的𡊄為𡊏，此字當為「陟」的異體，一如季師旭昇所言「義符『阜』替換為『厂』，『步』旁聲化為『𡊄』」〔註281〕，而其字義上，由原文整齊排比的字句來看，「敬」字作表語用以形容「辭禮」，而「中」亦用以形容「作斂」，故此句「深」字亦當

1979.08），頁220。

〔註274〕趙誠〈中山壺中山鼎銘文試釋〉（《古文字研究》第一輯，北京：中華書局，1979.08），頁253。

〔註275〕徐中舒、伍仕謙〈中山三器釋文及宮堂圖說明〉（《中國史研究》，1979年第4期），頁88。

〔註276〕何琳儀〈中山王器考釋拾遺〉（《史學集刊》，1984年第3期），頁8。

〔註277〕商承祚〈中山王嚳鼎、壺銘文芻議〉（《古文字研究》第七輯，北京：中華書局，1982.06），頁69。

〔註278〕馬承源主編《商周青銅器銘文選（四）》（北京：文物出版社，1990.04），頁557。

〔註279〕楊澤生〈竹書《周易》劄記（四則）〉（簡帛研究，2004.05.08，網址：http://www.jianbo.org/admin3/html/yangzesheng03.htm）

〔註280〕陳斯鵬〈讀《上博竹書（五）》小記〉（簡帛網，2006.04.01，網址：http://www.bsm.org.cn/show_article.php?id=310）

〔註281〕季師旭昇〈《上博三・周易・訟卦》二題：懥、其邑三四户〉（《中國文字》，新三十一期，台北：藝文印書館，2006.11），頁31。

用以形容「愛」，因此當「」與「愛」字連用時，徐中舒、伍仕謙以爲爲「登用」義，則較不恰當，而若依何琳儀讀爲「德」，上古音「陟」爲知紐職部、「德」爲端紐職部，上古音知紐歸端紐，且皆爲職部，因此「陟」與「德」可以互通，但「德愛」二字連用者，目前傳世文獻未見。而楊澤生、陳斯鵬讀爲「恤」字，「恤」爲心紐質部，「疐」字爲端紐質部，心紐與知紐齒舌聲近，可以通假。此二說，筆者目前傾向楊澤生、陳斯鵬的「恤」字之說，「恤愛」雖不見於傳世文獻，但「愛恤」二字連用者傳世文獻中可見，如《孟子．萬章》疏：「其舜必謂，我竭盡其力而耕作田業，以供爲子之事，以奉養父母而父母，今反不我愛恤，誠於我有何罪哉？」《三國志．蜀書．先祖傳》：「質而好學，言稱詩書，愛恤於人，不論疎密。」

（二）《包山》「」字

《包山楚簡》中，與△字相關的句子，共有以下七句：

	字形	出　處	文　　例
1		包山 25	八月辛未之日，司敗黃貴鈉受期，癸巳之日不遲玉敂（令）、玉婁㯱以廷，阩門又敗。秀偃。
2		包山 105	郙莫囂、左司馬殹、安陵莫囂緣獻爲郙貣（貸）郕異之黃金七益以翟（糴）穜。
3		包山 116	郙莫囂卲、左司馬旅殹爲郙貣（貸）郕異之金七異。
4		包山 151	戉死，其子番遂（後）之。
5		包山 151	死，無子，其弟番黜遂（後）之。
6		包山 167	辛未，東阪人登、東阪人登䞤。
7		包山》194	戊寅，正昜邵奊、鄝（蔡）、集脰夜、䣋衡鯢、郈人醓慭。

《包山楚簡》原考釋考將以上諸句的△字均隸定作「步」〔註 282〕，張光裕、袁國華〔註 283〕、劉信芳〔註 284〕、李守奎〔註 285〕、蘇建洲〔註 286〕均從之。

劉釗則以爲當釋「陟」。〔註 287〕

另外，李零〈讀《楚系簡帛文字編》〉一文指出：「皆人名用字，字作[illegible]，疑應釋『疐』。」〔註 288〕而季師旭昇亦贊成釋「疐」〔註 289〕。

宛臻按：由於△字在《包山楚簡》中均爲人名，並無上下文例可依循，但若與其他楚簡對照，筆者以爲釋爲「疐」字較爲合宜。

（三）《上博三・周易》「[illegible]」字

《上博三・周易》「[illegible]」字出現於訟卦卦辭中，以下就原考釋者濮茅左對此句隸定與帛書本《周易》及今本《周易》作一對照：

出　處	文　　例
《上博三・周易》	訟：又孚，懥啻，中吉，夂凶。利用見大人，不利涉大川。
馬王堆帛書《周易》	訟：有復，洫寧，克吉，冬兇。利用見大人，不利涉大川。
今本《周易》	訟：有孚，窒惕，中吉，終凶。利見大人，不利涉大川。

「[illegible]」字，濮茅左考釋爲「『懥』，讀爲『窒』，上古音近，《說文・穴部》：『窒，塞也。』」〔註 290〕

〔註 282〕湖北省荊沙鐵路考古隊《包山楚簡》（北京：文物出版社，1991.01）。

〔註 283〕張光裕主編、袁國華合編《包山楚簡文字編》（台北：藝文印書館，1992.11），頁 221。

〔註 284〕劉信芳《包山楚簡解詁》（台北：藝文印書館，2003.01），頁 40。

〔註 285〕李守奎《楚文字編》（上海：華東師範大學出版社，2003.12），頁 88。

〔註 286〕蘇建洲〈楚文字雜識〉（簡帛研究，2005.10.30，網址：http://www.jianbo.org/admin3/2005/sujianzhou006.htm）。

〔註 287〕劉釗〈包山楚簡考釋〉（《中國古文字研究會第九屆學術研討會論文》，南京：1992 年），轉引自季師旭昇〈《上博三・周易・訟卦》二題：懥、其邑三四户〉（《中國文字》，新三十一期，台北：藝文印書館，2006.11），頁 28～29。

〔註 288〕李零〈讀《楚系簡帛文字編》〉（《出土文獻研究》第五輯，1998 年），頁 141。

〔註 289〕季師旭昇〈《上博三・周易・訟卦》二題：懥、其邑三四户〉（《中國文字》，新三十一期，台北：藝文印書館，2006.11），頁 29。

〔註 290〕馬承源《上海博物館藏戰國楚竹書（三）》（上海：上海古籍出版社，2003.11），頁 141。

楊澤生以為「𧗠」與「涉」相關，讀為「恎」或「恤」，意為體恤、憐憫：

> 同簡「涉」字作，跟「𧗠」只是從「水」與從「田」的不同，因此「𧗠」和「涉」有可能是形音義相近的字。但「涉」字古音屬禪母葉部，「恤」屬心母質部，它們聲韻相近，可以相通，因此簡文仍然可以讀作「恎」或「恤」，銘文仍然可以讀作「恤」。〔註 291〕

何琳儀、程燕解為「豈」，下從心：

> △（宛臻按：）釋作「※」（宛臻按：懥），不似。▽之考釋則可信。△，原篆上從「豈」，下從「心」。《說文》「愷，怒也。從心，豈聲。」（10 下 19）「愷」，透紐月部；「窒」端紐質部。端、透均屬舌音，月、質旁轉。〔註 292〕

季師旭昇以為釋為「懥」字演變合理，其云：

> 從字音上來看，簡本的「疐」（知／質）和今本「窒」（知／質）完全同音，和馬王堆本「洫」（曉／職），聲同韻近，可以通假。從字形上來看，甲骨文作「疐」，甲骨文作（《前》2.39.8），西周金文作（𢦏簋）、西周晚期金文作（楚簋）、（《睡》116）。看得出，「疐」字從甲骨文到戰國古文，上部的「屮」形或變成「止」形（如楚簋），中間的「」形或省成「田」形，於是就成了「𧗠」。據此。原考釋隸「」為「懥」，可從（參拙作〈懥三四户〉）。〔註 293〕

宛臻按：簡文若依原考釋者釋為「懥」，在字音上，「懥」字上古音為知紐質部，今本「窒」字上古音為知紐質部，因此二字聲韻俱同，而帛書本「洫」字，上古音為曉紐職部，雖聲音有異，但季師旭昇亦提出「同從『血』聲的

〔註 291〕楊澤生〈竹書《周易》劄記（四則）〉（簡帛研究，2004.05.08，網址：http://www.jianbo.org/admin3/html/yangzesheng03.htm）

〔註 292〕何琳儀、程燕〈滬簡《周易》選釋〉（簡帛研究，2004.05.16，網址：http://www.jianbo.org/admin3/list.asp?id=1194）

〔註 293〕季師旭昇主編《《上海博物館藏戰國楚竹書（三）》讀本》（台北：萬卷樓圖書股份有限公司，2005.10），頁 11。

『恤』字卻在心紐質部，心紐與知紐齒舌聲近，可以通假。」〔註294〕而在字形上「」字的上部與其他材料的「𡩋」字字形吻合，而筆者在上文已指出「𡩋」在古文字材料中承襲自甲骨、金文等「疐」字的軌跡，據此「」字釋作「懥」是可從的。

而楊澤生以爲與「涉」字相近，故可通讀爲「侄」或「恤」，但「涉」字上古音爲禪母葉部，而今本作「窒」爲知紐質部，帛書本作曉紐職部，音韻上難以相通，另外楊澤生在後來發表的〈讀《上博六》小劄〉中又將「𡩋」釋爲「疐」〔註295〕，由此可知，釋爲「涉」字之說有待斟酌。

何琳儀、程燕釋爲「𢡟」，在字形上，陳惠玲學姐提到：

> 「豈」，楚文字作（《上博一・緇衣》21），秦文字作（《秦・睡・爲》10），簡文此字和古文資料「豈」相對照，《上博一・緇衣》、《秦・睡》「豈」上部皆作四劃，但簡文此字上部作二劃，由四劃簡省至二劃，可能要更多證據證明，其餘部件也相去甚遠。〔註296〕

因此釋「𢡟」說，在字形上尚有可議之處。

（四）《上博五・融師有成氏》「」字

	上博五・融師有成氏5	𩰫（融）帀（師）又（有）成氏，脜（狀）若生又（有）耳不𦖞（聞），又（有）口不鳴，又（有）目不見，又（有）足不趣（趨）。名則可畏（畏），者可侮。

原考釋將此句釋爲「名則可畏（畏），者可矛（柔）。」其中「𡩋」字釋爲「步」字，其根據爲構形同見於傳鈔古文「步」字，以及「陟」、「遠」字古文所从偏旁，並將「步」訓爲「緩行」；「矛」讀爲「柔」，釋爲「溫柔、溫順」之意，「步者可柔」，譯爲「走路的樣子很溫柔」〔註297〕。

〔註294〕季師旭昇〈《上博三・周易・訟卦》二題：懥、其邑三四户〉（《中國文字》，新三十一期，台北：藝文印書館，2006.11），頁30。

〔註295〕楊澤生〈讀《上博六》小劄〉（簡帛網，2007.07.21，網址：http://www.bsm.org.cn/show_article.php?id=647）

〔註296〕陳惠玲《《上海博物館藏戰國楚竹書（三）・周易》研究》（上冊）（台北：國立台灣師範大學國文教學研究所碩士論文，2005.08），頁68。

〔註297〕馬承源《上海博物館藏戰國楚竹書（五）》（上海：上海古籍出版社，2005.12），

廖名春將「矛」改讀爲「侮」〔註 298〕。

陳斯鵬〈讀《上博竹書（五）》小記〉將「𡔷」字隸爲「疐」，讀爲「實」：

> 「疐」應讀爲「實」，「實」爲船母質部字，與「疐」古音甚近，例可通假。上文已推測楚簡「疐」字所從的「日」爲聲符，而《說文》、《白虎通》、《釋名》等書均以「實」來聲訓「日」，可見「實」、「日」音通，若「疐」果可以「日」爲聲，則其可通「實」也是自然之事。「柔」當讀爲「侮」，楚簡習見，例煩不舉。簡文云：「名則可畏，實則可侮。」意思是：表面看來很可怕，但實際上卻可得而侮之。〔註 299〕

此說何有祖、林志鵬等人從之。

宛臻按：依甲金文的來源，「𡔷」字釋爲「疐」是較妥當的，而讀爲「實」，「疐」爲端紐質部，「實」爲定紐質部，韻母均爲「質」部，「疐」爲「端」紐，「實」爲「定」紐，均爲舌音，故可假借，「矛」字下方似有墨跡，但不能辨明是否爲「人」，姑依廖名春、陳斯鵬讀作「侮」。「名則可畏，實則可侮」可相對成文，意指名聲很可怕，事實上卻是可以欺侮的。

（五）《上博六・申公臣靈王》「」字

	上博六・申公臣靈王 9	臣爲君王臣，君王孚（免）之死，不㠯（以）晨（辰）鈫（扶），可（何）敢心之又（有）。

原考釋者陳佩芬將「」字隸爲「豈」，讀爲「步」，該句隸作「不㠯晨鈫豈」讀爲「不以辰扶步」，「扶步」即「扶行」。〔註 300〕

陳偉據《上博六・愼子曰恭儉》「」字讀爲「質」，亦將《上博六・申

頁 324。

〔註 298〕廖名春〈讀《上博五融師有成氏》篇劄記四則〉（簡帛研究，2006.02.20，網址：http://www.jianbo.org/admin3/2006/liaomingchun002.htm）

〔註 299〕陳斯鵬〈讀《上博竹書（五）》小記〉（簡帛網，2006.04.01，網址：http://www.bsm.org.cn/show_article.php?id=310）

〔註 300〕馬承源《上海博物館藏戰國楚竹書（六）》（上海：上海古籍出版社，2007.07），頁 251。

公臣靈王》「」字同讀爲「質」，該句釋爲「君王免之死，不以晨（辱）斧疐（質）」，「斧質（鑕）或『鈇質（鑕）』，古刑具。」〔註 301〕

何有祖將「辰」改釋「振」，「釸壹」則從陳偉之說讀爲「斧質」，並進一步說明：

> 本簡所討論的字亦可隸定作「疐」，讀作「質」，亦作「鑕」。「斧鑕」即斧子與鐵鍖，古代刑具。行刑時置人於鍖上，以斧砍之。《晏子春秋．問下十一》：「寡君之事畢矣，嬰無斧鑕之罪，請辭而行。」亦作「斧質」。《呂氏春秋．貴直》：「王曰：『行法。』吏陳斧質於東閭　。」《戰國策．秦策一》：「白刃在前，斧質在後。」《漢書．項籍傳》：「孰與身伏斧質，妻子爲戮乎？」顏師古注：「質謂鑕也。古者斬人，加於鍖上而斫之也。」現在看來，讀「疐」作「質」頗爲可信，此當爲釋「質」說添一佳證。〔註 302〕

宛臻按：字形當釋爲「疐」，而讀爲「質」，「疐」爲端紐質部，「質」爲知紐質部，聲母錢大昕以爲古音之舌音類隔不可信，謂古人原無舌頭舌上之分，知母與端母無異，且韻母同在質部，故可假借。「鈇質（鑕）」爲古代腰斬的刑具，如《史記．項羽本紀》：「此孰與身伏鈇鑕，妻子爲僇乎？」亦可作「斧質（鑕）」，如《漢書．項籍傳》：「孰與身伏斧質，妻子爲戮乎？」，而「鈇質（鑕）」、「斧質（鑕）」又意指誅戮之事，如《韓非子．外儲說》左下：「願請璽復以治鄴，不當請斧鑕之罪。」

（六）《上博六．愼子曰恭儉》「」字

	上博六．愼子曰恭儉 1	訢（愼）子曰：「共（恭）會（儉）㠯（以）立身，㚬（堅）弜（強）㠯（以）立志，忠㠯（以）反；逆（友）㠯（以）載道，精瀍㠯（以）巽埶（藝）。

〈愼子曰恭儉〉原考釋者李朝遠釋爲「步」，讀爲「樸」，「忠步」，即忠誠

〔註 301〕陳偉〈讀《上博六》條記〉（簡帛網，2007.07.09，網址：http://www.bsm.org.cn/show_article.php?id=597）

〔註 302〕何有祖〈讀《上博六》札記〉（簡帛網，2007.07.09，網址：http://www.bsm.org.cn/show_article.php?id=596）

樸實。〔註 303〕

李學勤〈談楚簡《慎子》〉則以爲「『忠步』的『步』，原讀爲『樸』，韻部相遠，當讀爲同屬並母，韻部魚鐸對轉的『白』。」，「忠（衷）步（白）」指「白心」。〔註 304〕

陳偉則據《上博三・周易》簡 4 改釋爲「疐」，讀爲「質」，訓爲「實」〔註 305〕。而何有祖從之〔註 306〕。

而胡瓊則由徐中舒、何琳儀等人對中山王方壺對該字的釋讀，認爲《上博六・慎子曰恭儉》的「㚔」字當釋爲「陟」，「本義是兩足登高，是一個會意字」，並以爲《上博三・周易》簡 4「」字今本作「窒」，而《說文》:「騭讀若郅」，證明從「至」聲的「窒」與從陟聲的「」相通，再以《說文》陟字古文作「㥁」爲旁證，並贊成陳偉讀作「質」的說法〔註 307〕。

劉洪濤從陳偉、何有祖之說釋爲「疐」，但讀爲「悌」，「兼指『孝悌』而言」：

> 陳偉、何有祖先生指出應釋爲「疐」，甚是。按此簡文例均爲「AB 以 VO」,VO 是一個動賓結構，A 和 B 是詞性相同、意思相關的一對形容詞或名詞。「疐」處在 B 的位置，應與 A 即「忠」的意思有關，疑應讀爲「悌」。「悌」上古音屬定母脂部，「疐」屬端母質部，聲近可通。「悌」兼指「孝悌」而言。〔註 308〕

又針對胡瓊釋爲「陟」的說法，撰寫〈《說文》「陟」字古文考〉一文，指出包山、上博等出土文獻中的「㚔」應釋爲「疐」，《說文》中「陟」字的古文

〔註 303〕馬承源《上海博物館藏戰國楚竹書（六）》（上海：上海古籍出版社，2007.07），頁 276。

〔註 304〕李學勤〈談楚簡〈慎子〉〉（《中國文化》第 25、26 期合刊，2007.02），頁 43～44。

〔註 305〕陳偉〈上博竹書《慎子曰恭儉》初讀〉（簡帛網，2007.07.05，網址：http://www.bsm.org.cn/show_article.php?id=589）

〔註 306〕何有祖〈《慎子曰恭儉》箚記〉（簡帛網，2007.07.05，網址：http://www.bsm.org.cn/show_article.php?id=590）

〔註 307〕胡瓊〈釋《慎子曰恭儉》中的「陟」〉（簡帛網，2007.08.08，網址：http://www.bsm.org.cn/show_article.php?id=691）

〔註 308〕劉洪濤〈上博竹書《慎子曰恭儉》校讀〉（簡帛網，2007.07.06，網址：http://www.bsm.org.cn/show_article.php?id=591）

「應當分析爲從『人』『疐』聲，用作『陟』大概是假借的用法」〔註 309〕。

楊澤生由劉洪濤「忠」和「疐」之間「是詞性相同、意思相關的一對形容詞或名詞」的想法，以及《上博三・周易》的「懥」字的聯想，認爲當讀爲「忠恤」，以爲「簡文『忠恤』就是對上忠而對下恤，這樣纔能『返俞』，即歸於安定。」〔註 310〕

夒一則質疑胡瓊論證「陟」與「窒」相關的證據，主張《說文》「騭讀若郅」爲後人添竄的，再由語音上的聯繫說明「陟」與「窒」相通是有問題的，並贊成《上博六・愼子曰恭儉》的「𡗀」字釋爲「疐」〔註 311〕。

林志鵬〈論楚竹書《愼子曰恭儉》「去囿」及相關問題〉則贊成胡瓊之說釋爲「陟」，又依陳斯鵬讀爲「實」〔註 312〕。

宛臻按：基本上，學者對《上博六・愼子曰恭儉》「𡗀」字的討論，釋爲「疐」或「陟」，字形上來看，以釋爲「疐」較爲妥切。而字義上來說，或讀爲「樸」、「白」、「質」、「實」、「恤」及「悌」等，由本文的討論已知釋爲「步」，而讀爲「樸」或「白」是有問題的，因此不考慮，而其他諸說，皆釋爲「疐」（端紐質部），因此讀爲「質」（知紐質部）、「實」（神紐質部）、「恤」（心紐質部）、「悌」（定紐質部），在聲音關係上皆有一定的聯結關係，筆者傾向讀爲「質」，而訓爲「實」，《詩經・小雅・天保》：「民之質矣。」朱熹集傳云：「質，實也。」；《論語・雍也》：「質勝文則野。」皇侃疏：「質，實也。」等。古雖未見「忠質」連讀，但「忠實」連讀自古有之，如《周禮・大司徒》疏云：「如心曰恕，如下從心，中心曰忠，中下從心，謂言出於心，皆有忠實也云。」《墨子・兼愛》：「今天下之君子，忠實欲天下之富，而惡其貧。」《史記・萬石張叔列傳》：「上以爲廉，忠實無他腸，乃拜綰爲河閒王太傅。」

〔註 309〕劉洪濤〈《說文》「陟」字古文考〉（簡帛網，2007.09.22，網址：http://www.bsm.org.cn/show_article.php?id=719）

〔註 310〕楊澤生〈讀《上博六》小劄〉（簡帛網，2007.07.21，網址：http://www.bsm.org.cn/show_article.php?id=647）

〔註 311〕夒一〈「陟」疑〉（簡帛網，2007.10.23，網址：http://www.bsm.org.cn/show_article.php?id=737）

〔註 312〕林志鵬〈論楚竹書《愼子曰恭儉》「去囿」及相關問題〉（簡帛網，2008.05.06，網址：http://www.bsm.org.cn/show_article.php?id=825）

（六）《上博六・用曰》「 」字

	上博六・用曰 16	茅（務）之以元印，柬其又（有）亙（恒）井（形），其又（有）戢（威）頌（容），而紋其又（有）盍用，亡咎隹（惟）温（盈）。

原考釋者張光裕隸定作「纏」，未釋。〔註 313〕

何有祖指出此字「從糸從疐（質），可以讀作『質』。」〔註 314〕

凡國棟則以為可讀為「懥」或「懫」：

> 按，纏似可讀為「懥」或「懫」。懥有憤怒、憤恨之意。《禮記・大學》：「身有所忿懥，則不得其正。」鄭玄注：「懥，怒貌也。」「懫」亦有「忿戾」之意。《書・多方》：「亦惟有夏之民叨懫。」孔傳：「貪叨忿懫而逆命。」孔穎達疏：「忿懫，言忿怒違理也。」〔註 315〕

宛臻按：此字从糸从疐，其文意還有進一步討論空間。

五、結　語

△字在經過討論後，筆者以為當釋為「疐」字，在中山王嚳方壺从厂从△的字當是「陟」字的異體字，讀為「恤」；在《上博三・周易》簡 4 从△从心的字，從原考釋者釋為「懥」；在《上博五・融師有成氏》簡 5 中，「名則可畏，實則可侮」可相對成文，故讀為「實」；在《上博六・申公臣靈王》簡 9 中讀為「質」，「斧質」為古刑具，意指誅戮之事；在《上博六・慎子曰恭儉》簡 1 中讀為「實」，「忠實」二字可連用；△字在《包山楚簡》中均為人名，亦作「疐」字；而在《上博六・用曰》簡 16，从糸从△之字，其用法仍待研究。

〔註 313〕張光裕〈用曰考釋〉（馬承源主編，《上海博物館藏戰國楚竹書（六）》，2007.07），頁 303。

〔註 314〕何有祖〈讀《上博六》札記〉（簡帛網，2007.07.09，網址：http://www.bsm.org.cn/show_article.php?id=596）

〔註 315〕凡國棟〈《用曰》篇中的「寧」字〉（簡帛網，2007.07.12，網址：http://www.bsm.org.cn/show_article.php?id=609）

第五節　釋「湆」、「醅」

一、前　言

《上博五·融師有成氏》簡 7 有一個「」，原考釋者隸定作「湆」，以爲是「沈」字繁構，此字當時未有大量討論，而在《上博六》出版後，可發現與《上博六·莊王既成》「」之偏旁似有關聯。

而《上博六·莊王既成》有個人名叫「尹子莖」，其中「」字，原考釋者隸作「醓」〔註 316〕，並認爲此人即楚莊王師「沈尹莖」。陳偉指出此字亦見於金文及其他楚簡，認爲此字當釋爲「酖」、讀爲「沈」〔註 317〕，並指出趙平安對此字有比較系統的討論，李佳興〔註 318〕、王寧〔註 319〕等人解釋雖各異，但均認爲當讀爲「沈」，本文以趙平安〈釋「沓」及相關諸字——論兩周時代的職官「醓」〉的文章所論及的相關字形出發，試析該字何以讀爲「沈」。

二、學者討論

趙平安〈釋「沓」及相關諸字——論兩周時代的職官「醓」〉一文中羅列十個相關的字形，文中認爲其所從的部件均是同一個字形，都源自於王人沓輔甗「」字，並隸定作「沓」字。〔註 320〕

以下依趙平安所羅列之字形爲主軸，並增補其他相關字形，如：金文中的曾子伯沓盤、徐家嶺醅敂想簠、以及《上博五》、《上博六》等戰國楚系文字中相關之字，將其字形及文例，并舉於下：

〔註 316〕馬承源主編《上海博物館藏戰國楚竹書（六）》（上海：上海古籍出版社，2008.12），頁 242。

〔註 317〕陳偉〈讀《上博六》條記〉（簡帛網，2007.07.09，網址：http://www.bsm.org.cn/show_article.php?id=597）

〔註 318〕李佳興〈上博六〈莊王既成〉的「醓尹子桱」〉（簡帛研究，2008.08.20，網址：http://jianbo.sdu.edu.cn/admin3/2008/lijiaxing005.htm）

〔註 319〕王寧〈上博六《莊王既成》中「酖」字詳解〉（簡帛網，2009.10.30，網址：http://www.bsm.org.cn/show_article.php?id=1165）

〔註 320〕趙平安〈釋「沓」及相關諸字——論兩周時代的職官「醓」〉（《古文字研究》，第二十四輯，北京：中華書局，2002.07），頁 282～285。

	字形	出　處	文　　例
1		西周中期・王人𦥑輔甗（三代吉金文存 5.11.2／集成 941）	王人輔歸／雚鑄其寶／其邁年子＝孫／其永寶用鼎。 
2		春秋・曾子伯𦥑盤（集成 10156）	隹（唯）曾子白（伯）用／其吉金自乍（作）旅／盤，其黃耇霝（靈）冬（終），／萬年無彊（疆），子孫／永寶用亯（享）。 
3		春秋・郐酷尹征城（集成 425）	隹（唯）正月月初吉，日才（在）庚，郐（徐）／尹者故□自乍（作）征城（鉞） 
4		古璽彙編 0001	右王鉨 
5		徐家嶺十號墓・酷祓想簠（M10:80）	 祓想之飤匿
6		徐家嶺十號墓・酷祓想簠（M10:80）	 祓想之飤匿
7		包山 138	陰人舒握命誁（證），䣜人御君子陳旦、陳龍、陳無正、陳㚖與其斁客、百宜君、大叓（史）連中、左閳（關）尹黃惕、差鄵（蔡）惑、坪弡公鄵（蔡）冒、坪弡公鄵（蔡）冒、大賸尹連虞、大脰尹公䙴必，與戠三十。
8		包山 165	辛亥，囂尹之州加〔公〕婧貍，矧𥨊遺喜，鄁尹之陆桙倚，郘寅。
9		包山 177	乙未，鄀昜司敗郕贉，羕陵公之人婧新，大室尹溺。

10	〔註 321〕	天星觀・卜筮	邨尹兆以𦋤蓍爲君月貞。
11		上博六・莊王既成 1	臧（莊）王既成亡（無）鍥（敵），㠯（以）昏（問）尹子桱曰……。
12		上博六・莊王既成 2	尹固怠（辭），王固昏（問）之，尹子桱畣答曰……。
13		上博六・莊王既成 2	
14		上博六・莊王既成 4	尹子桱曰：「四艕（舸）㠯（以）逾」。
15		郭店・窮達以時 9	初酭，後名易（揚），非其悳（德）加。
16		上博五・融師有成氏 7	……□睪（梏），巫（坐）念惟，癹（發）易（揚）索儥。
17		雙劍誃古器物圖錄卷下 30	前王恚　十三
18		古陶文匯編 3.645	左敷坏
19		古陶文匯編 3.646	左坏

〔註 321〕此摹本爲滕壬生所摹寫，參滕壬生《楚系簡帛文字編（增訂本）》（武漢：湖北教育出版社，2008.10），頁 1255。

20	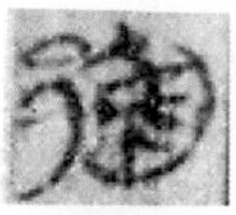	包山 85	習层之明辛巳之日，𨐨缶公𢠓訟宋𤞤（豫）、宋庚、差敵（令）恖、▇纏、黃鬏（鸜）、黃𨋎、陳欹、番班、黃行、登𡐦、登迿、登𦣞（賢）、登淥、登阩、登䜌、𢩻上、周敓、𡚁㓨、黃爲𡧍（賓）、酓相𪓐、苛肼、䨓宋、墬𧿍（辰）、▇敢，以其受𨐨缶人而逃。
21		包山 85	
22		包山 97	十月戊戌之日，𨍭易𠤳盤邑人▇鄞以訟坪易之枸里人文适，以其敓（奪）妻。 
23		包山 186	己未，邸易君之人番覭，𠳵𨑓▇和，正易𨑓𨊠䑣志，新𨝲尹之人滕，鹽易敂（令）𦣻，𠳵𨝲𨛶𧇾，𡚁受。
24		包山 193	十月乙亥，易翟人翏𦣞（賢），𢆶勁，壬青青，▇𦡓，𨜇君之人舒𨔵。
25		新蔡甲三.322	 ▇余𣪊之述，𣪘於溫父、�，二☐
26		新蔡甲三.398	▇𧯷之述，𣪘於𡨦虒一䝤☐
27		信陽 2-023	□□□錦以緂。一錦素▇、一𡪼莞▇、一𡪼䉛▇，純結芒之純▇。六𥶃䉛，純錦純▇。一柿𠪋，錦純，組繢，有䩼。緂▇𠪋，皆……。 
28		信陽 2-023	

以上二十八個字形，除了金文字形以及字形 18、19 爲齊璽之外，其他的字形均爲戰國楚系文字；而且字形上的特色，除了齊璽之外，其他字形均有一個臼形的部件；而字形 1、2 的金文除了臼形上方有另一個部件（此部件本文簡稱△）外，並無其他偏旁，而其餘的二十六個字形則還有其他的偏旁，如從「酉」、從「水」、從「邑」或從「木」等。而以下先分別概述前人對以上字形的看法：

（一）王人𠳊輔甗字

《集成》941 王人𠳊輔甗的「」字，《殷周金文集成》於器名標題上隸定作「𠳊」〔註 322〕。

高田忠周分析爲从冘从心，釋爲忱〔註 323〕。

李孝定隸定作「𠳊」〔註 324〕。

吳鎮烽隸定作「𠳊」〔註 325〕，《殷周金文集成釋文》〔註 326〕、趙平安從之〔註 327〕。

《金文編》列於附錄，不識此字〔註 328〕。

（二）曾子伯𠳊盤字

和《集成》941「」字結構相同的字，其實還有《集成》10156 的「」字，此字《殷周金文集成》則隸定作「𠳊」〔註 329〕。

（三）鄦酷尹征城字

《集成》425 的「」字，《殷周金文集成》隸定作「諳」〔註 330〕。

容庚《金文編》列於附錄，不識此字〔註 331〕。

高田忠周釋爲「諂」〔註 332〕。

郭沫若隸定作「諳」〔註 333〕。

〔註 322〕中國社會科學院考古研究所編《殷周金文集成》（上海：中華書局，1984）。

〔註 323〕高田宗周《古籀篇》（台北：宏業出版社，1975），頁 1195。

〔註 324〕李孝定、周法高、張日昇《金文詁林附錄》（香港：香港中文大學，1977），頁 2621。

〔註 325〕吳鎮烽《金文人名彙編》（北京：中華書館，2006.08），頁 37。

〔註 326〕中國社會科學院考古研究所編《殷周金文集成釋文》（香港：香港中文大學中國文化研究所，2001），頁 941。

〔註 327〕趙平安〈釋「𠳊」及相關諸字——論兩周時代的職官「醓」〉（《古文字研究》，第二十四輯，北京：中華書局，2002.07），頁 282～285。

〔註 328〕容庚編著、張振林、馬國權摹補《金文編》（北京：中華書局，2004.08），頁 1287。

〔註 329〕中國社會科學院考古研究所編《殷周金文集成》（上海：中華書局，1984）。

〔註 330〕中國社會科學院考古研究所編《殷周金文集成》（上海：中華書局，1984）。

〔註 331〕容庚此字摹作「」，左旁部件作「音」形，右上部件少了一横筆，當改摹作「」。參容庚編著、張振林、馬國權摹補《金文編》（北京：中華書局，2004.08），頁 1186。

〔註 332〕高田宗周《古籀篇》（台北：宏業出版社，1975），頁 39。

楊樹達隸定作「諎」〔註 334〕。

馬承源隸定作「譗」〔註 335〕。

于省吾隸定作「譅」〔註 336〕。

陳秉新釋作「譿」，其以爲：

> 譿字銘文作[illegible]，左旁从音與言同意，右旁即王人甗之[illegible]，从畬、冘聲，是鹹的古文。總之，譿是一個从言、畬聲的形聲字，即古訦字。訦尹當讀箴尹，楚亦有箴尹之官。〔註 337〕

董楚平釋爲「莤」，認爲是由甲骨文中的「[illegible]」（醶）字演變而來：

> 本銘文此字左旁从酉是清楚的，右旁則較罕見。在古文字中，與此字最接近的，莫過于甲骨文的[illegible]（醶）字。後者象雙手捧束草于酒旁，卜辭用作祭名，例如：「乙酉卜貞，來乙未酌醶于祖乙。（林二·一一·一）又如：「……卜在……師貞，今冎巫九□王……侯告白王其在白其醶正。」（甲二八七七）本銘此字作[illegible]，右側下部之[illegible]，可能是甲骨文[illegible]字右下部[illegible]的訛變。左上部是束字的變體。《兩周金文辭大系》、《商周彝器通考》、《殷周金文集成》、《商周青銅器銘文選》等，都把此字的右上部隸定爲「央」。然原篆中間一豎很長、直通到底，與央字判然不同，與束字大體相同，所缺上面一橫，可能是器殘所致，與此字對稱的隹字全缺，可爲例證。在《說文》裡，這字簡化爲「莤（[illegible]）」。《說文》曰：「禮祭束茅加于裸圭，而灌鬯酒是爲莤，像神飲之也。」段玉裁注曰：「莤，讀爲束，束茅立之祭前，沃酒其上，酒滲下去，若神飲之，故謂之縮，縮，浚也。」《說文》及其段注，與卜辭醶字的字形、句意吻合。趙誠《甲骨文簡明詞典》也說：「醶，从酉从束，从廾，象雙手奉束於酉（即酒）旁，

〔註 333〕郭沫若《兩周金文辭大系考釋》（北京：科學出版社，1957），頁 163～164。

〔註 334〕楊樹達《積微居金文說》（北京：中華書局，1997.12），頁 210。

〔註 335〕馬承源主編《商周青銅器銘文選（四）》（北京：文物出版社，1990.04），頁 387～388。

〔註 336〕于省吾《雙劍誃吉金文選》（北京：中華書局，1998.09），頁 367。

〔註 337〕陳秉新〈讀徐器銘文札記〉（《東南文化》，1995 年第 1 期），頁 39。

表示縮酒的縮，即《說文》的莤。（第二四三頁）與筆者所見不約而同。此字演變過程如下：

（甲骨文）→（金文）→（小篆）→莤〔註338〕

（四）古璽彙編字

《古璽彙編》0001 的「」字，過去均缺釋，《古璽彙編》以□代之〔註339〕，《古璽文編》收錄於附錄中〔註340〕。

何琳儀隸定作「醅」，以為「从酉，从臼，央聲。疑為醠之異文。」並以為楚璽「『右醅』，疑酒官。醅亦作盎。」〔註341〕

闕曉瑩學姐將此字與楚簡等字形作連結，但將此字隸定作「醅」，以為：

第二字右下从「臼」，右上从「央」，與古璽的「央」字寫法相同（看 0533「鴦」、0733、5478、5680「紻」及 2181「郏」字所从），可隸定「醅」。而其右旁與「冘」的關係及「臼」字用意還待考。

0533 鴦	0773 紻	5478 紻	5680 紻	2181 郏

〔註342〕

而闕曉瑩學姐之所以將這一系列的字形釋為从「央」，乃是根據裘錫圭指出的楚簡中的「央」字寫法〔註343〕。

趙平安指出《古璽彙編》0001 的「」字與《集成》425 的「」字結構相同，並以為此兩字當隸定作「醅」，他指出：

B（宛臻按：指「」字）、C（宛臻按：指「」字）左邊从酉，右邊下半从臼，十分明確。長期不識的原因，主要是右邊上

〔註338〕董楚平《吳越徐舒金文集釋》（杭州：浙江古籍出版社，1992 年），頁 279～280。

〔註339〕羅福頤《古璽彙編》（北京：文物出版社，1981），頁 1。

〔註340〕羅福頤《古璽文編》（北京：文物出版社，1998），頁 400。

〔註341〕何琳儀《戰國古文字典——戰國文字聲系》（北京：中華書局，1998.09），頁 618。

〔註342〕闕曉瑩《《古璽彙編》考釋》（台北：國立台灣師範大學國文研究所碩士論文，2000.06），頁 1。

〔註343〕裘錫圭〈戰國貨幣考〉（收錄於裘錫圭《古文字論集》，北京：中華書局，1992.08），頁 435。

半詭譎難辨。其實類似的寫法見於魏三字石經，作[glyph]。這個字是忱的古文，按常理分析，應从口冘聲。准此，B、C 二字可隸作醓。〔註 344〕

（五）徐家嶺十號墓・醓䢼想簠[glyph]字

賈連敏釋爲「醓」字，以爲「該銘从『酉』，『沓』聲。」「疑讀爲『沈』。」〔註 345〕田成方從之〔註 346〕。

（六）包山楚簡[glyph]等字

《包山楚簡》原考釋者將此字形隸定作「酩」〔註 347〕。何琳儀〔註 348〕、李佳興從之〔註 349〕。

黃德寬、徐在國據李家浩釋《信陽楚簡》2-023 的「[glyph]」字爲「枕」字〔註 350〕，將包山這一系列的字形改釋爲「酖」〔註 351〕。湯餘惠《戰國文字編》〔註 352〕及李守奎《楚文字編》〔註 353〕均從之。趙平安贊成此說，但以爲古文

〔註 344〕趙平安〈釋「沓」及相關諸字——論兩周時代的職官「醓」〉（《古文字研究》，第二十四輯，北京：中華書局，2002.07），頁 283。

〔註 345〕賈連敏〈淅川和尚嶺、徐家嶺楚墓銅器銘文簡釋〉（收錄於河南省文物考古研究所等編《淅川和尚嶺與徐家嶺楚墓》，鄭州：大象出版社，2004 年 10 月，見附錄一。），頁 362。

〔註 346〕田成方〈從新出文字材料論楚沈尹氏之族屬源流〉（《江漢考古》，2008 年第 2 期），頁 88。

〔註 347〕劉彬徽、彭浩、胡雅麗、劉祖信〈包山二號楚墓簡牘釋文與考釋〉（收錄於湖北省荊沙鐵路考古隊《包山楚簡》，北京：文物出版社，1991.10），頁 26。

〔註 348〕何琳儀《戰國古文字典——戰國文字聲系》（北京：中華書局，1998.09），頁 1445。

〔註 349〕李佳興〈上博六〈莊王既成〉的「醓尹子桱」〉（簡帛研究，2008.08.20，網址：http://jianbo.sdu.edu.cn/admin3/2008/lijiaxing005.htm）

〔註 350〕李家浩〈信陽楚簡中的「柿枳」〉（《簡帛研究》第二輯，北京：法律出版社，1996 年），頁 2。

〔註 351〕黃德寬、徐在國〈郭店楚簡文字考釋〉（《吉林大學古籍研究所建所十五週年紀念文集》，吉林大學出版社，1998.12），頁 104。

〔註 352〕湯餘惠《戰國文字編》（福州：福建人民出版社，2001.12），頁 975。

〔註 353〕趙平安指出李守奎將字形隸定作「酩」，指的是李守奎的博士論文，現出版的《楚文字編》已改爲「酖」字，並隸古定作「醓」。參見李守奎《楚文字編》（上海：

字中已有舀字，故認爲宜將、等字形分別隸定「醑」、「榗」，且認爲「醑」可能是「醓」的異體字〔註354〕。

（七）天星觀字

滕壬生的《楚系簡帛文字編》把包山楚簡等字及天星觀字形擺在同一字頭下，同隸作「酖」〔註355〕。

何琳儀《戰國古文字典》釋爲「醑」。〔註356〕

（八）《上博六．莊王既成》等字

《上博六．莊王既成》的「」字，原考釋者隸作「醓」，但懷疑「醓尹子桱」即春秋楚人「尹巫」，爲楚莊王師，「巫」亦作「莁」、「莖」，據此與《呂氏春秋》「沈尹莖」連結在一起〔註357〕。李學勤從其說，並以爲「『醓尹』，從『臽』之『窞』、『啗』、『萏』等字均在定母侵部，與『沈』同，故『醓尹子桱』即『沈尹子莖』。」〔註358〕

陳偉指出此字「从酉从冘从臼」，並據黃德寬、徐在國將包山字形釋爲「酖」、讀爲「沈」〔註359〕，認爲「酖尹」即典籍中習見的「沈尹」〔註360〕。

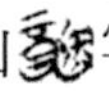

華東師範大學出版社，2003.12），頁860。

〔註354〕趙平安〈釋「舀」及相關諸字——論兩周時代的職官「醓」〉（《古文字研究》，第二十四輯，北京：中華書局，2002.07），頁283。

〔註355〕舊版隸定作「酩」，新版增訂本已改列於「酖」字之外，並隸古定作「醑」。舊版見滕壬生《楚系簡帛文字編》（武漢：湖北教育出版社，1995.07），頁1100；新版字形見滕壬生《楚系簡帛文字編（增訂本）》（武漢：湖北教育出版社，2008.10），頁1255。

〔註356〕何琳儀《戰國古文字典——戰國文字聲系》（北京：中華書局，1998.09），頁618。

〔註357〕馬承源主編《上海博物館藏戰國楚竹書（六）》（上海：上海古籍出版社，2008.12），頁242

〔註358〕李學勤〈讀上博簡《莊王既成》兩章筆記〉（孔子2000，2007.07.16，網址：http://www.confucius2000.com/admin/list.asp?id=3212）

〔註359〕黃德寬、徐在國〈郭店楚簡文字考釋〉（《吉林大學古籍研究所建所十五週年紀念文集》，吉林大學出版社，1998.12），頁104。

〔註360〕陳偉〈讀《上博六》條記〉（簡帛網，2007.07.09，網址：http://www.bsm.org.cn/show_article.php?id=597）

李佳興認爲「」字，「字形上左從酉，上右從身（？），下則從臼（臽）形。所以整理者隸定可能多了『皿』部件。該字隸定作『醓』即可。」，既隸定作「醓尹子桱」，但又贊成原考釋讀爲「沈尹莖」之說，以聲韻的角度認爲「醓」、「沈」可以通假〔註 361〕。

王寧以爲《三代吉金文存》5.11.2（《集成》941）的「」是「枕」、「沈」、「訦」等字的本字，故「」字當爲「從酉沈省聲」，「酖」從「沈」得聲，自然可讀爲「沈」，「酖尹」就是「沈尹」〔註 362〕。

（九）《郭店・窮達以時》字

《郭店・窮達以時》簡 9 的「」字，原考釋者隸定爲「㴞（？）」字，下一字則隸定作「酭」〔註 363〕。李零從其隸定，且將「㴞酭」讀爲「韜晦」或「澹晦」，指默默無聞的意思〔註 364〕；周鳳五亦從其隸定，則將「㴞酭」讀作「顣頷」，表「不飽貌」〔註 365〕。

黃德寬、徐在國釋爲「沈酭」，其中針對「沈」字說：

> 窮 9 有字作，原書疑作字。我們認爲此字應釋爲「沈」。信陽楚簡 2-023 枕字作（从李家浩先生釋，《信陽楚簡中的「柿枳」》，《簡帛研究》2，法律出版社，1996 年版），包山楚簡郱（沈）字作，酖字作（《簡帛篇》539〔註 366〕、1100 頁，詳見拙作《讀〈楚系簡帛文字編〉札記》，《安徽大學學報》（待刊）。凡此均可證字應釋爲「沈」。〔註 367〕

〔註 361〕李佳興〈上博六〈莊王既成〉的「盬尹子桱〉（簡帛研究，2008.08.20，網址：http://jianbo.sdu.edu.cn/admin3/2008/lijiaxing005.htm）

〔註 362〕王寧〈上博六《莊王既成》中「酖」字詳解〉（簡帛網，2009.10.30，網址：http://www.bsm.org.cn/show_article.php?id=1165）

〔註 363〕荊門市博物館《郭店楚墓竹簡》（北京：文物出版社，1998.05），頁 145。

〔註 364〕李零《郭店楚簡校讀記（增訂本）》（北京：中國人民大學出版社，2007.08），頁 113～114。

〔註 365〕周鳳五〈郭店楚簡識字札記〉（《張以仁先生七秩壽慶論文集》，台北：學生書局，1999），頁 355。

〔註 366〕此處誤植爲 539 頁，實際上在 549 頁。

〔註 367〕黃德寬、徐在國〈郭店楚簡文字考釋〉（《吉林大學古籍研究所建所十五週年紀念

劉釗隸定作「湝醘」，讀爲「沉鬱」，「沉鬱」即「沉滯」，「沉滯」本爲「伏積」、「休止」之意，引申爲「不遇」之意〔註 368〕。

趙平安亦隸定作「湝醘」，但讀爲「醓醢」，指紂對比干用了剁成肉醬的酷刑〔註 369〕。

（十）《上博五・融師有成氏》字

《上博五・融師有成氏》簡 7 的「」，原考釋者隸定作「湝」，指出「『湝』，楚文字『沈』字繁構。『沈』，義同『沉』，本一字分化，訓爲沉沒、低下，此處引申爲低頭沉默」〔註 370〕。

禤健聰指出此字與《郭店・窮達以時》簡 9「滔」字形同，可釋爲「滔」〔註 371〕。

劉釗指出此字「『湝』所從之『沓』即『臽』字之變，『沈』與『陷』音義皆近，乃同源詞，所以『沓』可以從『臼』作。」並將「湝」讀爲「耽」：

> 下面再來看《上博五・融師有成氏》「湝巠念惟」中的「湝巠」一詞。我們認爲既然已知「巠」爲「淫」字，則「湝巠」無疑應該讀爲「耽淫」。「耽淫」意爲「沉湎」。《三國志・魏志・齊王芳傳》：「皇帝芳春秋已長，不親萬機，耽淫內寵，沈漫女德。」是其證。所以簡文「耽淫念惟」是「沉湎于思念」的意思。〔註 372〕

（十一）雙劍誃古器物圖錄字

文集》，吉林大學出版社，1998.12），頁 104。

〔註 368〕劉釗《郭店楚簡校釋》（福州：福建人民出版社，2003.12），頁 173～174。

〔註 369〕趙平安〈《窮達以時》第九號簡考論——兼及先秦兩漢文獻中比干故事的衍變〉（《古籍整理研究學刊》，2003.03，第 2 期），頁 18～21。

〔註 370〕馬承源主編《上海博物館藏戰國楚竹書（五）》（上海：上海古籍出版社，2005.12），頁 326。

〔註 371〕禤健聰〈上博楚簡（五）零劄（二）〉（簡帛網，2006.02.26，網址：http://www.bsm.org.cn/show_article.php?id=238）

〔註 372〕劉釗〈《上博五・融師有成氏》「耽淫念惟」解〉（簡帛網，2007.07.25，網址：http://www.bsm.org.cn/show_article.php?id=666）

何琳儀隸作「㴔」，以爲「从⼌，㴞聲。疑㴞之繁文。」〔註 373〕

陳邦懷隸作「澝」，以爲「字从水，以甬爲聲；而又从臽，當是『涌』字繁體」〔註 374〕。

黃錫全將其與南周鐘「臽」字及包山字形作比較，將隸作「㴔」字，他指出：

> 宗周鐘「南國𠬝孳敢臽處我土」之臽作
>
> 包山楚簡从臽的㿆、郘等字作
>
> 138　165　177　193
>
> 很明顯玉圭所从的與包山楚簡所从的形體相同，無疑應視爲一字，臽字本从人从臼，、所从的、，可能具有某種意義，或者是飾筆，如同古璽中从鬼的魁、褢等字作
>
> 玉圭右形作，上面多出的部分如何解釋，我們認爲有兩種可能。一是視下的「人」形爲飾筆，如同从舀的或變从、。如下舉之例：
>
> 陳公子甗　古璽彙編 1009　包山楚簡昭
>
> 曾伯簠　古文四聲韻引古老子韜
>
> 另一種可能，就是將理解爲从大从臼。古从大與从人之字每因義同互作。如鬼、光、幾等字。如此，𦥺即臽。
>
> 臽字从人从臼。古璽文又作、、等，都是从人變化，不管怎樣理解，玉圭的這個字應該是隸定作㴔。臽本即陷字。玉圭

〔註 373〕何琳儀《戰國古文字典——戰國文字聲系》（北京：中華書局，1998.09），頁 1444。

〔註 374〕陳邦懷〈戰國楚文字小記〉（收錄於湖北省社會科學院歷史研究所編《楚文化新探》，武漢：湖北人民出版社，1981），頁 154。

增从𠂆，頗耐人尋味。這有可能是表示人身下陷伸手求救之狀，但也可能是从手按人，示故意陷害之。金文「作」字作𠂇，或增从手作𢀳、𢀳，與此構形構形類似。總之這個滔字所从的𠂆爲義符。滔應該是洀字別體，與洀□□罍之洀爲一字。〔註375〕

趙平安認爲此字與《郭店・窮達以時》□主體部分相同，「𠂆爲飾筆。楚文字家加爪爲飾，爪又可演變爲𠂆。因此 I（宛臻按：即□）可能是滔的繁化，也可以讀爲醢，官名。」〔註376〕

（十二）《古陶文匯編》□字

《古陶文匯編》3.645 及 3.646 爲兩枚齊璽，兩字形在《古陶文字徵》隸作「瀆」。〔註377〕

趙平安以爲是「醢」的異體，他指出「齊陶中𧆨旁與此所从不同，字不當釋瀆。此字左部所从爲水，右邊下部爲肉，右邊上部與戰國時代𦥑所从相似，人上加上一筆可與臽合觀」〔註378〕。

王恩田《陶文字典》隸作「潰」，並指出爲「涌之本字，借爲用」〔註379〕。

（十三）包山楚簡□等字

《包山楚簡》原考釋者將此字隸作「郘」，張守中《包山楚簡文字編》〔註380〕及張光裕主編、袁國華合編《包山楚簡文字編》〔註381〕、何琳儀《戰國古文字

〔註375〕黃錫全〈「洀前」玉圭跋〉（收錄於黃錫全《古文字論叢》，台北：藝文印書館，1999），頁372。

〔註376〕趙平安〈釋「𦥑」及相關諸字——論兩周時代的職官「醢」〉（《古文字研究》，第二十四輯，北京：中華書局，2002.07），頁284。

〔註377〕高明、葛英會編《古陶文字徵》（北京：中華書局，1991.01），頁147。

〔註378〕趙平安〈釋「𦥑」及相關諸字——論兩周時代的職官「醢」〉（《古文字研究》，第二十四輯，北京：中華書局，2002.07），頁284。

〔註379〕王恩田《陶文字典》（濟南：齊魯書社，2007.01），頁295。

〔註380〕張守中《包山楚簡文字編》（北京：文物出版社1996.08），頁106。

〔註381〕張光裕主編、袁國華合編《包山楚簡文字編》（台北：藝文印書館，1992.11），頁398。

典》〔註 382〕均從之。劉信芳亦隸定作「郤」，並指出「讀爲『閻』，楚有『閻敖』，見《左傳》莊公十八年。郤氏應源自閻敖」〔註 383〕。

李佳興指出此字作「陷」〔註 384〕。

（十四）新蔡簡等字

《新蔡葛陵楚墓》竹簡「」字，原考釋者均隸作「邶」字〔註 385〕。

滕壬生《楚系簡帛文字編》將包山等字及新蔡的字形同列一處，隸定作「邶」〔註 386〕。張新俊、張勝波《新蔡葛陵楚簡文字編》亦將此字隸定作「邶」〔註 387〕。

（十五）信陽楚簡等字

中山大學古文字研究室隸定作「楷」〔註 388〕。

劉雨隸定作「樵」〔註 389〕。

郭若愚隸定作「槽」，並指出「槽同櫜」〔註 390〕。

商承祚隸定作「楷」〔註 391〕。

〔註 382〕何琳儀《戰國古文字典——戰國文字聲系》（北京：中華書局，1998.09），頁 1444。

〔註 383〕劉信芳《包山楚簡解詁》（台北：藝文印書館，2003.01），頁 82。

〔註 384〕李佳興〈上博六〈莊王既成〉的「盬子桱」〉（簡帛研究，2008.08.20，網址：http://jianbo.sdu.edu.cn/admin3/2008/lijiaxing005.htm）

〔註 385〕賈連敏〈新蔡葛陵楚墓出土竹簡釋文〉（附錄於河南省文物考古研究所編著《新蔡葛陵楚墓》，鄭州：大象出版社，2003.10），頁 198、201。

〔註 386〕舊版隸作「郤」，見滕壬生《楚系簡帛文字編》（武漢：湖北教育出版社，1995.07），頁 549；新版增訂本已改列於「邶」字下，隸古定作「鄐」，參滕壬生《楚系簡帛文字編（增訂本）》（武漢：湖北教育出版社，2008.10），頁 625。

〔註 387〕張新俊、張勝波《新蔡葛陵楚墓竹簡文字編》（成都：巴蜀書社，2008.08），頁 128。

〔註 388〕中山大學古文字研究室〈信陽長臺關戰國楚墓竹簡第二組〈遣策〉考釋〉（《戰國楚簡研究》，1977 年第 2 期）。

〔註 389〕劉雨〈信陽楚簡釋文與考釋〉（收錄於河南省文物研究所《信陽楚墓》，北京：文物出版社，1986.03），頁 130。

〔註 390〕郭若愚〈信陽長臺關戰國楚墓遣策文字的摹寫和考釋〉（刊載於《戰國楚簡文字編》，上海：上海書畫出版社，1994 年）。

〔註 391〕商承祚《戰國楚竹簡匯編》（濟南：齊魯書社，1995.11）。

李家浩將此字隸定作「枕」，但並未展開論述〔註 392〕。劉國勝〔註 393〕、滕壬生〔註 394〕、房振三〔註 395〕從之。

何琳儀《戰國古文字典》列於「楅」字下，並指出「楅讀褔。《廣韻》。『重緣』。」〔註 396〕

三、字形分析

趙平安在其〈釋「沓」及相關諸字——論兩周時代的職官「醠」〉一文中指出，《集成》941 王人沓輔甗的「」爲「沓」字，而並指出包括《集成》425郐醓尹征城「」字、古璽彙編「」字、包山楚簡「」等字、天星觀「」字、《郭店．窮達以時》「」字、雙劍誃古器物圖錄「」字、古陶文匯編「」等諸字形均爲从「沓」之字，本篇所要探討的正是楚文字中趙平安所認爲的从「沓」諸字究竟爲何字？除了趙平安所提到的王人沓輔甗的「」、郐醓尹征城「」、古陶文匯編「」外，其餘諸字大多爲戰國楚系文字，而這些戰國楚系文字右旁所从是否爲同一個字？又與王人沓輔甗的「」爲「沓」字是否有關聯？也正是本文所關切的重點。

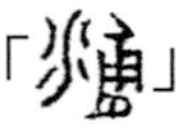

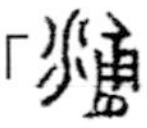

而諸字形右上部件學者們的意見歧異較大（本文將此部件簡稱爲△），因此△部件的辨析正是諸字形解讀的關鍵，而諸字形所从的△部件，其實也略有一些不同，在此先將諸字形中隸屬於戰國楚文字的字形，其所从的△部件做一分類整理〔註 397〕：

〔註 392〕李家浩〈信陽楚簡中的「柿枳」〉（《簡帛研究》第二輯，北京：法律出版社，1996 年），頁 2。

〔註 393〕劉國勝〈信陽長臺關楚簡〈遣策〉編聯二題〉（《江漢考古》，2001 年第 3 期），頁 66～70。

〔註 394〕滕壬生《楚系簡帛文字編》舊版隸作「**櫓**」，新版改隸作「枕」，並隸古定作「**榙**」。舊版見滕壬生《楚系簡帛文字編》（武漢：湖北教育出版社，1995.07），頁 458；新版見滕壬生《楚系簡帛文字編（增訂本）》（武漢：湖北教育出版社，2008.10），頁 547。

〔註 395〕房振三《信陽楚簡文字研究》（安徽大學碩士學位論文，2003.05.07），頁 123。

〔註 396〕何琳儀《戰國古文字典——戰國文字聲系》（北京：中華書局，1998.09），頁 1437。

〔註 397〕此處僅爲戰國楚文字做分類，西周、春秋金文暫不納入分類。

分類		隸屬字			
A		 包山 138	 包山 165	 包山 177	 上博六·莊王既成 1
		 上博六·莊王既成 2	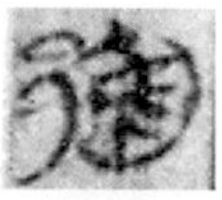 包山 85	 包山 85	 包山 97
		 包山 186	 包山 193		
B	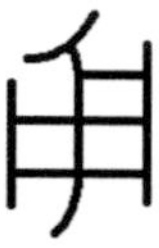	 上博五·融師有成氏 7	 上博六·莊王既成 2	 上博六·莊王既成 4	新蔡甲三.322
C		 郭店・窮達以時 9			
D	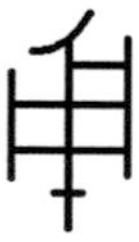	 新蔡甲三.398			
E		 雙劍誃古器物圖錄卷下 30	 信陽 2-023		
F		 信陽 2-023			

G		徐家嶺十號墓·醓祊想簠	徐家嶺十號墓·醓祊想簠		
H		古璽彙編 0001			
I	〔註 398〕	天星觀·卜筮			

筆者將△部件大致可分爲七類，而這七類部件究竟是不是可否看成相同字形的異體，而此部件又作何解釋，以下先由學者已討論過的意見進行檢視。

而學者們討論△部件的意見，大致上有从「方」、从「央」、从「東」、从「人」（「臽」字从人）、从「甬」及从「冘」等多種說法〔註 399〕以下一一還原各字形的古文字形，試析△部件究竟爲何：

（一）釋「方」說

將△部件釋爲「方」的，只有《殷周金文集成》在《集成》941 的器名上的隸定，但是關於王人𠭯輔甗是從「冘」還是從「方」，仍有必要釐清。

古文字「方」字字形演變如下：

【字形表 1】

1 商.鐵 122.3	2 商.佚 60	3 商.前 7.1.2	4 商.甲 2364	5 西周早期.盂鼎

〔註 398〕何琳儀將天星觀「　」字釋爲「醓」，疑將右上看成了　，參何琳儀《戰國古文字典——戰國文字聲系》（北京：中華書局，1998.09），頁 618。

〔註 399〕以上討論△部件的說法，不限於戰國楚文字的討論。

6 西周中期.彔伯簋	7 西周晚期.不嬰簋	8 春秋中期.秦公簋	9 春秋晚期.郤王子鐘	10 戰國.秦.石鼓文
11 戰國.秦.睡虎地 8.4	12 戰國.晉.中山王譽鼎	13 戰國.燕.古陶 4.48	14 戰國.燕.璽彙 3691	15 戰國.楚.帛書乙 2.80
16 戰國.楚.天星觀.卜筮	17 戰國.楚.郭店.老乙 12	18 戰國.楚.上博一.緇衣 22	19 西漢.銀雀山 407	20 東漢.武威醫簡 88 乙

《說文》:「方，併船也。象兩舟省總頭形。凡方之屬皆从方。」

甲骨文「方」字主要有三種結構，如字形 1～3；而字形 4，于省吾以爲是「方字的初文，因爲它屬于第一期早期的𠂤組卜辭」。金文字形承襲甲骨文字形 1～3，亦有三種結構，金文以下字形則由字形 1 演變而來。

關於「方」字的字形結構，各家看法如下：

葉玉森以爲「其字作[illegible][illegible]，疑象架上懸刀形，並不肖兩舟總頭。省作[illegible]，架形微失。」〔註 400〕商承祚〔註 401〕從之。徐中舒以爲「象耒的形製」，又曰「上短橫象柄首橫木，下長橫即足所蹈履處，旁兩短畫或即飾文」〔註 402〕，趙誠〔註 403〕、孫淼〔註 404〕、張日昇〔註 405〕、陳初生〔註 406〕等從之。朱芳圃以爲「方當爲枋若柄之初文。从刀，一指握持之處（變形作[illegible]），字之結構，與刃从刀，指刀鋻相同。」〔註 407〕戴家祥以爲方即旁的本字「从一爲肩荷之

〔註 400〕葉玉森《說契》（香港：香港書店，1972），頁 10。

〔註 401〕商承祚《甲骨文字研究》（天津：天津古籍出版社，2008.04），頁 153～154。

〔註 402〕徐中舒《耒耜考》（歷史語言研究所集刊第二本第一分），頁 17～18。

〔註 403〕趙誠《甲骨文簡明詞典——卜辭分類讀本》（北京：中華書局，1988.01），頁 3。

〔註 404〕孫淼《夏商史稿》（北京：文物出版社，1987），頁 405～406。

〔註 405〕周法高主編《金文詁林》（香港：香港中文大學，1973），頁 5373。

〔註 406〕陳初生《金文常用字典》（西安：陝西人民出版社，2004.01），頁 829。

〔註 407〕朱芳圃《殷周文字釋叢》（台北：學生書局，1972），頁 159。

杠棒形，从 人 爲側身人字，釋名『在邊曰旁』，玉篇：『旁猶側也。』人側向一邊正取旁字義。甲骨文和金文的方又作 ，一形兩端的短豎爲指事符號，表示物之兩旁」〔註 408〕。高鴻縉以爲「字原意爲旁邊之旁，倚刀畫其靠架𠕁形，由物形𠕁生意，故託刀椅架旁之形，以寄旁邊之意」〔註 409〕魏建功以爲「植兵戍防意也」，釋形爲「契文方（ ）形，於文似戈兵，疑即刀字，初字從此」，又曰「蓋𠕁爲藏兵具」〔註 410〕。何琳儀以爲「从刀，施一橫於刀身，表示以刀分物。」〔註 411〕

宛臻按：「方」字釋形說法甚多，但總不出釋爲「从刀」或釋爲「耒」的說法，而魏建功以爲「从人」，但實際觀察甲金文字形可知，字形與人形有所不同，人字甲骨文作「 」（甲 792）、「 」（鐵 191.1），金文作「 」（師酉簋）、「 」（般甗），而刀字甲骨文作「 」（甲 3164）、「 」（甲 3092），由此可見「方」字所从，比較接近刀形，至於「方」字確切本義爲何則待考。但本文所討論的楚簡諸形的△部件，明顯與「方」字不同，而王人𦣞輔甗及曾子伯𦣞盤所从者較接近「人」形，而非「刀」形，舊說將王人𦣞輔甗上方所从釋爲「方」，恐怕是因爲「人」形與「刀」形形近又經常訛混〔註 412〕，而造成的誤釋。

（二）釋「央」說

郐醓尹征城「 」字、古璽「 」字、天星觀「 」字等三個字形，均有學者認爲當釋爲從「央」，而趙平安文中則認爲與其他字形所從爲同一個字，顯示「央」字與△部件有一些糾葛，筆者認爲有必要進一步釐清。

古文字中的「央」字字形如下所示：

〔註 408〕戴家祥《金文大字典》（上海：學林出版社，1995）。

〔註 409〕高鴻縉《中國字例》（台北：廣文書局，1964 年），頁 307～308。

〔註 410〕魏建功〈釋午〉（《輔仁學誌》，第二卷第 1 期），頁 23～24。

〔註 411〕何琳儀《戰國古文字典——戰國文字聲系》（北京：中華書局，1998.09），頁 713。

〔註 412〕劉釗《古文字構形學》（福州：福建人民出版社，2006.01），頁 140。

【字形表 2】

 商.菁 3.1	 西周晚期.虢季子白盤	 西周早期.央簋	 春秋戰國.秦.中央勇矛	 戰國.秦.睡虎地.日乙 207
 戰國.秦.睡虎地.日甲 17 背	 戰國.楚.包山 201	 戰國.楚.天星觀.卜筮	 戰國.楚.上博二.子羔 11	 戰國.楚.上博五.三德 7
 戰國.楚.上博六.用曰 2	 戰國.楚.新蔡.甲一 3	 戰國.楚.新蔡.甲三 22.23.24	 戰國.楚.新蔡.甲三 208	 戰國.楚.新蔡.甲三 258
 戰國.楚.包山 67	 戰國.楚.天星觀.卜筮	 戰國.楚.天星觀.卜筮	 戰國.楚.天星觀.卜筮	 戰國.晉.中山王嚳兆域圖（恣）
 戰國.晉.璽彙 0533（鴦）	 戰國.晉.璽彙 2180（郟）	 戰國.晉.璽彙2181（郟）	 戰國.晉.璽彙 773（紻）	 戰國.晉.璽彙 3786（紻）
 戰國.晉.璽彙 5680（紻）	 戰國.晉.璽彙 2296（英）	 戰國.央□戈	 戰國.璽彙 3553	 戰國.璽彙 5478（紻）
 西漢.馬王堆.老子甲 31	 西漢.馬王堆.相馬經 74 下	 西漢.銀雀山 297	 西漢.漢印徵	 東漢.熹平石經.春秋.僖十七年

《說文》:「央，中央也。从大在冂之內。大，人也。央旁同意。一曰久也。」

「央」字，甲骨文从天，頸上有「凵」形物。金文从大戴⊢⊣形。戰國文字秦系承襲金文字形，後世字形即由秦系演變而來；而楚系變化較多，上半部或演變、、，此爲戰國文字中常見的現象〔註413〕，下半部大形或演變爲、、、、等諸形，而下半部或加橫筆、圓點者爲無意義的飾筆；而像是（天星觀.卜筮）、（上博二.子羔11）等字形中下方的豎筆，則是由上半部的筆畫延伸訛變而成的〔註414〕。而古璽中幾個從「央」之字形，過去常被釋爲從「周」，裘錫圭根據楚簡中的「央」字寫法，將從「糸」及從「鳥」之字，改釋爲「紻」、「鴦」等字〔註415〕。

關於「央」字的初形本義有三種說法：

第一種說法是矢倚架中之形，吳其昌以爲「考央字實當從從，象矢倚奇之形；矢倚架中，故會意爲中央也。」〔註416〕

第二種說法是象人戴枷，爲「災殃」之意。丁山以爲本義爲「凶咎」，其云：「字象人頸上荷枷形，董作賓釋央，是也。山按：央孳乳爲鞅，《說文》云：『頸靼也。』《釋名．釋車》：『鞅，嬰也。喉下稱嬰，言纓絡之也。』……人頸荷枷，必由犯了罪過，《說文》訓殃曰『咎也』，或曰『凶也』。凶咎，殆是央字本誼。」〔註417〕徐中舒從之，並以爲「爲殃之本字，戴枷其頸在中央，故引申而有中央之意。」〔註418〕

第三種說法是象人頭上戴物或擔物，高鴻縉以爲「字倚（人）畫其肩擔物形，由物形「（象扁擔及其所擔之物）」生意。擔物必在扁擔之中央，故託以寄中央之意」。〔註419〕而白玉崢亦以爲「从大，象人正直挺立之形，字蓋象人以頭戴物之形，……戴物，必得凵及頭頂之中央，始可求所戴之物之平衡，故引申爲中央或中點之義。」

〔註413〕林澐〈釋古璽中从「柬」的兩個字〉（《古文字研究》第十九輯，北京：中華書局，1992.08），頁468。

〔註414〕參魏宜輝《楚系簡帛文字形體訛變分析》（南京：南京大學博士論文，2003），頁24。

〔註415〕裘錫圭〈戰國貨幣考〉（收錄於裘錫圭《古文字論集》，北京：中華書局，1992.08），頁435。

〔註416〕吳其昌《殷虛書契解詁》（台北：藝文印書館，1960），頁339。

〔註417〕丁山《甲骨文所見氏族及其制度》（北京：中華書局，1988），頁74。

〔註418〕徐中舒《甲骨文字典》（成都：四川辭書出版社，1989.05），頁595。

〔註419〕高鴻縉《中國字例》（台北：廣文書局，1964年），頁341。

宛臻按：以上三種說法，第一種以爲从矢與字形不合，故不考慮；而第二種說法似較爲合理，但李孝定則以爲「丁氏謂象人頸荷枷之形則未敢必，蓋凵形究象何物難以確指，且字在卜辭亦無凶咎罪戾之意也。」〔註 420〕，第三種說法亦無明顯證據，故字形本義待考。

而本文中所討論的△部件中，其中《古璽彙編》的「」字其右上所從，正與楚簡中的「央」字極爲相似，尤其筆畫與《新蔡．甲三 258》的「」字幾乎相同，因此將「」字釋爲从央，亦有所本，但是「」右上所從顯然其他△部件有所不同，而「」右上所從和其他字形△部件是不是同一個字形，也是有待解決的問題，俟後討論。

另外，《上博六．天子建州（甲本）、（乙本）》中分別有一個字形，亦被原考釋隸作「央」字，字形如下：

【字形表 3】

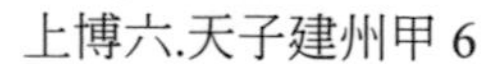 上博六.天子建州甲 6	上博六.天子建州乙 5

此字形原考釋者曹錦炎釋爲「央」〔註 421〕；陳偉釋爲「剌」，讀爲「列」，其根據是「此字與郭店竹書《性自命出》30、31、60 號簡中的『剌』字所從近似」〔註 422〕；而蘇建洲學長指出此字當爲「甫」，其以爲「字上從『父』，顯然與『央』不合。字應釋爲『甫』，形體如於中山王方壺的『輔』（輔，中山王方壺）的右旁，簡文讀作『日月得其甫（輔）』。」〔註 423〕范常喜〔註 424〕、

〔註 420〕李孝定《甲骨文字集釋》（台北：中央研究院史語所，1977），頁 1826。

〔註 421〕馬承源主編《上海博物館藏戰國楚竹書（六）》（上海：上海古籍出版社，2008.12），頁 316、318。

〔註 422〕陳偉〈讀《上博六》條記〉（簡帛網，2007.07.09，網址：http://www.bsm.org.cn/show_article.php?id=597）。

〔註 423〕蘇建洲〈讀《上博（六）．天子建州》筆記〉（簡帛網，2007.07.22，網址：http://www.bsm.org.cn/show_article.php?id=652）。

〔註 424〕范常喜〈讀《上博六》札記六則〉（簡帛網，2007.07.25，網址：http://www.bsm.org.cn/show_article.php?id=667）。

林文華〔註 425〕從之。

宛臻按：此字形上部顯然前文所提到的「央」字字形不合，而對照楚文字中的「甫」字的相關字形，如（曾侯乙 212）、（補，信陽 1-04）、（補，郭店・太一生水 1）、（鄘，包山 177），則甚爲接近，故宜釋爲「甫」字，而非「央」字。

（三）釋「束」說

董楚平將郐醅尹征城「」字釋爲「莤」，認爲是由甲骨文中的「」（醣）字演變而來。因此先來看一下甲骨文中的「」字的相關字形：

【字形表 4】

 1 乙 3594	 2 簠帝 41	 3 後 2.35.9	 4 京津 2679	 5 甲 770
 6 明藏 503	 7 簠徵 22	 8 粹 465	 9 甲 1169	 10 京都 2312
 11 後 2.26.3	 12 佚 738	 13 粹 138	 14 粹 466	 15 粹 468
 16 前 6.16.2	 17 前 6.57.2	 18 後 2.8.2	 19 後 2.22.13	 20 林 2.11.1
 21 甲 2877	 22 粹 370	 23 甲 795	 24 佚 896	 25 後 2.4.16
 26 福格藏玉戈	 27駁尊			

〔註 425〕林文華〈《天子建州》釋讀五則〉（簡帛網，2008.07.15，網址：http://www.bsm.org.cn/show_article.php?id=852）。

甲骨文字形 1～7，于省吾釋「索」，並認爲字形 8～20 爲從「索」之字〔註 426〕。屈萬里從之，並認爲其字義爲「蓋不知神之定處而尋求之之祭也」〔註 427〕。其中字形 5～7，朱芳圃認爲「此即苣之初文，《說文》艸部：『苣，束葦燒之。从艸，巨聲。』象葦，象束。」而字形 1～4 則是苣字省形〔註 428〕。字形 8～15，王國維以爲即「餗」字，謂「《說文解字》：『鬻，鼎實，从鬲，速聲，或作餗。』與此同，許書之鬻，疑後起字。」〔註 429〕而字形 16～21，王國維以爲「即『無以茜酒』之茜。……象雙手奉束于酉（即酒）旁，殆茜之初字」〔註 430〕，《說文》：「茜，，禮、祭。束茅加于裸圭，而灌鬯酒，是爲茜，像神飲之也。」趙誠以爲「會縮酒以祭之意」〔註 431〕。字形 22～25，陳劍則認爲與 1～21 爲通用字，贊同朱芳圃釋爲「苣」字之說，且其中字形 21 加了「𡉉」聲，而字形 22～27 則與字形 1～20 辭例用法相同〔註 432〕。

宛臻按：由文例可知字形與祭名有關，但是加「皀」、「酉」等偏旁的意義，與未加偏旁有何不同，以及是否爲苣字還有進一步討論空間。

但是董楚平認爲「」字，「右側下部之，可能是甲骨文字右下部的訛變。左上部是束字的變體」由上列字形表來看「」字右上所從與甲骨文「」字等諸字字形並不相合，但董楚平認爲「」字左上部爲「束」字的變體，據此筆者試還原「束」字在古文字中的字形演變，來觀察其與「束」字的關係：

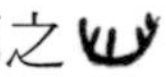

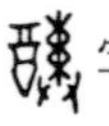

〔註 426〕于省吾《殷契駢枝．釋索》（臺北：藝文印書館，1971），頁 34。

〔註 427〕屈萬里《殷虛文字甲編考釋》（台北：聯經，1984），頁 89。

〔註 428〕朱芳圃《殷周文字釋叢》（台北：學生書局，1972），頁 40。

〔註 429〕王國維說法轉引自于省吾主編、姚孝遂按語《甲骨文字詁林》（北京：中華書局，1996.05），頁 3228。

〔註 430〕王國維《殷契類編》卷十四頁 19，（轉引自李孝定《甲骨文字集釋》，台北：中央研究院史語所，1977），頁 4403。

〔註 431〕趙誠〈古文字發展過程中的內部調整〉（《古文字研究》第十輯，北京：中華書局，1983.07），頁 353。

〔註 432〕陳劍〈殷墟卜辭的分期分類對甲骨文考釋的重要性〉（收錄於陳劍《甲骨金文考釋論集》，北京：線裝書局，2007.04），頁 395～402。

【字形表 5】

商.甲 2289	商.乙 1121	西周早期.朿父辛鼎	西周早期.盂卣	西周中期.曶鼎
西周中期.𢾊簋	西周晚期.召伯簋	西周晚期.朿中子父簋	戰國.秦.睡虎地 10.8	戰國.楚.新蔡.甲三 137
戰國.楚.新蔡.零 409	西漢.馬王堆.相馬經 45			

《說文》:「朿,縛也。从囗木,凡朿之屬皆从朿。」

甲骨文「朿」字,羅振玉以爲象朿矢形〔註 433〕;馬敘倫謂朿東同字,象裹物之器〔註 434〕;李孝定則以爲字象囊橐括其兩端之形,與囊字同出一源〔註 435〕;王輝則以爲象以繩綑縛木柴〔註 436〕;而姚孝遂則以爲「『』字形近似於金文、小篆之『朿』,而實非『朿』字,乃『尞』之異構」,又以爲「」爲「」之橫書〔註 437〕;季師則以爲字形當釋爲「朿」,或用爲「東」〔註 438〕。

金文「朿」字,劉心源以爲「象横衺交朿形,是朿字也」;高鴻縉以爲「就古形觀之,乃橐形之動謚,謂橐必朿也,故爲託形寄意,不从囗木;張日昇則指出「金文作及,前者象朿橐兩端之形,後者象横衺交縛之形,與東形近。東象橐形,朿東同源義別。」

戰國以後的朿字則承自「象朿橐兩端之形」,與東字遂有別。

〔註 433〕羅振玉〈雪堂金石文字跋尾〉。

〔註 434〕馬敘倫《說文解字六書疏證．卷十二》(台北:鼎文書局,1975)。

〔註 435〕李孝定《甲骨文字集釋》(台北:中央研究院史語所,1977),頁 2105。

〔註 436〕王輝〈殷人火祭說〉(《古文字研究論文集》,四川大學學報叢刊第十輯),頁 259。

〔註 437〕于省吾主編、姚孝遂按語《甲骨文字詁林》(北京:中華書局,1996.05),頁 1473。

〔註 438〕季師旭昇《說文新證(上冊)》(台北:藝文印書館,2002.10),頁 512。

宛臻按：董楚平認爲的「」的右上部件爲「柬」字的變體，但仔細與「柬」字的西周金文及戰國文字相比較，可知字形有所不同，也未見有其他「柬」字如同「」右上所從者，故實不宜釋爲從「柬」之字。本文所討論的△部件其他字形中，亦無與「柬」字形似者，因此△部件亦不當釋爲「柬」。

（四）釋「人（臽字所從）」說

有一部分的學者將△部件及下方的臼形連起來釋爲從「臽」，古文字中的人字及從人之字相當多，一時之間難以管窺，因此筆者主要由古文字中釋爲「臽」字的字形拿來與△部件作比較。

古文字中的「臽」字字形如下所示：

【字形表 6】

1 商.續 2.16.4	2 商.臽父戊觚	3 西周晚.𪏽鐘	4 西周中期.淊御事罍（淊）	5 戰國.秦.睡虎地
6 西漢.春秋事語 75	7 東漢.西狹頌			

《說文》:「臽，小阱也。从人在臼上。」

甲骨文從人陷坎中，商代金文臽父戊觚亦如是，「凵」形訛爲「臼」形，季師旭昇指出古時掘地爲臼，所以凵形和臼形往往形義相近而通用〔註 439〕。西周中期淊御事罍其右旁亦爲「臽」字，秦漢以後字形「臼」或又訛爲「日」形。

其中西周晚期𪏽鐘人形下方實爲止形，林義光認爲「（宗周鐘），即（猶夋字作），从人，下象其足。」〔註 440〕，而高田忠周亦指出「亦人字異文，與丮字人形作而或作同意也。」〔註 441〕正因爲古文字常常在人形的足部加上「止」形，而音義並無不同〔註 442〕，而止形又常常向上移動，

〔註 439〕季師旭昇《說文新證（上冊）》（台北：藝文印書館，2002.10），頁 584。

〔註 440〕林義光《文源》（台北：新文豐出版公司，2006）。

〔註 441〕高田宗周《古籀篇》（台北：宏業書局，1975），頁 52。

〔註 442〕季師旭昇《說文新證（上冊）》（台北：藝文印書館，2002.10），頁 465。

便訛變成了近似女形，關於這個現象，劉釗舉了金文「夏」字為例：

> 金文夏字作：
>
> A  　仲夏父鬲 　　伯夏父鼎 　　伯夏父鬲
>
> B  　　邳伯罍
>
> C  　　鄂君啓節
>
> A 式從日從頁，但人形下部已加「止形，這與金文頊字作「 　「(《金文編》六二八頁)，頁也從「止」一樣。止形又漸漸上移並與人形組合成類似「女」字的形態。這與金文下列二字的演變相同：
>
> ——　　——
>
> B 式從日從頁，人形下部從止，但止形已上移至人形中部，是介於從止和從女二者之間的過渡形態。C 式從頁從女，女是由止形和人形組合訛變而成，並從人形脫離而移到了日字下邊。〔註443〕

宛臻按：黃錫全便是將「 　」（宗周鐘）字所從的「 　」拿來與△部件作連結，認為「　」與△部件中的「 　」形具有同樣的意義，藉此將從△從臼的字形釋為從「舀」。但從前面的討論便可知「 　」形下方所從其實為止形，因此若要將△釋為從「舀」，必須將「 　」中間所從的部件，何以由止形過度到「　」形加以說明，也必須說明為何由「　」形又演變成各種形式，因此對於釋為「舀」的說法，筆者認為必須有所保留，不妄自作判斷。

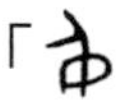

（五）釋「甬」說

亦有學者認為△部件當釋為「甬」，如陳邦懷，因此「甬」字與△部件之間亦當有所關聯，試析如下：

古文字中的「甬」字字形如下所示：

【字形表 7】

 西周中期.彔伯簋	 西周晚期.師克盨	 西周晚期.毛公鼎	 春秋晚期.庚壺	 春秋晚期.庚壺

〔註443〕劉釗《古文字構形學》（福州：福建人民出版社，2006.01），頁284。

春秋戰國.晉.侯馬盟書 156.14	戰國.晉.中山王礨鼎	戰國.秦.睡虎地.效律 3	戰國.楚.曾姬無卹壺	戰國.楚.帛書乙 11.10
戰國.楚.包山 277	戰國.楚.郭店.老子丙 7	戰國.楚.郭店.性自命出 32	戰國.楚.上博一.孔子詩論 4	戰國.楚.上博六.愼子曰恭儉 4
戰國.楚.上博七.凡物流行甲 15				

《說文》:「甬，艸木華甬甬然也。从𢎘、用聲。」

「甬」字本義，高鴻縉從徐灝說，以爲「甬」爲「鐘柄」之象形：「甬爲鐘柄，从 象形，非文字，用聲。」〔註 444〕季師旭昇從之，並以爲「『甬』上作『 』形，說成指事符號可能較好，以一彎筆表明『甬』的部位所在，甲骨文這種指事符號很常見，如肊、身、𡲼、刅、釗、膺、厷、肘。」〔註 445〕

而楊樹達則以爲甬象鐘形，爲鐘字之初文〔註 446〕。李孝定從之，並以爲「『用』與『甬』同字，其別在有柄無柄，施行義乃假借。」〔註 447〕

宛臻按：釋「鐘柄」或「鐘形」皆有道理，二說並存。「甬」字從金文以降，變化不大，唯戰國楚系文字下方或增飾筆。但是△部件與「甬」形最大的不同正是「用」形上方的筆畫，△部件顯然從人形，與「甬」字上方的「 」明顯有別，因此釋爲「甬」字恐怕不妥。

（六）釋「冘」說

有多位學者均認爲△部件正是「冘」字，但是在說明△部件與「冘」字的關係之前，筆者試著先梳理「冘」字的古文字形及其演變的問題，說明如下：

〔註 444〕高鴻縉《中國字例》（台北：廣文書局，1964 年），頁 161。

〔註 445〕季師旭昇《說文新證（上冊）》（台北：藝文印書館，2002.10），頁 560。

〔註 446〕楊樹達《積微居小學述林．釋甬》（上海：中國科學院，1954.02）。

〔註 447〕李孝定《金文詁林讀後記．卷七》（台北：中研院歷史語言研究所，1992）。

甲骨文中有一個舊釋爲「冘」的字形：

【字形表 8】

 甲 2513	 甲 2407	 前 4.41.4	 林 1.20.9	 明藏 433
 前 5.28.1	 乙 9073	 京津 4820	 甲 2502	 燕 795

此字形在甲骨文中爲一貞人名、人名或方國名〔註 448〕，有一派說法釋爲「冘」，即《說文》：「冘，淫淫行皃，从人出冂。」之「冘」字，此派說法者有王襄〔註 449〕、馬敘倫〔註 450〕等。楊樹達亦釋爲「冘」，以爲「象人荷擔，兩端有物，以手上扶擔木之形」，並認爲是儋字象形初文〔註 451〕。

另一派說法釋爲「何」，即《說文》：「何，儋也。从人可聲。」之「何」字。如唐蘭指出爲「何」字象人負擔之形〔註 452〕；郭沫若認爲是「荷戈形」，是何（荷）之古文，並隸作「羌」〔註 453〕；孫海波指出「象人荷戈，即荷字初文。卜辭河字从此，今定爲丂字別體」〔註 454〕。

另外，李孝定則是認爲「」與「」爲不同的兩個字，其從楊樹達之說以爲作「」者釋爲「冘」，但「」字象負可（柯字初文），釋爲「何」〔註 455〕。

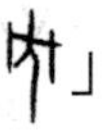

宛臻按：由以上字形表可知該字寫法繁多，商代金文中還有「」（父

〔註 448〕徐中舒《甲骨文字典》（成都：四川辭書出版社，1989.05），頁 884。

〔註 449〕王襄《簠室殷契類纂・正編・第五》（北京：北京圖書館出版社，2000），頁 26。

〔註 450〕馬敘倫《說文解字六書疏證》（台北：鼎文書局，1975），卷十。

〔註 451〕楊樹達《積微居甲文說・釋冘》（收錄於楊樹達《積微居甲文說・耐林廎甲文說・卜辭瑣記・卜辭求義》，上海：上海古籍出版社，2006.12），頁 1。

〔註 452〕唐蘭《佚存考釋》，頁 14，轉引自于省吾主編、姚孝遂按語《甲骨文字詁林》（北京：中華書局，1996.05），頁 104。

〔註 453〕郭沫若《殷契粹編附考釋》（北京：北京圖書館出版社，2000），頁 79。

〔註 454〕孫海波《甲骨文編》（北京：中華書局，2004.01），頁 213。

〔註 455〕李孝定《甲骨文字集釋》（台北：中央研究院史語所，1977），頁 1824。

乙卣）、「」（戍簋）、「」（馬觚）、「」（父癸卣）、「」（又器文）等諸形，而甲骨文的字形爲商代金文寫法的簡化〔註 456〕，而無論「」還是「」，皆是一字之異構，因此像李孝定一樣分別釋爲兩個不同的字是沒有必要的，若依李孝定分別爲兩字，那除此二形以外之字究竟隸屬何字則難以判準，例如（卜 63）爲何是「何」而非「冘」則難以解釋。而由於該字在甲骨文中皆爲假借義，用爲人名或方國名，因此本義撲朔迷離，唯一方法就是從字形上去解讀。而字形象人擔荷之形，故單就字形上的解讀，無論視爲「擔」或「荷」的初文都是有道理的，季師旭昇指出：

> 擔與荷雖然後世形音不同，但在甲骨文中不妨爲同形字，上古文字常來自象意字，象意字後世在原始階段近於圖畫的時候，一個形可能有兩個以上的讀音。如女／母，月／夕，立／位，卜／外，示／主，林澐稱之爲古文字的轉注。〔註 457〕

若釋爲象人荷擔形，爲合體象形，可隸定作「冘」；而釋爲从人荷「戈」或从人負「可」的的「何」字，「何」（匣紐歌部）、「可」（見紐歌部）與「戈」（見紐歌部）上古皆爲歌部，匣紐與見紐在上古音往往相諧〔註 458〕，故「戈」或「可」字兼有聲符功能。

除了上述甲骨文中舊釋爲「冘」（或「何」字初文）的字形之外，先秦其他古文字中未見獨體的「冘」字，直到漢代才有獨體的「冘」字出現：

【字形表 9】

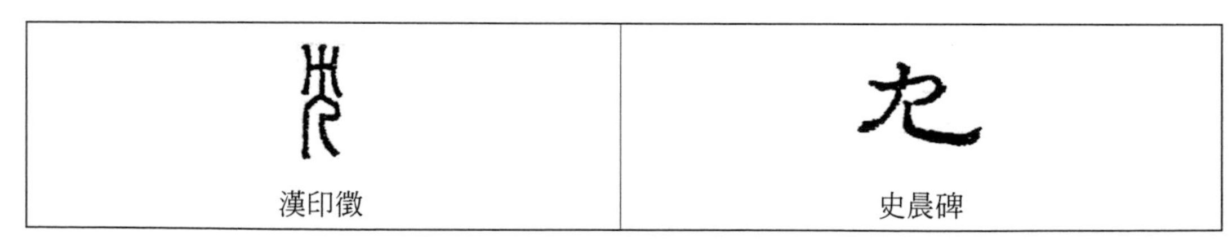

而金文中雖未見獨體的「冘」字，但是關於从「冘」之字，金文中則有之，趙平安即指出金文中沈子它簋「沈」及番生簋「芜」皆从「冘」：

〔註 456〕徐中舒《甲骨文字典》（成都：四川辭書出版社，1989.05），頁 884。

〔註 457〕季師旭昇《說文新證（上冊）》（台北：藝文印書館，2002.10），頁 449。

〔註 458〕參陳師新雄《古音研究》（台北：五南圖書公司，2000.11），頁 605～614。

【字形表10】

沈	 西周早期.沈子它簋	 西周早期.沈子它簋	 西周早期.沈子它簋	 西周早期.沈子它簋	 西周早期.沈子它簋
芜	 西周晚期.番生簋				

沈子它簋的「」、「」字，學者們無疑異地均釋爲沈。

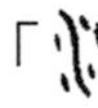

而番生簋的「」字，大多數學者釋爲「芜」，如馬敘倫〔註459〕、強運開〔註460〕、高田忠周〔註461〕、容庚〔註462〕、張亞初〔註463〕等；亦有釋爲「芳（荛）」者，如郭沫若〔註464〕、《殷周金文集成釋文》〔註465〕所隸。

宛臻按：沈子它簋的「」、「」字，學者釋爲「沈」字而無歧異，而番生簋的「」字，所从部件與顯然與沈子它簋的「沈」字所从部件相同，據此番生簋的「」字釋爲「荛」，即《說文》的「芜」字的繁構。而王人𦉢輔甗「」字其上所从與沈子它簋「沈」及番生簋「芜」所从的部件也是相同的，由此可知王人𦉢輔甗「」字上半部件亦應釋爲从「冘」。

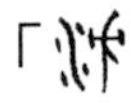

而西周以降，「沈」字的發展情形如下：

【字形表11】

 1 戰國.秦.詛楚文	 2 戰國.秦.古陶5.326	 3 戰國.䰝瓦9.48	 4 戰國.齊.古陶3.1263	 5 西漢.馬王堆.老子乙前125下

〔註459〕馬敘倫《說文解字六書疏證・卷二》（台北：鼎文書局，1975）。

〔註460〕強運開《說文古籀三補・卷一》（台北：台灣商務印書館，1976）。

〔註461〕高田宗周《古籀篇》（台北：宏業出版社，1975），頁20。

〔註462〕容庚編著、張振林、馬國權摹補《金文編》（北京：中華書局，2004.08），頁35。

〔註463〕張亞初《殷周金文集成引得》（北京：中華書局，2001.07），頁1110。

〔註464〕郭沫若《金文叢考》（北京：人民出版社，1954），頁176。

〔註465〕中國社會科學院考古研究所編《殷周金文集成釋文・第三卷》（香港：香港中文大學出版社，2001.10），頁461。

 6 西漢.馬王堆.一號墓竹簡 258	 7 西漢.新井量二	 8 漢印徵	 9 漢印徵	 10 漢印徵
 11 漢印徵	 12 漢印徵	 13 漢印徵	 14 東漢.景北海碑陰	 15 東漢.熹平石經.春秋.昭五年

從上列字形表來看，由金文「沈」字演變而來的字形幾乎都是秦系文字。而字形 4 古陶「」字，高明、葛英會以爲亦「沈」字，因其字形結構與《汗簡》「沈」字引《義雲章》「」字相同〔註 466〕，可能是由「」（《汗簡》引《華岳碑》）省去上部橫筆，而「」（《古文四聲韻》引《義雲章》）再進一步省變的結果〔註 467〕。

接下來，筆者想談的問題是趙平安文中並未提到的，有關「沈」字比金文字形更早的來源問題，筆者試還原甲骨文中「沈」字的相關諸字的使用情形：

【字形表 12】

A	 1 後 2.4.3	 2 前 1.24.3	 3 粹 9	 4 粹 587	 〔註 468〕 5 合 40
B	 1 佚 521	 2 乙 3035	 3 前 6.23.6	 4 京津 2086	
C	 1 甲 1885	 2 後 2.20.10	 3 甲 2585		

上表字形可分爲三大類字形，以下分別討論之：

〔註 466〕高明、葛英會《古陶文字徵》（北京：中華書局，1991），頁 140。

〔註 467〕葛英會〈古陶文研習札記〉（《考古學研究》第一冊，北京：文物出版社，1992）。

〔註 468〕此字形出處爲郭若愚、曾毅公、李學勤綴集《殷虛文字綴合》（北京：科學出版社，1955）。

A 組字形主要是从水从牛，A1、A2 爲正牛形，A3、A4 爲倒牛形。羅振玉指出「此像沈牛於水中，殆即貍沈之沈字。此爲本字，《周禮》作沈，乃借字也。」

B 組字形从羊形。孫海波《甲骨文編》將 B1、B3、B4 字形置於「洋」字之下，但在字頭「」（佚 521）字下有一段說明文字：「《說文》洋，水名。此象沈洋于水之形，應與沈爲一字非篆文之洋。 洋三牢。」〔註 469〕

關於 B1 字形，于省吾、姚孝遂亦釋爲沈，其指出：

> 卜辭多指沈牛，又有或，專指羊而言：
>
> 「三宰」　　　　《佚》五二一
>
> 「貞𡿪于河，宰，卯二牛」　　《合》四五三
>
> 字亦當釋沈，商承祚《佚》五二一隸作「洸」是也。猶牢、宰；騢、㹫之有別，而後世則不復區分。然卜辭「羊」、「宰」亦可用，从牛。其例雖罕見，足徵漸趨混同。、未見用「牛」或「牢」者，故仍區別分列。〔註 470〕

B2 字形孫海波隸定爲「滓」，並以爲「从水从宰，《說文》所無，疑沈之異文」〔註 471〕。于省吾、姚孝遂釋爲「沈小宰」之合文，但指出「字亦當釋『沈』，但專指『沈宰』而言。《合集》一四五五八正辭云：『貞𡿪于河……宰沈，卯二牛。』明證所『沈』者爲『宰』。」〔註 472〕

B3、B4 字形，孫海波雖置於「洋」字下，但因與 B1 同屬一字條，故令人聯想其亦解釋爲「沈」字〔註 473〕；徐中舒則是直接將 B3、B4 字形置於「沈」字條下〔註 474〕，可能正是受孫海波的影響；商承祚〔註 475〕、李孝定〔註 476〕釋作

〔註 469〕孫海波《甲骨文編》（北京：中華書局，2004.01），頁 434。

〔註 470〕于省吾主編、姚孝遂按語《甲骨文字詁林》（北京：中華書局，1996.05），頁 1544。

〔註 471〕孫海波《甲骨文編》（北京：中華書局，2004.01），頁 434。

〔註 472〕于省吾主編、姚孝遂按語《甲骨文字詁林》（北京：中華書局，1996.05），頁 1545。

〔註 473〕孫海波《甲骨文編》（北京：中華書局，2004.01），頁 434。

〔註 474〕徐中舒主編、漢語古文字字形編寫組編《漢語古文字字形表》（成都：四川人民出版社，1981.08），頁 430。

〔註 475〕商承祚《殷虛文字類編》（臺北：文史哲出版社，1979），卷十一頁 2。

〔註 476〕李孝定《甲骨文字集釋》（台北：中央研究院史語所，1977），頁 3299。

「洋」；屈萬里釋爲「㴁」，「疑是羊之異體」〔註 477〕；而于省吾、姚孝遂則以爲「羊」、「㴁」同字，並指出：

> 契文或作、，與有別，不得同字。孫海波《文編》一一・二、李孝定《集釋》三二九九加以混同，非是。
>
> 《合》二六〇「埶羊」，《乙》四六九三則作「埶㴁」同字。《甲編考釋》圖版四五：「丁丑卜王其㴁牛于……五宰」，屈萬里以爲「羊」之異體，不可據。卜辭從無「羊牛」連言之例。
>
> 《鄴》三・四二・九「……𢍏㴁牛大乙……」，足證「㴁」非動詞，孫海波《文編》以爲與「沈」一字，殊誤。〔註 478〕

C 組字形，高明《古文字類編》舊版原〔註 479〕置於「沈」字下，增訂本則置於「河」字之下。其舊版指出：「卜辭中一、四期之沈字是將牲物沈于水中爲會意字，三期爲形聲字。入周以後，前者廢、後者流傳至今。」〔註 480〕郭沫若〔註 481〕、唐蘭〔註 482〕、柯昌濟均釋爲「沈」。而于省吾〔註 483〕、姚孝遂、肖丁〔註 484〕、白玉崢〔註 485〕、季師旭昇〔註 486〕則釋爲「河」。

宛臻按：從字形結構及文例上來看，A 組及 B1、B2 字形「沈」字从牛或从羊均表示沈牲祭祀之意，因此釋爲「沈」字是沒有問題的。B3、B4 等諸形因孫海波與 B1 同置於一個字條下，又附註 B1 實爲「沈」字，故令人誤解以爲 B3、B4 等形皆爲「沈」，但實際上 B3、B4 並非「沈」，而是「㴁」。另

〔註 477〕屈萬里《殷虛文字甲編考釋》（台北：聯經出版社，1984），頁 130。

〔註 478〕于省吾主編、姚孝遂按語《甲骨文字詁林》（北京：中華書局，1996.05），頁 1541。

〔註 479〕高明、涂白奎編著《古文字類編（增訂本）》（上海：上海古籍出版社，2008.08），頁 658。

〔註 480〕高明《古文字類編》（北京：中華書局，1980.11），頁 462。

〔註 481〕郭沫若《卜辭通纂》（北京：科學出版社，1983），頁 167 上。

〔註 482〕唐蘭《天壤閣甲骨文存并考釋》（北京：北京圖書館出版社，2000），頁 43～44。

〔註 483〕于省吾主編、姚孝遂按語《甲骨文字詁林》（北京：中華書局，1996.05），頁 1291。

〔註 484〕姚孝遂、肖丁合著《小屯南地甲骨考釋》（北京：中華書局，2004.09），頁 19。

〔註 485〕白玉崢〈契文舉例校讀〉（《中國文字》第八卷第三十四冊），頁 3824～3825。

〔註 486〕季師旭昇《說文新證（下冊）》（台北：藝文印書館，2004.11），頁 141。

外，值得注意的是 C 組字形與金文沈子它簋的「」、「」字很接近，但這組字形究竟是不是「沈」字，卻是有待商榷的，以下羅列 C 組字形的相關文例〔註 487〕：

【文例表 1－甲骨文「」字文例】

出　處	文　　例
《合》30429	其桒惟舊𧖴用于滄酌
《合》30430	于尋桒
《合》30439	丁丑卜狄貞其桒禾于惟祖丁祝用　吉
《合》30688	其桒年于惟今辛亥酌受年
《屯》244	桒其至王受祐
《屯》673	其桒年沈王受祐大雨　吉
《英》2288	……其桒年于
《懷》1420	其桒雨受……
《合》30439	貞王其田于剿于　吉
《合》30439	癸酉卜貞其剿于王賓　吉
《合》30401	癸丑卜何貞于
《合》30428	癸亥卜其酌于
《合》30436	……卜口其沈于惟羊
《合》30440	……彳于三牢王受祐
《屯》50	……燹禾于　吉
《屯》626	……翌日戊王其田虞剛于王受若
《屯》4422	其剛于
《合》24420	壬戌卜行貞今夕無囚在
《合》30396	其侑方暨
《合》30427	……岳…………
《合》30438	……惟牛用　吉
《合》32663	……暨上甲在十月有二小臣
《屯》569	……
《屯》2699	甲戌卜王其侑惟牛王受祐　吉

〔註 487〕隸定方式暫依姚孝遂、肖丁《殷墟甲骨刻辭類纂》（北京：中華書局，1989.01），頁 495～496。

《屯》4065	……申卜□□王賓王受祐　吉
《英》2349	岳祝惟□用

觀察上列「□」字文例，可以發現「□」字使用時，不僅常常同時出現「𡍩」字，也常常「于□」兩字連用；對照一般被釋爲「河」的「□」字的文例，可以發現也有出現「𡍩」字及與「于」字連用的情形，而「□」字的文例較多，因此僅揀選幾條羅列於下〔註 488〕：

【文例表 2－甲骨文「□」字文例】

出　處	文　　例
《合》1506 正	貞于□𡍩
《合》10080	𡍩年于□
《合》10084	戊寅卜爭貞𡍩年于□燎三小宰沈三牛
《合》10085 正	辛酉卜穷貞𡍩年于□
《合》10091	乙巳卜𣪊貞于□𡍩年
《合》658	辛丑卜于□妾
《合》672 正	勿五十牛于□
《合》10405	王固曰有祟八日庚戌有各雲自東□母昃亦有出虹自北㱃于□
《合》20609	乙亥卜行貞王其尋舟于□無災
《合》30431	王其田□于□

「□」字，郭沫若指出其爲河之初文，从水丂聲〔註 489〕，而在其他文例中有「涉□」連用者，如「王其涉□」（鐵 60.2）、「涉□」（佚 699、868），「涉」爲「徒步涉水」之意，可證明「□」爲水名〔註 490〕，陳夢家指出即「黃河」〔註 491〕；除此之外，「□」字亦爲殷先祖名〔註 492〕。

「□」、「□」辭例用法俱近，可證其爲一字之異構，針對此二字，于省吾

〔註 488〕「□」字詳細的文例情形，請參閱姚孝遂、肖丁《殷墟甲骨刻辭類纂》（北京：中華書局，1989.01），頁 488～495。

〔註 489〕郭沫若《卜辭通纂》（北京：科學出版社，1983），頁 56。

〔註 490〕屈萬里〈河字意義的演變〉（《歷史語言研究所集刊》第三十本），頁 144。

〔註 491〕陳夢家〈古文字中之商周祭祀〉（《燕京學報》第 19 期），或參屈萬里〈河字意義的演變〉（《歷史語言研究所集刊》第三十本），頁 144～146。

〔註 492〕參陳夢家《殷虛卜辭綜述》（北京：中華書局，1988.01），頁 343～344。

有一段考察：

> 案諸家所釋，正爲紛歧，詳察之，均係汅字一形之所孳變。汅河古今字。作□者與沈字形似，而非沈字。侯家莊大龜四・六一，有辭云：「王其田于□，剛于□。」與後上十五・四：「王其田于□剛于□。」祭法語例並相同。知□即□字也。古文形體之譌變，層出疊見，吾人欲識其字，必先定其正體，不爲變體所惑。《說文》河从可聲。按可从丂聲。（《說文》以可爲从反丂之丆，失之。）契文□字，右从□，即丂字。□字一變而爲□，右从□，與乃字相混。然乃字從無作□者。早期金文旂作父鼎，考字从丂作□。□鼎考字从丂作□，𩰫伯𣪘考字从丂作□。是古文丂與乃形近譌之證。汅字再變而爲□右从□，象人荷戈形。三變爲□□，右从□，亦象人荷戈形，而與冘字相仿。第三期貞人有名𠉀者。𠉀作□□□□□□（見《後》下・二二・三）等形，均象人荷戈形。郭沫若云：「當是何（荷）之古文，舊釋爲冘不確。」（《粹考》七九）按郭說是也。𠉀字作□，與早期金文同𣪘□字从□作□者相仿，金文但增口耳。□今作何，从𠉀从人一也。𠉀字金文𠉀壺作□，𠉀觶作□，均與契文貞人名之𠉀字爲同文。要之，契文汅字从丂聲，以形近譌爲从乃，又譌爲从𠉀。𠉀古荷字。荷聲與丂聲音近相通。再以義求之。《菁》四：「昃亦㞢出虹，自北飲于汅。」《藏》六十・二：「王其步汅。」《前》二・二六・二：「王其□舟于汅。」其言飲言涉言□舟，自係就汅言之，昭然若揭。郭沫若雖釋□爲汅，而未能深究从丂从乃从𠉀所以致譌之由。且釋□爲沈，尤昧於汅字孳變之原委矣。〔註 493〕

宛臻按：于省吾上論河字字形演變的闡述相當精闢，「□」字爲被前人誤釋爲沈的原由，亦由此可知。由文例上可知「□」字當讀爲「河」，其右旁所从實爲「荷」字初文，而非作埋沈之「沈」，但是正如前文所提過的，因其右旁所從字形，除了釋作「荷」，或釋作「冘」，因此產生了釋讀上的混淆。這個問題如果不用一字多音來解釋，推敲上述「□」字的文例，將右旁所從釋作

〔註 493〕于省吾《雙劍誃殷契駢枝三編》（收錄於宋鎮豪、段志洪主編《甲骨文獻集成・第八冊》，成都：四川大學出版社，2001），頁 7～8。

「荷」，而據此將獨體字形中釋「冘」之說摒除的話，那麼又會產生一個問題就是「冘」字的來源究竟從何而來？這將是個值得玩味的問題，但已不是本文所要談論的重點，只能留待後人繼續審視了。

（七）綜合討論

透過以上字形的探討，筆者認爲諸疑難字所從的△部件，以釋爲「冘」字的可能性最高，雖然甲金文中被釋爲「冘」字的字形中，未見如筆者在字形分析△部件時所分類出的、、、、、、、、等寫法完全相同者，但是從文字演變的軌跡卻是可以說得通的，可是由甲金文「冘」字演變到戰國楚系文字時，爲何訛變得如此劇烈，這個問題筆者想分爲三個部分來談。

首先就是要談的是類化的現象。林澐曾指出古文字演變的一種現象，他說：

> 在商代文字中，和形就有互變之例，如甲文之或作。這種形變在周代文字中是常見的。而且，字形中之含有形者，又往往在東周時變爲含有形。舉證如下：〔註 494〕

帝	井侯簋	陳侯因資錞	楚帛書	信陽簡	中山王壺
彔	頌鼎	諫簋		曾侯墓簡（綠）	
方（旁）	召卣	妊嫢母簋		均石鼓	
央	虢季子白盤	曾侯墓簡		均江陵簡	
				古璽	兆域圖

陳劍則以爲「古文字中『』形和『』形、『』形的交替多見，如『平』、『方』、『彔』、『央』和『朿』字等。」〔註 495〕蘇建洲學長

〔註 494〕林澐〈釋古璽中从「朿」的兩個字〉（《古文字研究》第十九輯，北京：中華書局，1992.08），頁 468～469。

〔註 495〕陳劍〈上博竹書「葛」字小考〉（簡帛網，2006.03.10，網址：http://www.bsm.org.cn/

則進一步指出「這三種形體有共時演化的現象，如「坪」，《包山》184 作（從「」）、又作《包山》89，從「」」、（坪夜君鼎，從「」）。」〔註 496〕

除了林澐曾指出此條規律，劉釗亦有類似的看法，他指出古文字中有一批字形來源不同，「但在發展演變中都曾被類化爲從用」〔註 497〕，其所舉的例子如下：

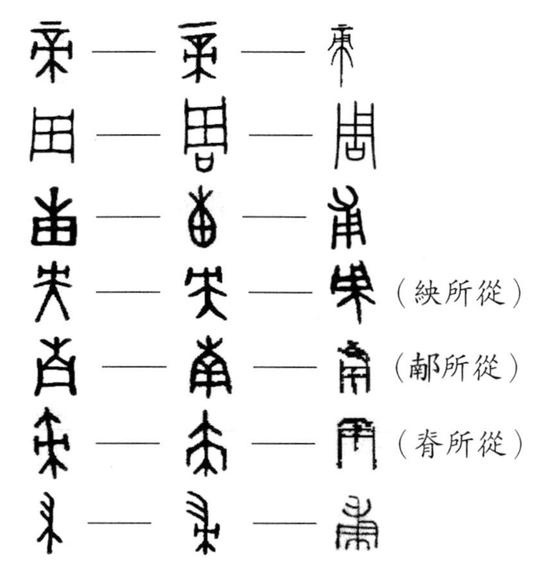

針對這個現象林澐做了一番很好的詮釋，他說：

> 文字形體的早期演變，固然受到每個文字基本符號單位原來是由什麼圖形簡化的制約。但是，隨著文字逐漸喪失圖形性，而在學習和使用者的意識中僅成爲區別音義的單純符號，上述的制約性就越來越弱。起源於完全不同的圖形的諸字，只要在局部形體上有某方面雷同，往往便在字形演變上相互影響而採取類似的方式變化字形。這種現象可稱之爲「類化」。〔註 498〕

因此我們可以理解由（曾子伯䜌盤「䜌」字所從）部件中的「」形，

show_article.php?id=279）

〔註 496〕蘇建洲《《上博楚竹書》文字及相關問題研究》（台北：萬卷樓圖書股份有限公司，2008.01），頁 237。

〔註 497〕劉釗《古文字構形學》（福州：福建人民出版社，2006.01），頁 108。

〔註 498〕林澐〈釋古璽中从「朿」的兩個字〉（《古文字研究》第十九輯，北京：中華書局，1992.08），頁 468。

在戰國楚文字之中，中間的橫畫變成了兩橫「」和或者右上又多了一短畫「」，加上中間原來的豎筆，類化成了近似「用」形的情況。

其次要談的是筆畫錯位訛變，魏宜輝指出「筆畫錯位是指筆畫在一個形體內部的位置的變動，這種變動很容易破壞形體的表意性」，並舉「鞅」字等諸例做爲說明：

> 曾侯乙墓竹簡中從「央」的「鞅」字寫作：
>
> 
>
> 曾 80
>
> 在這種寫法中，「央」旁所從的「」就變作了「」形。曾侯乙墓竹簡中還有一些「鞅」字寫作：
>
> 
>
> 曾 56　　曾 89　　曾 84
>
> 裘錫圭、李家浩先生指出這些寫法都是「鞅」字的變體。從形體上看，「」字所從的「」旁更像是「朿」字。然而簡文的辭例分析，這些字與上舉的「」字顯然是指同一種東西。
>
> 我們在第三章中討論由於添加筆畫而致訛時，曾例舉了楚簡文字中的「央」字，「央」字所從「大」形（人體之形）下部被添加了一豎筆，訛變作「」形。上舉「央」旁下耜變作「」形正是屬於這種情況。而「央」旁上端的「」形，我認爲可能是人體的手臂之形，由原先的「」形旁下上移至「」形之上。經過添加豎筆以及「」形錯位之後的「央」字在形體上與楚簡文字中的「朿」字幾乎完全混同了。書寫者顯然也注意到了這一點，所以在字中添加飾點，或將上端的「」形變作平直的橫筆，以起到與「朿」字相區別的作用。〔註499〕

這個現象，蘇建洲學長也用以考釋《上博四．曹沫之陣》簡 52 中一個特

〔註499〕魏宜輝《楚系簡帛文字形體訛變分析》（南京：南京大學博士論文，2003），頁 18～19。

殊的「備」字「[illegible]」，這個「備」字較其他戰國楚系「備」字明顯不同之處，在其右上多了一個「[illegible]」形，蘇建洲認爲「[illegible]」形可能源於金文「備」字如[illegible]（番生簋）、[illegible]（毛公鼎）中類似「用」形的部件，並且向上移動所致。〔註 500〕

而在本文討論過的「冘」字，其甲骨、金文字形中的人形，或作手持擔形，或手形自然下垂，以肩上負物象其荷物之形。總而言之，象徵手臂的斜筆均是位在象徵扁擔的橫筆之下的，但是本文所討論的△部件，在戰國楚系文字之中，上方大多有一道斜筆，這道斜筆大多呈現於類似「用」形的橫筆上端，如果△部件即是「冘」字的話，表示在戰國楚系文字之中，人形均向上位移了，因此「[illegible]」或「[illegible]」部件看起來在是人形身體的部位上，而非肩上，因此失去了造字本義時象人荷擔之形的本形。而與「[illegible]」（徐家嶺十號墓·䣄敧想簠）相比較，可以發現䣄敧想簠中間象人形的部分，左邊有一筆，這一筆但卻是在橫畫之下的，而像其他有斜筆的△形的斜筆，卻是橫畫之上，顯示在戰國早期時〔註 501〕，徐家嶺十號墓䣄敧想簠維持了甲金文以來手形在橫筆之下的習慣，而其他斜筆在橫畫之上的字形顯然就正是訛變的結果。

第三的部分談的是飾筆的問題。劉釗指出「飾筆，又稱裝飾筆劃、羨劃、贅筆，是指文字在發展演變中，出於對形體進行美化或裝飾的角度添加的與字音字義都無關的筆劃，是文字的羨餘部分。」〔註 502〕而飾筆雖無實質意義，但有的也起了區別符號的作用，成爲一個字與另一個字分離分化的區別標誌〔註 503〕，但是有的卻反而造成字形的混同，反而使字形之間不容易區別，例如《上博一·孔子詩論》簡 9 中有一個「[illegible]」字，原考釋者隸定作「誶」〔註 504〕，

〔註 500〕蘇建洲〈《上博四·曹沫之陣》「備」字考釋〉，轉引自高佑仁《《上海博物館藏戰國楚竹書（四）·曹沫之陣》研究》（台北：國立臺灣師範大學國文學系研究所碩士論文，2006.06），頁 424～428。

〔註 501〕據考古資料的推定，徐家嶺十號墓屬於戰國早期的墓葬群之一，參河南省文物考古研究所等編《淅川和尚嶺與徐家嶺楚墓》（鄭州：大象出版社，2004 年 10 月）

〔註 502〕劉釗《古文字構形學》（福州：福建人民出版社，2006.01），頁 23。

〔註 503〕劉釗《古文字構形學》（福州：福建人民出版社，2006.01），頁 23。

〔註 504〕馬承源主編《上海博物館藏戰國楚竹書（一）》（上海：上海古籍出版社，2001.11），頁 137。

但是劉樂賢認爲此字當從「衣」[註505]，正由於古文字中的「衣」字常常添加飾筆而與「卒」字混同，因此使得同樣的一個字形產生了不同的解讀方式。

而本文所討論的△部件，之所以產生這麼多種不同的變化正是由於飾筆的添加所致，劉釗指出「在古文字中從一豎筆的字，常常可在一豎筆上加上飾點，飾點又逐漸演變爲一橫。」[註506]而且「戰國文字常在一豎筆上加『八』形飾筆。」[註507]這也就說明了△部件與其他同樣類化爲「用」形的字形，之所以更難以區別的原由了。

而本文在一開始提過趙平安同樣釋爲從「沓」的字形當中，筆者特別提出幾個特殊形體的字形在此做一個檢討，這幾個字形分別是「」（郤醓尹征城）、「」（古璽彙編 0001）以及「」（天星觀．卜筮）。

其中「」（天星觀．卜筮）之所以被滕壬生視爲和「」（包山 177）等字是同一個字，主要原因正是因爲文例。《包山楚簡》中的「」（包山165）、「」（包山 177），以及《上博六．莊王既成》中所有的「」字，其文例的共同特徵是均作「醓尹」，而「」（天星觀．卜筮）也與「尹」字連用，再加上字形的相似性，左旁均從「酉」，△部件下方均從臼形，而「」（天星觀．卜筮）字右上所從，顯然比其他文例爲「醓尹」的字形，只少了用形上方的一道斜筆而已，因此筆者認爲「」（天星觀．卜筮）右上的部件，其實可能是「冘」字的訛變字形，略去了一道斜筆而致的，只不過戰國楚系的「冘」字與「用」字最大的不同正是那道斜筆的有無，而何琳儀釋爲從「央」可能是因爲把「臼」形上其中的兩點視爲上方「用」形的一部分，由於共筆的現象使得右上所從者變成了「央」字之形。

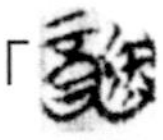

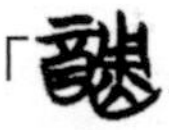

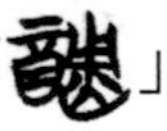

而趙平安同樣把「」（郤醓尹征城）釋爲從「沓」的字形，也和「」（天星觀．卜筮）的理由相同，「」（郤醓尹征城）字後面也與「尹」字連用，若此字也同樣是「醓」字的話，右上的「冘」形訛變得更加厲害，除了少了象徵人形的斜筆，也在豎筆兩側加了兩點飾筆，因此多位學者均釋爲從

[註505] 劉樂賢〈讀上博簡劄記〉（簡帛研究，2002.01.01，網址：http://www.jianbo.org/Wssf/2002/liulexian01.htm）

[註506] 劉釗《古文字構形學》（福州：福建人民出版社，2006.01），頁 345。

[註507] 劉釗《古文字構形學》（福州：福建人民出版社，2006.01），頁 345。

「央」，但是筆者實際翻查金文，實未發現如同「」（郤醯尹征城）右上部件的字形，而如果其右上部件正是「冘」字的話，那就表示「冘」字在春秋時期就已經產生了訛變，而非僅止於在戰國時期才出現訛變的情形，但是其右上所從其實也可能並非「冘」字，至於究竟是什麼字，則還有待繼續考察。

至於「」（古璽彙編 0001）字，在文例上是「右王鉨」，闕曉瑩學姐認爲《包山楚簡》的諸字「作『一尹』、『一差（佐）』，與此璽『一王』性質當相同」〔註 508〕，但是在文例上其實並不相同，難以判斷是否指的就是同一個官職，只不過在字形上與「」（包山 177）等字形，同樣左旁從酉，右下從臼，但是「」（古璽彙編 0001）字右上的部件，顯然與「」（包山 177）等字所从的△部件有所不同，卻與古璽中的「央」字寫法相同，若非基於其字形結構上有與「」（包山 177）相似的特點，要將「」（古璽彙編 0001）字釋爲「醯」字幾乎不太可能。倘若此字亦從「冘」，則表示其右上的部件除了省去了象徵人形的斜筆，又在豎筆下方加了「八」飾筆，使得「冘」字與「央」字產生了訛混。至於「」（古璽彙編 0001）字究竟是否從「冘」則仍有待商榷。

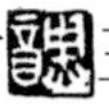

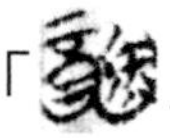

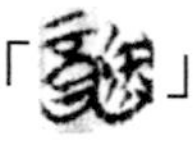

四、辭例探析

從上文字形的討論過後，基本上筆者認爲△部件正是「冘」字，而這一系列的字形大部分都與姓名或官職有所關聯，尤是是從酉旁的「醯」字，非官職名稱者即爲人名，顯示此字形被使用爲官職名或人名並非偶發，因此多數學者便從傳世文獻中尋求線索，以便理解此官職的工作性質，還是是否有可用作姓氏等爭論。

至於關於此這官職的性質或有無此姓氏的這一系列的探討，則已偏離了本論文所欲探索的主軸，但是其中有一位學者田成方，提出了幾個論點，筆者認爲可以做爲參考，他說：

> 綜上分析，第一類材料證明楚國確有沈尹之官，它的設置還影

〔註 508〕闕曉瑩《《古璽彙編》考釋》（台北：國立台灣師範大學國文研究所碩士論文，2000.06），頁 1。

響到鄰近的徐國〔註509〕。楚國沈尹之官供職於大室，是王官，歸楚王直接控制，其下有右沈、左沈等副官。沈官之官的設立時間早於春秋晚期，直到前316年依舊存在。第二類材料沈尹（沈）爲氏稱，證實楚沈尹氏家族的存在〔註510〕。沈尹既是官稱，又作氏稱，與《元和姓纂》等記載「沈尹氏以官爲氏」相吻合。〔註511〕

除了官職與姓氏的考究以外，筆者認爲在語言與文字學上「醓尹」讀爲「沈尹亦具有一些討論的意義。

無論是一開始將△誤釋爲「臽」字，抑或將△字釋作「冘」字者，多數學者均認爲從酉、從△、從臼的「醓」字，當讀爲「沈」，「醓尹」即「沈尹」，固然是因爲《上博六・莊王既成》「醓尹」後又接了一個人名「子桱」，因此原考釋者便由人名與《呂氏春秋》提過的與孫叔敖同時期的人物「沈尹莖」做了連結，但另一個原因則是「臽」或「陷」字與「冘」或「沈」字有聲音關係的連結，李學勤、李佳興便皆是由聲韻上可通假去做解釋。

「臽」字中古音爲苦感切或戶韽切，若依陳師新雄的古音三十二部，則是溪紐添部或匣紐添部。「陷」字中古音戶韽切，故亦爲匣紐添部。而「冘」字中古音爲以周切又音餘針切，聲紐爲喻母四等字，依曾運乾〈喻母古讀考〉，喻母四等古隸舌音定紐，因此「冘」字上古音爲定紐侵部。「沈」字中古音讀法較多，《廣韻》入侵韻時，直深切又音尸甚切，意爲「沒也」；入寑韻時，式任切又音丈林切，意爲「國名」；而入沁韻時，又音直壬切。因此上古音爲定紐侵部或審紐侵部。

雖然聲母關係較遠，但「臽」字或「陷」字、「冘」字及「沈」字，均爲陽聲韻，侵添兩部不僅韻尾相同，主要元音亦相近，故可旁轉，如《詩經・陳風・澤陂》三章就以从臽的「萏」字與从冘的「枕」字相諧；另外，《史記・魏其武安侯列傳》：「今日斬頭陷胷。」《索隱》：「陷胷，《漢書》作冘匈。」

〔註509〕田成方所指的第一類材料指的是：郗醓尹征城、《包山楚簡》、《古璽彙編》裡的「醓字及其文例。

〔註510〕第二類材料指的是徐家嶺及天星觀材料中的「醓」字及其文例。

〔註511〕田成方〈從新出文字材料論楚沈尹氏之族屬源流〉（《江漢考古》，2008年第2期），頁88。

可知「陷」字與「冘」字可以通假。〔註512〕

因此即使未將△部件誤釋的學者，亦認爲「臽」字或「陷」字與「冘」字或「沈」字爲同源詞，例如劉釗指出：

> 按「濬」所從之「沓」即「臽」字之變，「沈」與「陷」音義皆近，乃同源詞，所以「沓」可以從「臼」作。〔註513〕

另外，王寧則認爲從「冘」從「臼」的「沓」字，其實是「深沈」之「沈」的本字，他說：

> 筆者認爲這個字應該就是《周易．坎卦．六三》「坎險且枕」之「枕」的本字，《經典釋文》：「枕，古文作沈。」俞樾《群經評議》云：「枕當爲沈，《釋文》謂古文作沈，是也。《莊子．外物篇》：『慰暋沈屯』，《釋文》引司馬曰：『沈，深也。』險且沈者，險且深也。」帛書本《周易》作「訦」。而據《說文》，「枕，臥所薦首也」，「沈，陵上滈水也。一曰濁黕」，「訦，燕代東齊謂信訦也」，其本義無一訓「深」者，則知均爲假借，後世典籍一般通用「沈」，如《漢書．司馬相如傳下》：「灑沈澹災」，顏師古注：「沈，深也。」《後漢書．郭符許列傳》：「而沈阻難征」，李賢注：「沈，深也。」此從臼冘聲之字，「臼」乃是形旁義符，《說文》：「臽，小阱也，從人在臼上。」桂馥《義證》：「從人在臼上者，徐鍇本下有『舂地坎可臽人』六字，鍇曰：『若今人作穴以臽虎也。』」在甲骨文中，「舂」所從之「臼」與「臽」所從之「凵」在字形上殊無分別，蓋古人「臼」與「凵」均掘地爲之，在形制上無別，唯大小深淺有異，後相混同，故「臽」本爲坎阱陷人之形而從「臼」作，「臼」就是陷阱的象形（甲骨文有動物陷入其中之象的字），陷阱務求其深，故訓「深」之「沈」字用爲形旁也。也就是說，在先秦古文中，深沈（今作「深沉」）之「沈」和沈沒（今作「沉沒」）之「沈」是有區別的，但在傳世典籍中假「枕」、「沈」、「訦」等字爲之，「沓」

〔註512〕高亨纂著、董治安整理《古字通假會典》（濟南：齊魯書社，1989.07），頁251。

〔註513〕劉釗〈《上博五．融師有成氏》「耽淫念惟」解〉（簡帛網，2007.07.25，網址：http://www.bsm.org.cn/show_article.php?id=666）

字遂廢。〔註 514〕

劉釗和王寧的這兩段文字使得筆者有了一些新的體悟，淺見說明如下：

就「沒也」之意的「沈」字，與「舂地坎可臽人」的「臽」字，爲同源詞這一點，筆者並無異議，但是值得注意的是做爲「沒也」之意的「沈」字，應當是源於甲骨文中从水从牛的「」或从水从羊的「」字，本義爲沈牲的祭祀方法，後用以引申爲「沒也」、「溺也」的「沈」字，但是甲骨文中看不到从水从冘的「沈」字，而金文以後也未見用於沈沒之意的「」或「」，筆者認爲从水从冘的「沈」字當是一個新造的轉注字，以从水冘聲的後起字替代了原本从水从牛或从水从羊的會意字，而从水从牛或从水从羊的本字後世遂廢。

而作爲沈牲祭祀之意的「沈」字，因爲與殺牲有關，因此可引申爲「殺也」、「凶也」、「險也」的「沈」字。而「臽」字即是「陷阱」的本字，甲骨文中除了从人从凵（坎臼之形）的「臽」字之外，亦有其各種獸形的陷字，例如从鹿从凵的「」字，指的便是陷鹿於坑坎之中，是田獵用語，而其他還有用在祭祀方面的陷牲用字，如从牛的「」、从羊的「」、从犬的「」，以及从豖的「」，皆是專門的祭祀用語，但是後起的形聲字「陷」字替代了原本的「臽」字，因此从人或从獸的「臽」字遂廢〔註 515〕。而陷人或陷獸的「臽」字，皆具有設陷阱加害之的意義，因此可以說「沈」與「臽」是同源詞，而「𦥔」字則是在此條件下產生的字形，上從「冘」聲，下作「臼」形，而「臼」形所表達的意義可能與陷阱有關。

最後，筆者想補充說明「冘」字的問題。筆者在本文探討「冘」字本義時提過「冘」字可能是象人荷擔之形，爲「擔負」之意的本字，但是後世亦看不到「冘」字作「擔負」用，筆者猜想作「擔負」之意的「冘」字可能也是被从手詹聲的「擔」字或从人詹聲的「儋」聲所取代了，形聲字既行，則象形初文的本義遂廢。「冘」字上古音是定紐侵部，而「擔」與「儋」字同音，中古音是都感切又音都濫切，實則端紐談部，端定兩紐皆舌音，唯有清濁之別，而侵談

〔註 514〕王寧〈上博六《莊王既成》中「䣐」字詳解〉（簡帛網，2009.10.30，網址：http://www.bsm.org.cn/show_article.php?id=1165）

〔註 515〕參于省吾《甲骨文字釋林》（北京：中華書局，1999.11），頁 270～275。

兩部皆陽聲韻，二部韻尾相同，雖然主要元音稍遠，仍可旁轉。傳世文獻中就有从詹和从冘的通假之例可證兩字具聲音關係，如《山海經·大荒北經》:「有儋耳之國。」《淮南子·墬形》儋耳作耽耳。而另外值得注意的是中古音覃韻之外，有「耽」、「眈」、「酖」、「妉」等从「冘」之字，而這些字都跟一個从「詹」的「甔」字同音，顯示「冘」、「詹」確實有聲音關係。

五、結　語

本文探討楚簡中「湆」、「醅」等諸字其所從之偏旁，認爲其右上的部件實爲「冘」字的訛變，訛變的原因可能是字形的類化、筆畫的錯位以及飾筆等原因所造成。

在探討「湆」、「醅」可讀爲「沈」的同時，認爲其右下所從的「臼」形可能亦具有音義上的意義，其右所從的「沓」字可能是一個具兇險意義的本字，而可引申爲「深遠」、「深沈」之意；「沓」字字形从「沈」省形兼聲，同時也是从「臽」省形兼聲。

但「沈」字並非「沈沒」之意的本字，而是後起新造的形聲字，甲骨文中「沈沒」的「沈」字本形廢而不行；而其聲符「冘」字的本義可能是「擔負」，此意義後世被「擔」、「儋」等後起形聲字所取代。

第六節　釋「[illegible]」

一、前　言

《郭店·緇衣》及《上博一·緇衣》中有一個與今本《禮記·緇衣》中「從容」之「從」字對讀之字，字形不僅同時出現於《上博三·周易》中，對讀今本《周易》「簪」字及《馬王堆帛書》「讒」字，也出現在《上博五·融師有成氏》、《新蔡葛陵》楚簡、《包山楚簡》之中。另外，最近公佈的清華簡《保訓》中，也出現了相關的字形，但是由於字形結構的些微差異，前述的諸字形重新引起學者們的關注，並出現認爲《保訓》與其他諸字爲同一字形及非同一字形的兩派說法。本文試由形音義爬梳，分析這一批字形是否爲同一個字形，並推敲其字可能來源，及個別字形在各文例中的意義。

二、學者討論

以下九個字形可分爲五組，其字形及文例如下：

	字形	出　處	例　　句
1		郭店.緇衣 16	子曰：「倀（長）民者衣備（服）不改，□頌（容）又（有）祟（常），則民悳（德）弌（一）。」 
2		新蔡簡.零 189	☐思坪夜君城□瘳迖（速）瘉（瘥）☐ 
3		新蔡簡.零 300	☐城□瘳迖（速）瘉（瘥）☐ 
4		新蔡簡.零 484	 ☐□塞☐
5		上博三.周易 14	九四：猷（由）忣（豫），大又（有）𡕒（得）。母（毋）頪（疑），型（朋）㪕（盍）□。 
6		上博五.融師有成氏 8	☐□翻（聞）□易（湯？），產（顏）色深晦（晦），而志行𩔖（顯）明。 
7		上博一.緇衣 9	子曰：「長民者衣備（服）不改，□容又（有）祟（常），則民悳（德）一。」 
8		包山 173	㝵（丙）晨（辰），妾婦逡，登軍之人婁□。 
9		清華簡.保訓 2	王若曰：「發，朕疾□甚，恐不女及訓。」 

從上列字形表來看，字形 1～4，皆上从宀，下从止；字形 5、6 則是省去宀旁、下从止；字形 7 則是从辵旁，左上省去一撇，或以爲从人从止；字形 8 則是上从林，下从止；字形 9 與字形 6 相似，但中間多了一豎筆，下不从止形而从乚形。

其中由文例可知字形 1《郭店．緇衣》簡 16「□」及字形 7《上博一．緇衣》簡 9「□」爲一字之異體，而李家浩指出「在古文字中，『止』、『辵』

作爲形旁可以通用，加『宀』與不加『宀』往往無別。」〔註 516〕因此字形 6《上博五・融師有成氏》簡 8「」正是省去「宀」或「人」的結果，而《上博三・周易》簡 14「」則是字形 6 再省去兩側的豎筆。

除去以上提及的偏旁，最重要的關鍵是「」旁的釋讀，陳劍認爲其結構當以「」（除去上端飾筆和靠右的一小橫筆，即字形 2～4《新蔡簡》及字形 8《包山》簡 173 等字中間所从）最爲原始〔註 517〕，馮勝君〔註 518〕、魏宜輝〔註 519〕等人則從「帝」、「彔」、「巫」、「平」等字爲例說明其字形演變軌跡，證明字形 1～7 爲同一字形，而字形 8 字下半部亦从此字。

眾家學者對於《上博五・融師有成氏》簡 8「」等諸字（字形 1～7，簡稱爲△字），認定爲一字異形的想法並無太大爭議，但對於構形分析及讀法則眾說紛紜，大抵意見整理如下：

1. 黃德寬、徐在國將《郭店・緇衣》簡 16「」字隸作「𨗨」，釋爲適。其說以爲「」旁與《郭店・緇衣》簡 37 字形「」字相近，認爲是「帝」字的省訛〔註 520〕。

2. 周鳳五，則將《郭店・緇衣》簡 16「」字分析爲「从止倉聲」〔註 521〕。

〔註 516〕李家浩〈戰國竹簡〈緇衣〉中的「逯」〉（《古墓新知》，香港：國際炎黃文化出版社，2003.11），頁 18。

〔註 517〕陳劍〈釋「琮」及相關諸字〉（《中國簡帛學國際論壇 2006 論文集》，武漢：武漢大學簡帛研究中心，2006.11），頁 60～97，亦載於陳劍《甲骨金文考釋論集》（北京：線裝書局，2007.04）頁 273～316。

〔註 518〕馮勝君《論郭店簡〈唐虞之道〉、〈忠信之道〉、〈語叢〉一～三以及上博簡〈緇衣〉爲具有齊系文字特點的抄本》（北京：北京大學博士後研究所工作報告，2004 年 8 月），頁 251，轉引自魏宜輝〈論郭店簡、上博簡〈緇衣〉中用爲「從」之字〉（台北：藝文印書館，新三十一期，2006 年），頁 175～176。

〔註 519〕魏宜輝〈再論郭店簡、上博簡〈緇衣〉用爲「從」之字〉，載於張玉金主編《出土文獻語言研究》第一輯，廣州：廣東高等教育出版社，2006 年 6 月，頁 71，又見於魏宜輝〈論郭店簡、上博簡〈緇衣〉中用爲「從」之字〉，《中國文字》，新三十一期，台北：藝文印書館，2006 年 11 月，頁 175～176。

〔註 520〕黃德寬、徐在國〈郭店楚簡文字考釋〉（《吉林大學古籍研究所建所十五週年紀念文集》，吉林大學出版社，1998.12），頁 102。

〔註 521〕周鳳五〈郭店楚簡識字札記〉（《張以仁先生七秩壽慶論文集》，台北：學生書局，1999 年），頁 352～353。

3. 劉桓，釋作「夏」，讀作雅。其認為《郭店・緇衣》的字，即《說文》「夏」字的古文「」〔註 522〕。

4. 李零以為《郭店・緇衣》簡 16「」及《上博一・緇衣》簡 9「」从「甬」得聲〔註 523〕，但未說明；魏宜輝〔註 524〕從之，並對字形進一步展開討論。

5. 李家浩，由字形比較指出《郭店・緇衣》簡 16「」及《上博一・緇衣》簡 9「」所从為「彔」旁省寫，釋為「逯」字〔註 525〕。

6. 劉樂賢，由《新蔡簡》「」具「速」義，並與《郭店・緇衣》簡 16「」、《上博一・緇衣》簡 9「」及《上博三・周易》簡 14「」相通假的前提，釋作「疌」〔註 526〕。

7. 宋華強，以為是由甲骨文「簪」字的初文演變而來，除了與《郭店・緇衣》、《上博一・緇衣》「從容」的「從」字相通假外，另外在《新蔡簡》中讀為「憯」，在《上博五・融師有成氏》簡 8 讀為「崇」〔註 527〕。

8. 陳劍，則以為是由甲骨、金文「琮」字初文演變而來，在《郭店・緇衣》、《上博一・緇衣》讀為「從容」的「從」，並與《上博三・周易》「簪」、「宗」相通，而在《新蔡簡》讀為「憯」，義為「速」〔註 528〕。

〔註 522〕劉桓〈讀《郭店楚墓竹簡》札記〉（《簡帛研究二〇〇一》，桂林：廣西師範大學出版社，2001 年），頁 62。

〔註 523〕李零〈上博楚簡校讀記（之二）：〈緇衣〉〉（載於廖名春、朱淵清主編《上博館藏戰國楚竹書研究》，上海：上海書店，2002.03），頁 411。

〔註 524〕魏宜輝〈再論郭店簡、上博簡〈緇衣〉用為「從」之字〉（載於張玉金主編《出土文獻語言研究》第一輯，廣州：廣東高等教育出版社，2006.06），頁 67～72，又見於魏宜輝〈論郭店簡、上博簡〈緇衣〉中用為「從」之字〉（《中國文字》，新三十一期，台北：藝文印書館，2006.11），頁 171～178。

〔註 525〕李家浩〈戰國竹簡〈緇衣〉中的「逯」〉（《古墓新知》，香港：國際炎黃文化出版社，2003.11），頁 17～24。

〔註 526〕劉樂賢〈讀楚簡札記二則〉（簡帛研究網，2004.05.29。網址：http://www.jianbo.org/admin3/list.asp?id=1207）。

〔註 527〕宋華強〈新蔡簡中與「速」義近之字及楚簡中相關諸字新考〉（簡帛網，2006.07.31，網址：http://www.bsm.org.cn/show_article.php?id=389），亦載於《中國文字》（台北：藝文印書館，新三十二期，2006.12），頁 149～164。

〔註 528〕陳劍〈釋「琮」及相關諸字〉（《中國簡帛學國際論壇 2006 論文集》，武漢：武漢

但値得注意的是，陳劍將字形 1～7 釋爲「琮」字的先決條件是他注意到了字形 1～8 等諸字形所从的「」形，有一個共通的特點，其說明如下：

> 同時還要特別注意到的是，研究者似乎大都忽略了這些字形的一個重要特點，即其所从以形爲代表者的部分，其中間兩橫筆之間都是沒有竪筆的。現在大家所舉出的、楚文字中能拿來跟前舉諸字作比較的「帝」、「彔」和「甬」等字之形，其中間大都是有一竪筆的。即使個別字形沒有竪筆，但全面觀察考慮，「帝」、「彔」和「甬」等字的變體是有竪筆與無竪筆共見，而前舉諸形出現的次數已不算少，同時又是在幾批不同的楚簡中出現，其中間都沒有竪筆，這就應該加以特別的注意了。從近年研究者成功釋讀楚簡文字的經驗來看，楚簡中這類形體特別、用例又自成一套的字，很可能是自有其獨特的古老來源的。考釋它們要儘量往上追溯尋找其來源，眼光不能局限在戰國文字之中。〔註 529〕

其指出字形 1～8 等諸字形所从的「」形中間兩橫筆之間都是沒有豎筆的，而其他學者所釋的「帝」、「彔」、「甬」等字形，其中間大都是有一豎筆的，因此認爲字形 1～8 等字形體特別、用例又自成一套，因此不僅只在楚簡中尋找蛛絲馬跡，而是由甲骨、金文去探索其來源問題。

此一說法影響到學者們對於後來公佈的清華簡《保訓》簡 2「」的考釋，「」字與字形 1～8 極爲相似，尤其是與《上博五．融師有成氏》簡 8「」字相比，清華簡《保訓》簡 2「」字所从的「」形，只比《上博五．融師有成氏》簡 8「」字所从的「」形中間部份多了一豎筆。由於在前列楚簡之中中間兩橫筆之間都是沒有豎筆的，而這一批上从「」形下从止形的楚簡字形中，首度出現了中間部份多了一豎筆的字形，因此分別出現認爲《清華簡》與其他諸字爲同一字形及非同一字形的兩派說法。

大學簡帛研究中心，2006.11），頁 64，亦載於陳劍《甲骨金文考釋論集》（北京：線裝書局，2007.04）頁 278。

〔註 529〕陳劍〈釋「琮」及相關諸字〉（《中國簡帛學國際論壇 2006 論文集》，武漢：武漢大學簡帛研究中心，2006.11），頁 60～97，亦載於陳劍《甲骨金文考釋論集》（北京：線裝書局，2007.04）頁 278～316。

認爲清華簡《保訓》簡 2「」字與其他諸字爲同一字形的說法有：

1. 孟蓬生，認爲清華《保訓》簡 2「」字與《上博三．周易》簡 14「」爲同一字，但是「清華簡下部所从「止』字中有一筆侵入中部」，用以說明清華簡《保訓》簡 2「」字正是楚簡出現過多次的文字，而非新出字，並由文例說明當讀爲「漸」〔註 530〕。

2. 蘇建洲學長，認爲當釋爲「𡍮」，而讀爲「漬」〔註 531〕。孫合肥、林志鵬從之，而孫合肥並分析爲從辵省、帝聲的「適」字，爲「適」字的省文，而訓爲方、正、正在之意〔註 532〕，林志鵬讀爲「疷」〔註 533〕。

3. 小狐則據劉樂賢釋「疌」字，指「迅速」之意，並認爲「疌」字正好符合包含「止」旁，同時上部不能獨立作聲符的條件意爲「病情加劇」〔註 534〕。王連成從之〔註 535〕。

亦有認爲清華簡《保訓》簡 2「」字與其他諸字非同一字形的說法，如何家興，認爲字從「辛」、「臼」、「止」，是「遣」字異體，並從孟蓬生讀爲「漸」〔註 536〕。

本文的重點除了探索諸字形的解讀，另外還有清華簡《保訓》簡 2「」字與其他諸字的關係，接下來就由字形方面來分析諸疑難字。

〔註 530〕孟蓬生〈《保訓》「疾甚」試解〉（復旦大學出土文獻與古文字研究中心網站，2009.07.10，網址：http://www.gwz.fudan.edu.cn/SrcShow.asp?Src_ID=844）。

〔註 531〕蘇建洲〈《保訓》字詞考釋二則〉（復旦大學出土文獻與古文字研究中心網站，2009.07.15 網址：http://www.guwenzi.com/Srcshow.asp?Src_ID=849）。

〔註 532〕孫合肥〈清華簡《保訓》「適」字補說〉（簡帛網，2009.08.22，網址：http://www.bsm.org.cn/show_article.php?id=1133）。

〔註 533〕林志鵬〈清華大學藏戰國竹書《保訓》校釋〉（簡帛網，2010.04.09，網址：http://www.bsm.org.cn/show_article.php?id=1241）。

〔註 534〕小狐〈《保訓》讀札〉（簡帛網，2010.04.05，網址：http://www.bsm.org.cn/show_article.php?id=1240）。

〔註 535〕王連成〈清華簡《保訓》釋譯〉（簡帛研究網，2010.04.26，網址：http://www.jianbo.org/admin3/2010/wangliancheng003.pdf）。

〔註 536〕何家興〈也說《保訓》中的「遣」〉（簡帛網，2009.08.19，網址：http://www.bsm.org.cn/show_article.php?id=1131）。

三、字形分析

學者們對諸疑難字的討論，大致有釋爲「適」(帝)、「从止倉聲」、「夏」、「甬」、「彖」、「疌」、「簪」、「琮」、「遣」等諸說，以下先就各家說法一一進行檢討：

（一）釋「適」說

黃德寬、徐在國將《郭店・緇衣》「」字釋爲適，認爲「」字上部與「帝」字字形相近，「乃『帝』省訛」〔註 537〕，而「適」字从「啻」聲，而「啻」从「帝」聲。

宛臻按：以下先就「帝」字的古文字形演變作一探討：

【字形表 1】

 商.鐵 159.3	 商.續 2.4.11	 商.京都 2142	 商.乙 173	 西周早期.井侯簋
 西周晚期.㝬簋	 春秋早.秦公簋	 戰國.晉.中山王嚳壺	 戰國.晉.溫縣盟書 T1 坎 1:3863	 戰國.晉.溫縣盟書 T1 坎 1:3797
 信陽 1・40	 帛乙 9・29	 郭店・緇衣 37	 九店 M56.43	 上博五.三德 8
 戰國.秦.商鞅方升	 戰國.秦.詛楚文	 戰國.秦.陶彙 5.339	 西漢.馬王堆.老子乙前 52 下	 西漢.馬王堆.老子甲後 212
 東漢.居延簡 676				

帝字，甲骨文作「」(鐵 159・3)，中間一橫筆或作兩橫筆「」(續

〔註 537〕黃德寬、徐在國〈郭店楚簡文字考釋〉(《吉林大學古籍研究所建所十五週年紀念文集》，吉林大學出版社，1998.12)，頁 102。

2.4.11），或上增飾一短橫作「」（京都 2142）、「」（商.乙 173），吳大澂以爲象花蔕之形〔註 538〕；王國維以爲帝即蒂，象花萼全形〔註 539〕；葉玉森〔註 540〕、朱芳圃〔註 541〕以爲象束柴燎祭於上帝。本義尚無確切定論。

金文、戰國文字大抵承襲甲骨字形而漸有訛變，晉系如中山王礜壺「」字，中間部分右上多了一橫筆，此爲古文字中常見之現象，在本論文第二章第五節已特別討論過了；溫縣盟書「」下方少一斜筆，近似作人形，與「旁」字接近，但由文例可知當作「帝」，讀爲「諦」，而非「旁」字。楚系變化亦不少，或承甲金文而來者，如「」（帛乙 9・29），下加一短橫者，如「」（九店 M56.43），中間部分右上多一橫筆者，如「」（上博五.三德 8），側邊的豎筆與上方相連者，如「」（郭店・緇衣 37），下方的斜筆甚而連成橫筆者，如「」（信陽 1・40）。秦系字形大致與甲金文相襲，較無變化。

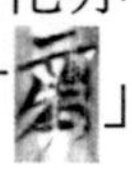

宋華強曾指出△字上方所从旁，可分爲四類，即「」、「」、「」、「」〔註 542〕。那麼△字與帝字究竟有無關聯，試將戰國楚系「帝」字試與△字進一步比較，以下先將「帝」字依其字形的上方部件做一簡單分類：

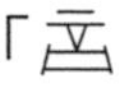

【字形表 2】

A	 上博一.緇衣 4	 上博二.子羔 1	 上博二.子羔 12	 上博三.彭祖 1	
B	 信陽 1・40	 上博五.三德 2	 上博五.三德 6	 上博五.三德 7	 上博五.三德 7

〔註 538〕〔清〕吳大澂《字說・帝字說》（台北：藝文印書館，出版年不詳），頁 1～2。

〔註 539〕王國維《觀堂集林・釋天》（石家庄：河北教育出版社，2001.11），頁 172。

〔註 540〕葉玉森《殷虛書契前編集釋・卷一》（台北：藝文印書館，1966）。

〔註 541〕朱芳圃《殷周文字釋叢・卷上》（台北：學生書局，1972）。

〔註 542〕宋華強〈新蔡簡中與「速」義近之字及楚簡中相關諸字新考〉（簡帛網，2006.07.31，網址：http://www.bsm.org.cn/show_article.php?id=389），亦載於《中國文字》（台北：藝文印書館，新三十二期，2006.12），頁 150。

	 上博五.三 8	 上博五.三德 19	 上博五.三德 22	 上博七.鄭子家喪甲 2	清華.保訓 8
C	 帛甲 6・2	 帛甲 6・33	 帛乙 9・29	帛乙 11.27	 九店 M56.38
	 九店 M56.40	 九店 M56.43	 九店 M56.47		
D	 郭店.唐虞 8	 郭店.六德 38	 郭店.五行 48	 郭店.緇衣 7	 郭店.緇衣 37
	 香中大 4	 上博四.柬大王泊旱 11			
E	 包山 201				
F	 郭店.唐虞 9				
G	 上博七.鄭子家喪乙 2				
H	 郭店.六德 4				
I	 上博七.武王踐阼 1				

筆者分析楚簡中「帝」字的寫法，其上部所从的構形〔註 543〕，大致上可歸納爲以下幾類：

A. ：與「」（上博三・周易 14）上部所从字形相同。

B. ：與「」（上博五・融師有成氏 8）上部所从字形相同。

C. ：與「」（新蔡簡・零 189）、「」（新蔡簡・零 300）、「」（新蔡簡・零 484）、「」（包山 173）所从字形相同。

D. ：與「」（郭店・緇衣 16）、「」（上博一・緇衣 9）所从字形相同。

E. ：疑爲 C 形的原形。

F. ：疑爲 E 形側兩豎的之延伸。

G. ：疑爲 D 形的原形。

H. ：疑爲 B 形省上部二橫筆。

I. ：疑由 C 形兩側的豎筆向內挪移而形成的。

由字形來看，楚簡帝字的形構與「」等字上部所從結構確實相近，但是陳劍提出「」等字「其所从以『』形爲代表者的部分，其中間兩橫筆之間都是沒有豎筆的」，而「『帝』、『彔』、『甬』等字之形，其中間大都是有一豎筆的」〔註 544〕，因此，「」上部所從的結構是否爲帝字，或是帝字之省形，則變成另一個值得思考的問題。

而由於《清華簡》的面世，出現了「」字，其字與《上博五・融師有成氏》簡 8「」相比較，除了中間多了一豎筆與下方止形少了一筆之外，字形著實接近。因此出現將清華簡《保訓》簡 2「」字與其他△字視同一字形與非同一字形的說法。

受到陳劍影響的，如孟蓬生便將「」字中間的一豎視爲下方止形的一部分，來解釋清華簡《保訓》簡 2「」字與其他△字爲同一字形，但實際觀察字形便可知一豎穿過了兩橫的中間，且未與下方匕形的部件相連結，故

〔註 543〕此處分析不含兩橫中間的豎筆。

〔註 544〕陳劍〈釋「琮」及相關諸字〉（《中國簡帛學國際論壇 2006 論文集》，武漢：武漢大學簡帛研究中心，2006.11），頁 60～97，亦載於陳劍《甲骨金文考釋論集》（北京：線裝書局，2007.04）頁 237～316。

不當視爲止形的一部分；而何家興，則將字形拆解成從「辛」、「臼」、「止」，以爲是「遣」字異體，與其他△字有區別，但是此一說法也是有問題的，看墨跡便可知中間部份顯然爲相連的兩橫筆，而非分開作兩隻手形的「臼」形。

而蘇建洲學長則舉璽印文字說明清華簡《保訓》簡 2「」上从帝的可能性，其所舉的相關字形如下：

【字形表 3】

 戰國．晉．璽彙 3083（蒂）	 戰國．晉．璽彙 3114（蒂）	 戰國．晉．璽彙 3115（蒂）	 戰國．晉．璽彙 3116（蒂）	 戰國．晉．璽彙 3118（蒂）
 戰國．晉．璽彙 0397（啻）	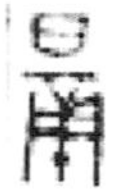 戰國．晉．璽彙 1682（啻）	 戰國．晉．璽彙 2294（啻）		

蘇建洲學長指出清華簡《保訓》簡 2「」上方部件正與「」（璽彙 3114）、「」（璽彙 2294）下方所從「帝」旁寫法相同，如下：

二者只差在上方一横筆，用以證明「」上方所从即「帝」字，加上其將下方釋爲「止」形，隸定作「壾」，分析爲從止，帝聲。雖然並未明白的說清楚「」字與其他△字的關係，但是蘇建洲學長提到了「壾」字非在清華簡《保訓》首見，早在《溫縣盟書》就有「（壾）」字了〔註 545〕。

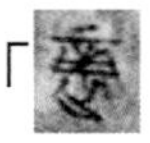

除了蘇建洲學長之外，孫合肥則利用黃德寬《古文字譜系疏證》將溫縣盟書列於「適」字之下〔註 546〕，來說明「」字即「適」之省形，釋爲「適」，其指出：

古文字中「適」字形如下：

〔註 545〕蘇建洲〈《保訓》字詞考釋二則〉（復旦大學出土文獻與古文字研究中心網站，2009.07.15 網址：http://www.guwenzi.com/Srcshow.asp?Src_ID=849）。

〔註 546〕黃德寬主編《古文字譜系疏證》（北京：商務印書館，2007.02），頁 2029～2030。

> A1 、、、、、
>
> A2
>
> A3
>
> 黃德寬先生認爲古文字中的「適」，從辵（或省作止），帝聲。適之省文。黃德寬先生的意見正確可從。A1 爲 A2 省文，A3 爲 A1 增繁無義偏旁。

並認爲「『』與 A1 形同，爲一字無疑。」〔註 547〕，除了孫合肥之外，林澐在其〈釋古璽从「朿」的兩個字〉一文中早已指出「在溫縣盟書中，从帝的可省爲或，帝旁即省去下部，中豎可以不貫通」〔註 548〕。以下還原溫縣盟書的相關字形如下〔註 549〕：

【字形表 4】

A	戰國.晉.溫縣盟書 T1 坎 1:1845	戰國.晉.溫縣盟書 T1 坎 1:3797			
B	戰國.晉.溫縣盟書 T1 坎 1:3556				
C	戰國.晉.溫縣盟書 T1 坎 1:3216				

〔註 547〕孫合肥〈清華簡《保訓》「適」字補說〉（簡帛網，2009.08.22，網址：http://www.bsm.org.cn/show_article.php?id=1133）。

〔註 548〕林澐〈釋古璽中从「朿」的兩個字〉（《古文字研究》第十九輯，北京：中華書局，1992.08），頁 469。

〔註 549〕以下字形出自：河南省文物研究所〈河南溫縣東周盟誓遺址一號坎發掘簡報〉（《文物》，1983 年第 3 期）及艾蘭、邢文編《新出簡帛研究——新出簡帛國際學術研討會文集（2000.8）》（北京：文物出版社，2004.12）。

D	 戰國.晉.溫縣盟書 T1 坎 1:4499	 戰國.晉.溫縣盟書 T1 坎 1:3417			
E	 戰國.晉.溫縣盟書 T1 坎 1:3802	 戰國.晉.溫縣盟書 T1 坎 1:3858			
F	 戰國.晉.溫縣盟書 T1 坎 1:3797	 戰國.晉.溫縣盟書 T1 坎 1:1961			
G	 戰國.晉.溫縣盟書 T1 坎 1:3863				
H	 戰國.晉.溫縣盟書 T1 坎 14:636				
I	 戰國.晉.溫縣盟書 T1 坎 11:3780	 戰國.晉.溫縣盟書 T1 坎 1:3211	 戰國.晉.溫縣盟書 T1 坎 1:2182	 戰國.晉.溫縣盟書 T1 坎 1:4585	 戰國.晉.溫縣盟書 T1 坎 1:2279
	 戰國.晉.溫縣盟書 T1 坎 17:129	 戰國.晉.溫縣盟書 T1 坎 17:131			
J	 戰國.晉.溫縣盟書 T1 坎 1:3690	 戰國.晉.溫縣盟書 T1 坎 1:3105	 戰國.晉.溫縣盟書 T1 坎 1:3687		
K	 戰國.晉.溫縣盟書 T1 坎 1:2667	 戰國.晉.溫縣盟書 T1 坎 1:3865	 戰國.晉.溫縣盟書 T1 坎 14:867		

L	戰國.晉.溫縣盟書 T1 坎 1:137	戰國.晉.溫縣盟書 T1 坎 14:572			

以上字形下方部件或從止形或從心形，亦有省作接近人形的，其文例多作「啻（或作『𡨨』）亟賜女（或作『之』）」，又作「㬎啻賜之」〔註 550〕。原整理者指出「古文字从心與从言往往相通，啻可讀作諦。《三國志．魏志．明帝紀》注引《魏略》：『君諦視之。』《說文》載：『諦，審也。』『宷，悉也知宷諦也。』宷篆文作審。《周禮．考工記》注以審爲察。《爾雅．釋詁》：『察，審也。』賜即視，『賜之』是鑒察之義。此句意思是『仔細鑒察你』，與侯馬盟書的『明亟視之』相類似。」〔註 551〕董珊將「啻」、「𡨨」釋爲「謫」，且由句法結構以及傳世文獻相關語法考察，指出「溫縣盟書『謫』訓爲『責』，與『殛』義近連用，『謫殛』就是責罰。『早謫』一詞的意思應是及時的懲罰。」又曰：「盟書句直譯即：『大冢（或吾君）以大罰示他（你）』『視（示）』的詞義『降示』或『加示』，有比較強的自上（『大冢』或『吾君』）降加于下（『之』或『汝』）的意味。」〔註 552〕

暫且不論溫縣盟書的「啻」、「𡨨」如何釋讀的問題，但由文例可知無論下方從止形或從心形，皆爲同一個字，若撇除下方部件單就上方部件而言，可分爲幾大類：

A. ：由此類型可看出是「帝」字的原形。

B. ：似乎是由 A 類訛變而來，下方斜筆變成兩點。

〔註 550〕「㬎」字原圖版作「」，原考釋者隸作「㬎」，但《郭店．老子乙》簡 1 有「」、「」，裘錫圭均隸作作「㬎」，並以爲「『㬎』當是『𣈶』之異體，从『日』『棗』聲。『棗』『早』同音。」，考慮溫縣盟書「」字的字形和字義，故改隸爲「㬎」，並釋爲「早」。原圖版隸定見艾蘭、邢文編《新出簡帛研究——新出簡帛國際學術研討會文集（2000.8）》（北京：文物出版社，2004.12），圖版十；裘說參荊門市博物館《郭店楚墓竹簡》（北京：文物出版社，1998.05），頁 119。

〔註 551〕河南省文物研究所〈河南溫縣東周盟誓遺址一號坎發掘簡報〉（《文物》，1983 年第 3 期），頁 81。

〔註 552〕董珊〈侯馬、溫縣盟書「明殛視之」的句法分析〉（《古文字研究》第二十七輯，北京：中華書局，2008.09），頁 359。

C. ：亦由 A 類訛變而來，中間豎筆的部位多了一橫筆。

D. ：似乎由 A 類訛變而來，中間豎筆較短。

E. ：較 D 類省略中間豎筆。

F. ：與 D 類近似，但下方訛變成近似人形。

G. ：較 F 類省略中間豎筆。

H. ：中間有豎筆，但較短，省略兩斜筆。

I. ：帝字下方的中間三筆均省略了。

J. ：中間有豎筆，但較短，最上方橫筆省略

K. ：中間豎筆省略，最上方橫筆亦省略。

L. 其他：漫漶不清，難以分類。

由以上諸類可知，溫縣盟書「帝」字的相關字形省訛變化相當多，但值得注意的是，有的是中間會穿過豎筆的字形，如「」、「」；亦有中間省略無豎筆的字形，如「」、「」。雖然不能用以確定清華簡《保訓》簡 2「」字和《上博五．融師有成氏》簡 8「」等諸字是否就絕對是同一個字形，但卻是一個值得參考的依據。

另外，筆者又找到了一些戰國楚系文字中偏旁從「帝」字的字形如下：

【字形表 5】

 包山 154（啻）	 九 店 M56.102（啻）	 望山 1.77（啻）	 望山 2.48（啻）	 望山 2.49（啻）
 上博三.周易 38（啻）	 上博四.曹沬 51（啻）	 上博五.季庚子 23（啻）	 新蔡.甲三 300.307（啻）	 新蔡.甲三 304（啻）
 新蔡.甲三 356（啻）	 璽彙 3198（啻）	 璽彙 3199（啻）	 上博四.曹沬 52（篰）	 上博四.曹沬 14（啻）

曾侯乙 1（適）	 上博六.用曰 4（纗？）	 上博四.柬大王 6（上帝合文）	 上博七.凡物流行甲 5(𡍩)〔註 553〕	 上博七.凡物流行甲 5（𡍩）
 上博七.凡物流行甲 12（啻）				

其中，《九店楚簡》的「啻」字作「」、《望山楚簡》的「啻」字作「」、「」，顯然上方皆爲「帝」之省形，與本文所討論的△字中的《新蔡簡》的「」及《包山楚簡》簡 173 的「」所从之形結構相同，顯示「帝」字確實有可能演變爲「」形的結構；另外，《望山楚簡》的「啻」字又作「」〔註 554〕、《新蔡簡》中還有作「」、「」的「啻」字，其上方所從的「帝」形，雖然多了一橫筆，但中間卻是有豎筆的情形，與清華簡《保訓》簡 2「」字是否有關聯，也是値得觀察的。

再者，《上博六．用曰》簡 4 中有一個「」字，其右上所从，與《郭店．緇衣》簡 16「」與《上博一．緇衣》簡 9「」所从結構相同，而右下又有一個「止」形，似乎與本文所討論的諸△字有所關聯，但是除了左方的「糸」形之外，右方中間多了一個「口」形的部件。此字原考釋釋爲「纗」〔註 555〕，該句作「社（功／攻）之亡纗，而亦不可難之，而亦弗能弃（棄）。」；凡國棟認爲右下實爲從「足」，並據《上博四．曹沫之陳》簡 14 有一個「敵」字作，

〔註 553〕此字形原考釋隸定爲「𡍩」，釋爲「適」，但蘇建洲學長已指出此字下當從「土」，隸定作「𡍩」，參蘇建洲〈試釋《凡物流行》甲 8「敬天之明」〉（復旦大學出土文獻與古文字研究中心網站，2009.01.17，網址：http://www.gwz.fudan.edu.cn/SrcShow.asp?Src_ID=667）。

〔註 554〕袁國華以爲讀爲「青帝」合文，此說尚有可商之處，參袁國華〈江陵望山楚簡「青帝」考釋〉（收錄於張光裕、袁國華《望山楚簡校錄》，台北：藝文印書館，2004.12），頁 35～40。

〔註 555〕馬承源主編《上海博物館藏戰國楚竹書（六）》（上海：上海古籍出版社，2008.12），頁 289。

亦將此字釋爲「敵」〔註 556〕；李銳認爲「字形當爲《緇衣》『從容有常』之『從』」，並據陳劍之說釋爲「琮」〔註 557〕；蔣文、程少軒則據陳劍之說改釋爲「綜」〔註 558〕。此字形及其釋讀尚待釐清，但若與△字非同一字，足證「」有單獨使用的可能，只是下方口形究竟是「足」字的一部分，還是與上方連成「啻」字，則還有討論的空間。

（二）釋「倉」說

周鳳五以爲《郭店．緇衣》簡 16「」爲从止、倉聲之字：

> 字从止，从，即《說文》「倉」之古文，又見《汗簡》與《古文四聲韻》。唯簡文形構較繁，不易辨識。「從」，古音清母東部，楚國方言東、陽二部互通，故從字得以「倉」爲聲符。〔註 559〕

「倉」字古文如下：

【字形表 6】

說文奇字	汗簡 2.26	汗簡 1.4	古文四聲韻 2.17 古老子	古文四聲韻 2.17 汗簡
古文四聲韻 2.17 古尚書	古文四聲韻 2.17 王惟恭黃庭經	古文四聲韻 2.17 並崔希裕纂古	古文四聲韻 2.17 並崔希裕纂古	古文四聲韻 2.17 並崔希裕纂古

李家浩則指出此說法「已被後來公布的上博簡《緇衣》的字形 A2 所證明是有問題的。」〔註 560〕

〔註 556〕凡國棟〈上博六《用曰》篇初讀〉（簡帛網，2007.07.10，網址：http://www.bsm.org.cn/show_article.php?id=604）。

〔註 557〕李銳〈《用曰》新編（稿）〉（簡帛研究，2007.07.13，網址：http://jianbo.sdu.edu.cn/admin3/2007/lirui007.htm）。

〔註 558〕蔣文、程少軒〈《用曰》第 4 簡與第 19 簡試讀〉（復旦大學出土文獻與古文字研究中心網站，2008.03.24，網址：http://www.gwz.fudan.edu.cn/SrcShow.asp?Src_ID=385）。

〔註 559〕周鳳五〈郭店楚簡識字札記〉（《張以仁先生七秩壽慶論文集》，台北：學生書局，1999 年），頁 352～353。

〔註 560〕李家浩〈戰國竹簡〈緇衣〉中的「逯」〉（《古墓新知》，香港：國際炎黃文化出版

宛臻按：周鳳五釋「倉」之說僅解釋了《郭店．緇衣》簡16的△字，不僅如李家浩所說的《上博一．緇衣》簡9的字形無法解釋，包括《新蔡》、《上博三．周易》、《上博五．融師有成氏》及《包山》等△字均無法解釋，由此可證此一說法是有問題的。

（三）釋「夏」說

劉桓將《郭店．緇衣》簡16的△字釋爲「夏」，讀爲「雅」，以爲是《說文的古文「𩠐」〔註561〕。

此說亦爲李家浩所反駁，「已被後來公布的上博簡《緇衣》的字形A2所證明是有問題的。」〔註562〕

宛臻按：此說亦僅解釋了《郭店．緇衣》簡16的△字，無法解釋△字其他如《上博三．周易》、《上博五．融師有成氏》及《包山》等諸形，據此可知此說也是有問題的。

（四）釋「甬」說

李零以爲从「甬」得聲〔註563〕，但未展開論證。魏宜輝從之，並對字形進一步展開討論。魏宜輝指出：

> 楚簡文字中「甬」字上端也普遍作倒三角形，例如：
>
> 
>
> A 包山267
>
> 
>
> B 上博．恒先13
>
> 
>
> C 郭店．性32
>
> 新蔡簡中「𩠐」字所從的「𠔀」旁和A類「甬」字相近，只不過省去中間的豎筆而已。在其後的演變過程中，「甬」字兩側的豎筆逐漸向上延伸，最終與上端的橫筆粘連在一起，也就形成了簡本

社，2003.11），頁8。

〔註561〕劉桓〈讀《郭店楚墓竹簡》札記〉（《簡帛研究二〇〇一》，桂林：廣西師範大學出版社，2001年），頁62。

〔註562〕李家浩〈戰國竹簡〈緇衣〉中的「�」〉（《古墓新知》，香港：國際炎黃文化出版社，2003.11），頁8。

〔註563〕李零〈上博楚簡校讀記（之二）：〈緇衣〉〉（載於廖名春、朱淵清主編《上博館藏戰國楚竹書研究》，上海：上海書店，2002.03），頁411。

《緇衣》中特殊的寫法。

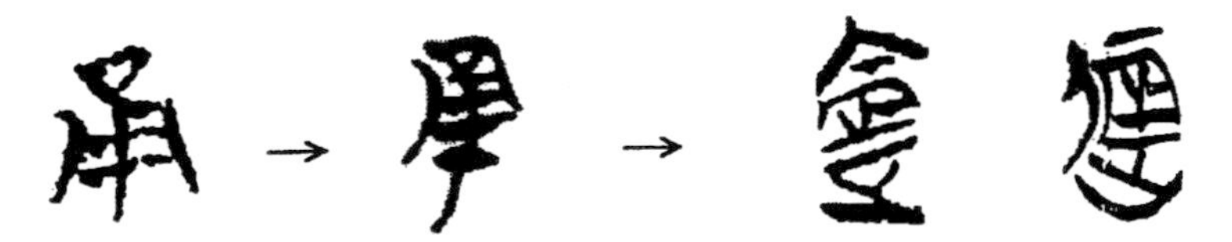

……據此，可以確定簡本《緇衣》篇中的「」、「」所從的「」旁乃是「甬」，這些字是从「甬」得聲的，「」可能是「通」字的異體。簡本《周易》「」所从的「甬」旁比較特殊，其兩側的豎筆完全省去了。〔註 564〕

關於魏宜輝對字形的說解，宋華強提出反駁，他認爲：

單純从「甬」字的形體去考慮，的確有可能出現魏先生所說的那種演變。但這也只是一種理論上的可能而已，正如劉樂賢所說：「目前所見楚文字中『甬』字或以『甬』爲偏旁的字都與上文所討論的字存在區別。」更何況上博簡《周易》中本來就有「甬」字（12 號簡），寫作「」，與 A1（宛臻按：即「」形。）上部偏旁 D1（宛臻按：指「」形。）的寫法明顯有別。從字體與書寫風格來看，12 號簡與 A1（宛臻按：指「」形。）所在的 14 號簡無疑是同一書手所寫。在找不出楚簡「甬」字可以寫作 D（宛臻按：指「」、「」、「」、「」等形。）一類形體的確切例證之前，說 D（宛臻按：指「」、「」、「」、「」等形。）也是「甬」字恐怕是很難讓人相信的。〔註 565〕

宛臻按：筆者認爲宋華強所提出的論點是有道理的，觀察目前戰國楚文字中的「甬」字，可以分成以下幾類來看：

〔註 564〕魏宜輝〈再論郭店簡、上博簡〈緇衣〉用爲「從」之字〉，載於張玉金主編《出土文獻語言研究》第一輯，廣州：廣東高等教育出版社，2006 年 6 月，頁 70～71，又見於魏宜輝〈論郭店簡、上博簡〈緇衣〉中用爲「從」之字〉，《中國文字》，新三十一期，台北：藝文印書館，2006 年 11 月，頁 175～176。

〔註 565〕宋華強〈新蔡簡中與「速」義近之字及楚簡中相關諸字新考〉（簡帛網，2006.07.31，網址：http://www.bsm.org.cn/show_article.php?id=389），亦載於《中國文字》（台北：藝文印書館，新三十二期，2006.12），頁 156～157。

【字形表 7】〔註 566〕

A	 郭店.緇衣 26	 上博一.緇衣 14	 上博三.亙先 13	 上博三.周易 12	 上博六.愼子曰恭儉 99
B	 包山 77	 郭店.老子甲 29	 郭店.老子 14	 上博三.亙先 7	 包山 188（郙）
C	 包山 267	 郭店.性自命出 32	 上博一.性情論 35	 上博二.容成氏 30	 新蔡.乙四.70
D	 上博四.曹沫之陳 56				
E	 上博一.孔子詩論 4	 上博一.孔子詩論 23			
F	 郭店.老子丙 6	 郭店.老子丙 7	 九店 56.47（通）		
G	 上博七.凡物流行甲 15				
H	 郰陵君鑒				

〔註 566〕僅列舉部分字形，非爲目前可見楚系「甬」字的全部字形。

I	天星觀.遣策	天星觀.遣策	天星觀.遣策		

以上「甬」字大致可分爲九類：

A. ：爲戰國楚系文字「甬」字最常見的寫法。

B. ：較 A 型省去右上部的橫筆。

C. ：較 A 型多了下端的橫筆，爲飾筆。

D. ：多了下端的橫筆，但右上部省去短橫。

E. ：下端飾筆爲點狀。

F. ：右上部以斜筆爲飾筆。

G. ：下端不僅多了橫筆爲飾，更多了左右兩斜筆，亦爲飾筆，戰國文字中常在一豎筆上加「八」形飾筆〔註 567〕。

H. ：右上省去一短橫，下端多了兩斜筆。

I. ：上方疑作口形，下半部與 G 類接近，但省去右上的短橫。滕壬生〔註 568〕、何琳儀〔註 569〕均隸爲「甋」，以爲「勇」之異體，此字因無原始材料可資對照，待考。

正如劉樂賢所言「其寫法都與上文所討論的字存在區別」，未見演變爲「㢴」、「㢴」、「㢴」、「㢴」等諸形的例子，且宋華強提出《上博三・周易》中本來就有的「甬」字寫法也與「」不同，筆者發現其實在《郭店・緇衣》及《上博一・緇衣》中亦有「甬」字，字形分別作「」、「」，明顯也與「」、「」其上所从的偏旁，寫法亦不相同，因此將「」、「」等字釋爲「㢴」，是值得商榷的。

（五）釋「逯」說

李家浩認爲（郭店・緇衣 16）、（上博一・緇衣 9）二字還可能釋爲「逯」字。

他在文章中舉了幾個「彔」字的相關字形：

〔註 567〕參劉釗《古文字構形學》（福州：福建人民出版社，2006.01），頁 345。

〔註 568〕滕壬生《楚系簡帛文字編（增訂本）》（武漢：湖北教育出版社，2008.10），頁 1156。

〔註 569〕何琳儀《戰國古文字典——戰國文字聲系》（北京：中華書局，1998.09），頁 425。

【字形表 8】

 1.郭店・六德 14	 2.包山 153（䣝）	 3.包山 154（䣝）	 4.郭店・魯 7	 5.包山 145（𡩜）
 6.包山 103 反（逯）	 7.包山 65（逯）	8.包山 74（逯）		

他指出字右上所从「亟」形與「」（包山 154）右上字形極爲相似，而「」（郭店・魯穆公問子思 7）字去掉上部「夕」字，也與「亟」形極爲相似。而李家浩又認爲（包山 145）與（包山 103 反），一爲从「宀」从「彔」，一爲从「辵」从「彔」，恰與「」、「」字形相似。而（包山 65）、（包山 74），李家浩認爲共同的特點是「將『彔』旁下部『儿』字形的筆畫省變爲一短斜畫」，而（包山 65）所从「彔」旁下部右側兩斜畫省去，（包山 74）則是「彔」旁下部左右側兩斜畫都省去，說明「」、「」是進一步將「彔」旁下部一短斜畫也省去〔註 570〕。

宛臻按：以上先就「彔」字的古文字形作一探討：

【字形表 9】

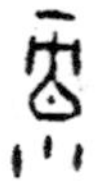 1 商.甲 598	 2 商.乙 543 反	 3 商.粹 987	 4 商.菁 5.1	 5 商.宰甾簋
 6 西周早期.大保簋	 7 西周中期.彔伯簋	 8 西周中期.彔作乙公簋	 9 西周中期.或者鼎	 10 西周晚期.諫簋
 11 西周晚期.散盤	 12 春秋.□弔多父盤	 13 戰國.楚.郭店.六德 14	 14 戰國.楚.上博一.孔子詩論 9	 15 戰國.楚.包山 145（𡩜）

〔註 570〕李家浩〈戰國竹簡〈緇衣〉中的「逯」〉，《古墓新知》，香港：國際炎黃文化出版社，2003 年 11 月，頁 17～24。

 16 戰國.楚.郭店.魯穆公問子思 6（㝅）	 17 戰國.楚.上博四.曹沫之陳 50（㝅）	 18 戰國.楚.上博四.曹沫之陳 21（𥧚）	 19 戰國.楚.璽彙 0214（寏）	 20 戰國.楚.璽彙 0141（寏）
 21 東漢.吾作鏡				

《說文》:「彔，刻木彔彔也，象形。凡彔之屬皆从彔。」但顯然與刻木形不類，李孝定以爲「竊疑此爲井鹿盧之初字，上象桔槔，……下象汲水器，小點象水滴形。今字作轆，與轤字連文。」〔註 571〕季師旭昇以爲李說可從〔註 572〕。

甲、金文象鹿盧汲水器之形，字形或有所省簡，或加飾筆。春秋戰國以後字形有所訛變，字形 15「」(包山 145)，其上加「宀」形，何琳儀以爲字形「从宀，彔聲。疑彔之繁文。」〔註 573〕季師旭昇以爲其爲無意義的飾筆〔註 574〕；字形 16、17 的「」(郭店.魯穆公問子思 6)、「」(上博四.曹沫之陳 50)，上方作「夕」形，高佑仁學長以爲「『夕』可能兼聲。『彔（來屋)』、『夕（定鐸)』，聲紐都是舌頭音，韻部則屬『鐸屋旁轉』。」〔註 575〕是否爲訛形或如高佑仁學長所說爲「聲化現象」則尚待進一步研究；字形 18「」(上博四.曹沫之陳 21)，上方除了多了「夕」形，還多了「宀」形，李守奎隸定作「㝅」〔註 576〕，高佑仁學長隸定作「𥧚」〔註 577〕。字形 19、20 的「」(璽彙 0214)、「」(璽彙 0141)，林清源皆釋爲「寏」，以爲「《璽彙》0141『寏

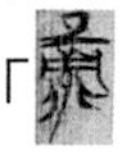

〔註 571〕李孝定《甲骨文字集釋》(台北：中央研究院史語所，1977)，頁 2347。

〔註 572〕季師旭昇《說文新證（上冊)》(台北：藝文印書館，2002.10)，頁 572。

〔註 573〕何琳儀《戰國古文字典——戰國文字聲系》(北京：中華書局，1998.09)，頁 382。

〔註 574〕季師旭昇《說文新證（上冊)》(台北：藝文印書館，2002.10)，頁 572。

〔註 575〕季師旭昇主編《《上海博物館藏戰國楚竹書（四)》讀本》(台北：萬卷樓圖書股份有限公司，2007.03)，頁 180。

〔註 576〕李守奎、曲冰、孫偉龍《上海博物館藏戰國楚竹書（一～五）文字編》(北京：作家出版社，2007)，頁 357。

〔註 577〕高佑仁《《上海博物館藏戰國楚竹書(四)˙曹沫之陣》研究》(台北：國立臺灣師範大學國文學系研究所碩士論文，2006.06)，頁 181。

（麓）官之璽』，就是『衡麓』之類官吏所用的官璽。」〔註 578〕

由於李家浩將戰國楚系文字中「彔」字的相關字形與△字作對照，得出「彔」字其上所從即△字所從的部件，因此筆者將戰國楚系文字中「彔」字作了以下的分類：

【字形表 10】

A	曾侯乙 5	郭店.六德 14	上博一.孔子詩論 11	包山 269（綠）	上博一.孔子詩論 10（綠）
	上博一.孔子詩論 16（綠）	上博四.曹沫之陳 21（彔）			
B	上博二.容成氏 32	包山 154（郻）			
C	上博四.曹沫之陳 50（彔）				
D	上博一.孔子詩論 9	郭店.魯穆公問子思 6（彔）	郭店.魯穆公問子思 7（彔）	郭店.魯穆公問子思 7（彔）	包山 262（綠）
E	上博五.弟子問 10				
F	新蔡.甲三 4	包山 153（郻）	望山 2.47（綠）		

〔註 578〕林清源《楚國文字構形演變研究》（台中：東海大學博士論文，1997.12），頁 189～192。

G	 包山 145 反（𡨦）	 包山 190（𡨦）			
H	 上博七.凡物流形甲 19（掾）	 上博七.凡物流形甲 29（掾）	 上博七.凡物流形甲 29（掾）	 上博七.凡物流形乙 14（掾）	 上博七.凡物流形乙 22（掾）
	 上博七.凡物流形乙 22（掾）	 新蔡.乙三 7（𡨦）			
I	 包山 65（逯）	 包山 74（逯）			
J	 包山 145（𡨦）				
K	 包山 130（逯）	 包山.牘 1（綠）	信陽 2.021（綠）	 天星觀.遣策	
L	 仰天湖 25.5（綠）				

以上諸字形略去其所从偏旁，或有疑問的「夕」形、「幺」形等，單就「彔」字字形的上部，可分作以下諸類：

A. ：與（上博五.融師有成氏 8）、（清華簡.保訓 2）上部所从者相同。

B.  ：與（郭店.緇衣 16）、（上博一.緇衣 9）上部所从者相同。

C.  ：與（上博三.周易 14）上部所从者相同。

D.  ：較 B 類省略上方的一橫筆。

E. ：上方及右上的橫筆省略，且右邊的豎筆亦省略。

F. ：與（新蔡簡.零 189）、（包山 173）等上部所从者相同。

G. ：較 B 類省略右上的一短橫。

H. ：左右兩邊的豎筆均省略。而「」（新蔡.乙三 7）字，滕壬生摹作「」，其簡左上部雖有殘損，但仍可看出右上有一斜筆，疑當隸作「㝑」。

I. ：與 F 類相近，但兩斜筆拉長。

J. ：與 G 類相近，但兩斜筆拉長。

K. ：疑由 F 或 G 類變化而來。

L. ：訛變較大。滕壬生摹寫作「」（仰天湖 25.5），但何琳儀摹寫作「」，無右上短橫。

以上諸類實已包括宋華強指出的△字上方所從的「」、「」、「」、「」等形。在字形演變的規律的推論上，李家浩的解釋確實可能，但是也僅限於推測，不僅所舉之例僅為孤證，證據稍嫌不足，而細看（包山 74）中的「逯」字，似乎並未完全省去左側斜筆，因此在楚簡中未見完整省略「彔」字下方部件者。且（包山 65）、（包山 74）在包山楚簡中雖釋為「逯」，但文例皆是人名「王婁逯」，是否即是「逯」字亦未可知。

（六）釋「疌」說

劉樂賢通過對新蔡簡「」字辭例的分析，認為「」字是「速」的意思，可讀為「疌」、「㨗」，因而認為這些字的偏旁可能就是「疌」，但是劉樂賢也提到「所謂『疌』的上部，寫法與『疌』的篆體不甚接近，可能是楚文字的特色」〔註 579〕，無法證實說法的可靠性，而魏宜輝則舉出信陽楚簡「漇」字，說明「其所从的『疌』旁與我們認為諸字所从的聲旁殊不相類」〔註 580〕，反對了「从疌」之說。

〔註 579〕劉樂賢〈讀楚簡札記二則〉（簡帛研究網，2004.05.29，網址：http://www.jianbo.org/admin3/list.asp?id=1207）。

〔註 580〕魏宜輝〈再論郭店簡、上博簡〈緇衣〉用為「從」之字〉（載於張玉金主編《出土文獻語言研究》第一輯，廣州：廣東高等教育出版社，2006.06），頁 69～70，又見於魏宜輝〈論郭店簡、上博簡〈緇衣〉中用為「從」之字〉（《中國文字》，新三十一期，台北：藝文印書館，2006.11），頁 174～175。

以下爲魏宜輝所舉《信陽楚簡》「湕」字文例：

	信陽 2.014	箕▬。一[illegible]瓶▬、一迅缶、一湯鼎、純有蓋▬。二淺缶▬、二膚（鑪）▬、一涂之鏉鼎▬、二銅、純有蓋▬、。二釪▬、一涂盌▬、一椓然之盌▬、三

「[illegible]」，劉雨釋爲「湕」〔註 581〕。滕壬生《楚系簡帛文字編》〔註 582〕、李守奎《楚文字編》〔註 583〕、湯餘惠《戰國文字編》〔註 584〕均釋作「湕」。

何琳儀亦錄於「湕」字，其指出：「湕，从水，疌聲。《廣韻》『湕，湕溗，纔有水貌。』信陽簡『湕垪』，讀『湕瓶』，盛水之瓶形壺。《集韻》『湕，水貌。』」〔註 585〕

宛臻按：「疌」字甲金文未見，秦璽有一字作「[illegible]」〔註 586〕（十鐘 3.28），戰國楚系文字中有《信陽》2.014「[illegible]」字，其內容爲遣策，推測爲水器之名，但是是否能釋爲「湕」字還値得討論，正因爲「疌」字在古文字中少見，所可見者又未必就是「疌」字，且一如小狐所指出的「劉樂賢先生釋爲『疌』字，正好符合包含『止』旁同時上部又不能獨立作聲符這個條件」〔註 587〕，因此此說姑且保留，聊備一說。

（五）釋「簪」說

不同於上述諸學者使用與楚簡字形比較的方式，宋華強以逆推的方式探求該字的來源，認爲這組字形是由甲骨文中的「簪」字的初文演變而來。他認爲：

> 典賓類卜辭中有這樣一個字（下文用 E 代替，字形後面數位是《合集》編號，下同）：

〔註 581〕劉雨〈信陽楚簡釋文與考釋〉（收錄於河南省文物研究所《信陽楚墓》，北京：文物出版社，1986.03），頁 129。

〔註 582〕滕壬生《楚系簡帛文字編》（武漢：湖北教育出版社，1995.07），頁 811。

〔註 583〕李守奎《楚文字編》（上海：華東師範大學出版社，2003.12），頁 644。

〔註 584〕湯餘惠《戰國文字編》（福州：福建人民出版社，2001.12），頁 758。

〔註 585〕何琳儀《戰國古文字典》（北京：中華書局，1998.09），頁 1437。

〔註 586〕何琳儀摹本，見何琳儀《戰國古文字典》（北京：中華書局，1998.09），頁 1437。

〔註 587〕小狐〈《保訓》讀札〉（簡帛網，2010.04.05，網址：http://www.bsm.org.cn/show_article.php?id=1240）。

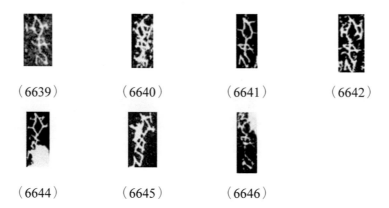

（3276）　　（3277）　　（3278）

辭例是：「貞：E 子害〔我〕。」典賓類卜辭還有「貞：F 子害我」F 的形體如下：

（3273）

從辭例和字形來看，E、F 應該是同一個字。F 更多出現在賓組一類卜辭，是被商人所征伐的方國名，字形如下：

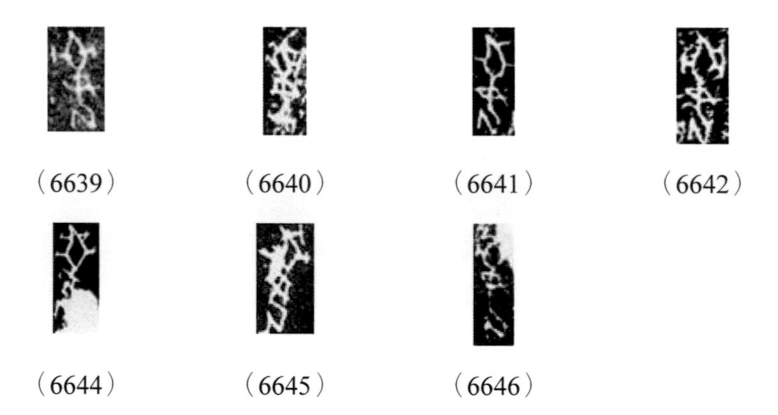

（6639）　（6640）　（6641）　（6642）

（6644）　（6645）　（6646）

E 和 F 的字形象頭戴髮簪的跪跽女子，特別突出了頭戴髮簪的部分，這一部分應該是表意的中心，故疑 E、F 即髮簪之「簪」的初文。楚簡中的 C（宛臻按：指及）一類的形體可能就是截取「」上部的「」形發展而來的」。其形體演變可以參看「彔」字上部：〔註 588〕

簪： ⟶ 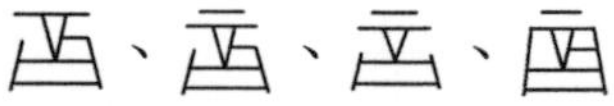

彔： ⟶   

（曾侯簡 14）（曾侯簡 13）（郭店簡《魯穆公問子思》7）

〔註 588〕宋華強〈新蔡簡中與「速」義近之字及楚簡中相關諸字新考〉（簡帛網，2006.07.31，網址：http://www.bsm.org.cn/show_article.php?id=389），亦載於《中國文字》（台北：藝文印書館，新三十二期，2006.12），頁 150。

首先先來看幾個舊釋爲「簪」字的古文字形：

【字形表 11】

1 商.粹 247	2 商.甲 753	3 商.粹 538	4 商.輔仁 107	5 西漢.馬王堆.一號墓竹簡 222

甲骨文字形 1～4，郭沫若以爲「[illegible]當是先之異，象女頭著簪之形。」因此[illegible]是「簪」之本字，當釋「兂」，爲合體象形。而西漢字形 5 是从竹朁聲，爲形聲字。

《說文》有「兂」字。《說文》:「兂，首笄也。從人，匕象簪形。凡兂之屬皆從兂。簪，俗兂從竹從朁。」也有同文會意的「兟」，以及「簪」的聲符「朁」。《說文》:「兟，朁朁，銳意也。從二兂。」又《說文》:「朁，曾也。從曰。兟聲。」

因此以下來看幾個曾被釋爲「兟」、「朁」的古文字形：

【字形表 12】

1 合 18323	2 合 6653	3 合 3271 正	4 合 1899 正	5 合 19406
6 合 974 正	7 合 31272	8 合 11016	9 散盤	10 番生簋
11 天亡簋	12 子𩰫爵	13䓣簋	14 召卣	15 召尊
16朁鼎	17鬻尊	18鬻卣	19 仲鬻卣	20鬻伯鬲
21 井宦鼎	22 衛盉	23 五祀衛鼎	24 頊燮	25 善鼎

 26𤔲王盉	 27趞簋	 28 靜簋	 29 徐𠭯尹皆鼎	 30 包山 177
 31 上博二.容成氏 38	 32 上博六.用曰 11	 33 璽彙 2584（濳）	 34 璽彙 2585（濳）	

劉釗從字形 9 金文散盤的「」字被釋爲「兓」字，認爲《金文編》將字形 10 番生簋「」誤釋爲「替」，當釋作「朁」；而進一步認爲與金文形體相同的甲骨字形 1～7 等字，亦當釋作「兓」、「朁」，而字形 8「」則是從兓從攴，金文「」字則是字形 11～14「」等字形省去尾部而來，而字形 15～28 也都是從「兓」之字加上了口形（或從甘）、攴形、火形等〔註 589〕。

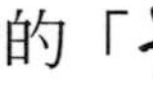

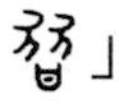

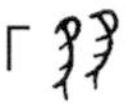

甲骨、金文的這些字形過去多被釋爲「𢇁」字及從「𢇁」之字，但亦有以爲「兓」或「朁」字者，如饒宗頤釋甲骨「」字爲「朁」〔註 590〕，阮元〔註 591〕、林義光〔註 592〕釋金文「」字爲「兓」。而高鴻縉則從王國維釋爲「既」，以爲「兓」爲「旡」字之複體〔註 593〕。

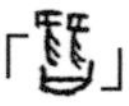

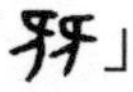

而八〇年代出土的戰國早期楚器徐𠭯尹皆鼎「」字，曹錦炎釋爲「朁」〔註 594〕，何琳儀則亦釋爲「朁」字〔註 595〕。包山 177「」字，劉信芳〔註 596〕、何琳儀〔註 597〕、湯餘惠〔註 598〕均釋「朁」，張光裕、袁國華釋「𢇁」〔註 599〕。

〔註 589〕劉釗《古文字構形學》（福州：福建人民出版社，2006.01），頁 200～201。

〔註 590〕饒宗頤《殷代貞卜人物通考》（台北：大學，1959），頁 336。

〔註 591〕阮元《積古齋鐘鼎款識》卷八，頁 8，轉引自周法高主編《金文詁林》（香港：香港中文大學，1973），頁 5416。

〔註 592〕林義光《文源》，轉引自周法高主編《金文詁林》（香港：香港中文大學，1973），頁 5416。

〔註 593〕高鴻縉《散盤集釋》（台北：師範大學，1964），頁 59～60。

〔註 594〕曹錦炎〈紹興坡塘出土徐器銘文及其相關問題〉（《文物》，1984 年第 1 期），頁 27。

〔註 595〕何琳儀《戰國古文字典——戰國文字聲系》（北京：中華書局，1998.09），頁 1415。

〔註 596〕劉信芳《包山楚簡解詁》（台北：藝文印書館，2003.01），頁 204。

〔註 597〕何琳儀《戰國古文字典——戰國文字聲系》（北京：中華書局，1998.09），頁 1415。

〔註 598〕湯餘惠〈包山楚簡讀後記〉（《考古與文物》，1993 年第 2 期），頁 71。

〔註 599〕張光裕主編、袁國華合編《包山楚簡文字編》（台北：藝文印書館，1992.11），頁 351。

字形31《上博二・容成氏38》「」亦作「朁」，李守奎指出「簡文中讀爲琰。字形上部所从兩個偏旁與楚文字之『次』同形。」〔註600〕字形32《上博六・用曰11》「」學者多釋爲「朁」，讀爲「潛」。古璽字形33、34，劉釗則以爲是「潛」字。〔註601〕

宛臻按：以上字形除了字形表11郭沫若釋「簪」字的甲骨文「」字等諸形之外，其他字形與「簪」字初形本義皆不合。甲骨文中另有「」字，孫海波引唐蘭之說釋爲「豸」字〔註602〕，高鴻縉以爲「豺」字象形初文，而季師旭昇指出「豸」字於偏旁中或與「希」形易混淆〔註603〕。因此甲骨、金文「」、「」、「」、「」等諸形可否釋爲「兟」、「朁」還有值得商榷之處。而楚簡包山177「」字及《上博二・容成氏38》「」字等，上方訛變爲「欠」形，如「」（欽，《包山》143）、「」（欲，《上博二・容成氏》30）、「」（欽，《郭店・尊德義》2）等所從「欠」形與「」、「」上方所從相近，但由文例來看，「」字在《上博二・容成氏》中讀爲岷山氏之二女「琰、琬」的「琰」，或釋「朁」而讀「琰」，讀音相近，故可從，若釋爲上從二「欠」下從「曰」形，則字形無法理解，亦難通讀；而包山177「」字，湯餘惠指出「𢆶・朁字上从兟，古璽潛作2584、2585，可參看。簡文『～妾』用爲姓氏之潛，《姓氏考略》：『古潛國在楚地，以地爲氏。』」〔註604〕徐醻尹皆鼎「」字，因其文例爲人名，故較難判斷當爲「朁」，抑或「㬜（皆）」，但上方部件與楚簡「欠」字相近似，下方從口形，但由於古文字無從二欠從口的字形及文例，因爲仍以釋「朁」或「皆」爲宜。而《上博六・用曰》「」字上方疑訛變爲「皃」形，但從文例來看，原考釋釋作「昌亞（惡）猷慨，𤔲（亂）節朁（僭）行。」〔註605〕，李銳讀爲「心【七】惡猶（猷）慨（自〔22〕）

〔註600〕李守奎、曲冰、孫偉龍《上海博物館藏戰國楚竹書（一～五）文字編》（北京：作家出版社，2007），頁252。

〔註601〕劉釗《古文字構形學》（福州：福建人民出版社，2006.01），頁202。

〔註602〕孫海波《甲骨文編》（北京：中華書局，2004.01），頁1145。

〔註603〕季師旭昇《說文新證（下冊）》（台北：藝文印書館，2004.11），頁95。

〔註604〕湯餘惠〈包山楚簡讀後記〉（《考古與文物》，1993年第2期），頁71。

〔註605〕馬承源主編《上海博物館藏戰國楚竹書（六）》（上海：上海古籍出版社，2008.12），頁297。

亂（元），節（即）潛行冒還（元）。」〔註 606〕無論讀「僭行」或「潛行」，此字釋「朁」無疑。

而從字形的演變上來說，△字釋爲「簪」字僅是宋華強的推測，由卜辭文例來看，或作人名，多作方國名，皆爲假借用法，未有逕作「簪」字本義者；季師旭昇指出，字形的演變過程，尚無對應於金文的「簪」字，因此該字是否能確釋爲「簪」字，尚無進一步的證據〔註 607〕；故楚簡中的「」等諸字上部，是否一定就是來自於甲骨中的「」字，雖不能確定，但亦不排除此種可能，聊備一說。

（六）釋「琮」說

陳劍在討論眾家學者的意見時，認爲「考釋它們要儘量往上追溯尋找其來源，眼光不能局限在戰國文字之中」，因此從甲骨、金文去探索來源，以下是他所使用的字形：

【字形表 13】

1 懷特 362	2 合集 7076	3 合集 30981	4 合集 32862	5 英藏 2536
6 合集 18625（㝉）	7 合集 18606	8 父丁爵	9 師酉鼎	10 竹㝉父戊方彝（㝉）
11 九五作冊夨令方彝（宔）	12𢿢簋（賨）	13 史牆盤（竈）	14 盂卣（㝉）	15 作冊𨸏卣（珏）

陳劍比對西周金文盂卣的「」字與《新蔡》簡「」、「」，發現字形極爲接近，因而推論楚簡諸字與西周金文「㝉」爲一字，其所从「」即西周金文「㝉」字中間的「」，並進一步上推甲骨文來源爲「㔾」、「亞」，並認爲

〔註 606〕李鋭〈《用曰》新編（稿）〉（簡帛研究，2007.07.13，網址：http://jianbo.sdu.edu.cn/admin3/2007/lirui007.htm）

〔註 607〕季師旭昇之説爲課堂上所言。

金文「琮」即「琮」的古字，「琮」字是在表意字「亞」字的基礎下加注意符而成，而「亞」、「亞」即出土文物中的「玉琮」，並爲造字的過程以示意圖表示〔註 608〕：

(1) → (2) → (3) → (4) → (5)

宛臻按：陳劍能聯繫出土文物與造字本形，其立意甚佳，除了其文中表示上圖「最關鍵的由（3）變到（4）的設想，目前並沒有字形的證據，還有待進一步證實」，可知其說與宋華強釋「簪」字之說的情形一樣是臆度成分居多。

也有一些學者亦對此說產生質疑者，如袁金平提到這些字形「西周以後不見一例」，且「將□諸字直接視作□的後起字，似乎尚缺乏形體過渡、演變環節上的有力證據，僅僅靠二者整體字形上的接近是不足以說服人的」，又曰「以□爲代表的七例字形，無一例外下部皆是從『止』作（□從辵，止、辵作形旁通用），這似乎在向我們暗示所從『止』與『□』一樣是不可分割的一部分，……若僅僅專注于其所從『□』符而不及其所從『止』符，是不是似乎有所不妥？」〔註 609〕。

另外，在清華簡《保訓》面世後，其簡 2「□」字，學者多以爲此字即過去所討論的△字，因此如蘇建洲學長便以《保訓》字形駁斥了陳劍的釋「琮」說〔註 610〕，因陳劍將□釋爲「琮」的先決條件正是其字形中間兩橫並無一豎，而「□」字正反映了兩橫之中未必無一豎的現象。因此陳劍釋爲「琮」的說法仍待考驗。

（七）釋「遣」說

何佳興受到陳劍的影響，認爲清華簡《保訓》簡 2「□」字與《上博五．融師有成氏》簡 8「□」等諸字並非同一字形，因此他從字形的分析，認爲「□」

〔註 608〕陳劍〈釋「琮」及相關諸字〉，《中國簡帛學國際論壇 2006 論文集》，武漢：武漢大學簡帛研究中心，2006 年 11 月，頁 60～97。

〔註 609〕袁金平《新蔡葛陵楚簡字詞研究》（安徽大學博士論文，2007.04），頁 89～90。

〔註 610〕蘇建洲〈《保訓》字詞考釋二則〉（復旦大學出土文獻與古文字研究中心網站，2009.07.15 網址：http://www.guwenzi.com/Srcshow.asp?Src_ID=849）。

字當拆分爲「䇂」、「臼」、「止」三個部件：〔註 611〕

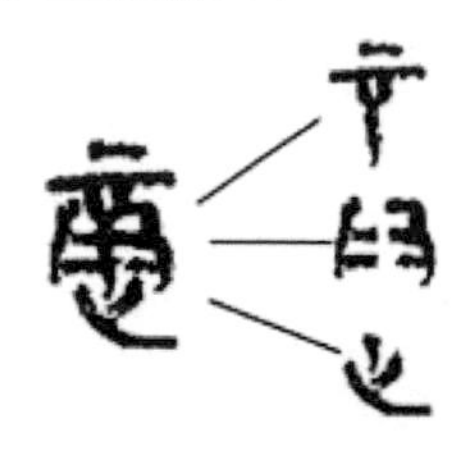

宛臻按：從字形上來看即可知此一解法是有問題的，以下是何佳興所列舉的「遣」字字形：

【字形表 14】

禹鼎	多友鼎	遣弔盨	郭店.語叢四 21	上博一.性情論 27
包山 96	包山 139 反	包山 98	磬下 7 等	包山 151
上博(三)《周易》33	包山 96			

由以上諸形來看，未有如「」字上所從者，而何佳興其所謂从「臼」的部分，若爲兩隻手形，外側筆畫當是一筆完成的，但字形放大檢視即可知，「」字兩邊都各自是一豎，而中間部分也明顯是兩筆橫畫，而非因糾結造成筆畫的相連。故此說當不成立。

（八）綜合討論

本文所要釐清的問題包括兩個層次：一、清華簡《保訓》簡 2 的「」與其他諸字是否爲同一個字；二、諸疑難字究竟爲何字。

關於第一個問題，經過以上的討論，筆者認爲清華簡《保訓》簡 2 的「」與其他諸字可能是同一個字形。「」（清華.保訓 2）字在字形上，其上部所

〔註 611〕何家興〈也說《保訓》中的「遣」〉（簡帛網，2009.08.19，網址：http://www.bsm.org.cn/show_article.php?id=1131）。

从與「」（上博五.融師有成氏 8）的上半部十分相近，尤其只差了兩橫中間的豎筆而已。透過溫縣盟書从帝之字的比較，可知其所從帝旁或有所簡省，且其「中豎可以不貫通」，再加上楚簡中从帝之字，也不乏簡省之例，如「」（新蔡.甲三 300.307）、「」（新蔡.甲三 304），省略了帝字下方的三筆，但是仍然保留中間的豎筆，而「」（九店 M56.102）、「」（望山 2.48）、「」（望山 2.49）則是連中間的豎筆也省去了。由此可知諸家學者爲了迎合陳劍提出楚簡諸△字無中間豎筆的概念，或將清華簡《保訓》簡 2 的「」字形結構曲解，或許也不是陳劍提出此說的本意。另外，「」字下部所從者雖非「止」形，而施謝捷指出「『止』、『匕』形混同，可參看戰國文字的『畏』、『老』等字。」〔註 612〕因此清華簡《保訓》簡 2 的「」與其他諸字若是同一個字形的話，則下方當爲「止」形之訛，但是是否是同一個字形尚需辭例的配合，始可得知。

而第二個層次是此一系列的疑難字究竟是何字？由本文已討論過的說法來看以周鳳五釋「倉」說、劉桓釋「夏」說、何佳興釋「遣」說是最不可能的，魏宜輝釋「甬」說在字形上也是有問題的，而劉樂賢釋「走」說、李零、黃德寬、徐在國釋「適」說、李家浩釋「逯」雖然也沒有百分之百的證據，但尚能說得通；而宋華強釋「簪」說及陳劍釋「琮」說，由於材料不夠完整，仍待進一步證實。由於字形上還有進一步討論的空間，因此以下由字音、字義來進一步檢視當屬何字。

四、辭例探析

由於在字形上尚有討論空間，因此以下通過相關文獻的對讀、字音字義的釐清，進一步爬梳該字可能的解釋。

（一）《郭店・緇衣》「」字及《上博一・緇衣》「」字

《郭店・緇衣》及《上博一・緇衣》這一段文字亦見於今本《禮記・緇衣》

〔註 612〕此段文字語出於孟蓬生在復旦大學出土文獻與古文字研究中心網站發表〈《保訓》「疾甚」試解〉一文時，施謝捷在網站上於此文之下所留的回帖，參孟蓬生〈《保訓》「疾甚」試解〉（復旦大學出土文獻與古文字研究中心網站，2009.07.10，網址：http://www.gwz.fudan.edu.cn/SrcShow.asp?Src_ID=844）。

篇。以下以表格比較之：

字形	出　處	文　　例
	《郭店・緇衣》16	子曰：「倀（長）民者衣備（服）不改，頌（容）又（有）祟（常），則民悳（德）弌（一）。」
	《上博一・緇衣》9	子曰：「長民者衣備（服）不改，容又（有）祟（常），則民悳（德）一。」
	今本《禮記・緇衣》	子曰：「長民者，衣服不貳，從容有常，以齊其民，則民德壹。」

因此對應於《郭店・緇衣》「」及《上博一・緇衣》「」的字即「從容有常」的「從」字。

黃德寬、徐在國引《玉篇・辵部》：「適，從也。」一方面舉傳世文獻說明適、從二字常連用，一方面又說「簡文作『適』，今本作『從』，屬義近互換」〔註 613〕。關於此說，李家浩有詳細的評述，他認爲「從容」二字是疊韻聯綿詞，因此《郭店・緇衣》「」及《上博一・緇衣》「」即使是一個通假字，也應和「從（從紐東部）容（定紐東部）」兩字同屬東部〔註 614〕。因此釋爲「適」（審紐錫部），在字音的關係上，和「從」字相去甚遠，恐不可從〔註 615〕。他據此主張、爲「逯」的異體，其所从的聲符爲「彔」字之省，而「逯」（來紐屋部），屋東可對轉，雖然聲母不同，但韻母相近與「從」近仍可通。

劉樂賢的說法則在下文論《新蔡》簡「」字一併檢討，此處暫不贅述。

魏宜輝從李零之說認爲《郭店・緇衣》及《上博一・緇衣》用爲「從」（從紐東部）之字是从「甬」（定紐東部）得聲的〔註 616〕，在字音的關係上則是沒有問題的。

〔註 613〕黃德寬、徐在國〈郭店楚簡文字考釋〉，《吉林大學古籍研究所建所十五週年紀念文集》，吉林大學出版社，1998 年 12 月，頁 102。

〔註 614〕本文所採用的韻部爲陳師新雄古韻三十二部，詳參陳師新雄《古音研究》（台北：五南圖書公司，2000 年 11 月）。

〔註 615〕李家浩〈戰國竹簡〈緇衣〉中的「逯」〉（《古墓新知》，香港：國際炎黃文化出版社，2003 年 11 月），頁 20。

〔註 616〕陳劍〈釋「琮」及相關諸字〉（《中國簡帛學國際論壇 2006 論文集》，武漢：武漢大學簡帛研究中心，2006 年 11 月）頁 60～97。

而宋華強釋為「簪」（精紐侵部），以為「簪」字和「從」字雖然韻部有距離，不過聲母都是齒頭音，並舉諸多例證，說明「聲近相通假」的可能，但宋華強忽略了「從容」兩字是疊韻字，因此還是必須談到「簪」字和「從容」在韻部上的關係，在古韻上東侵確有旁轉之例，只是依陳師新雄以為：「二部韻尾既不相同，元音亦相去稍遠，故雖有旁轉，為例亦不多也。」〔註617〕因此釋作「簪」，通假為「從」，在字音，姑可成立。

陳劍釋為「琮」（從紐冬部），通假作「從容」之「從」〔註618〕，在聲音關係上亦無不可。

（二）《上博三・周易》「[illegible]」字

《上博三・周易》發表後，又為考釋此組文字提供了一條新的線索，《上博三・周易》這一段文字亦見於今本《周易》及馬王堆帛書，豫卦九四爻辭，以下以表格比較之：

字形	出　處	文　　例
[illegible]	上博三・周易 14	九四：猷余，大又旻。母頪，塱㪿[illegible]。
	帛書《周易》	九四：允餘，大有得。勿疑，傰甲讒。
	今本《周易》	九四，由豫，大有得。勿疑，朋盍簪。〔註619〕

對應於《上博三・周易》「[illegible]」字即是「簪」字，而在馬王堆帛書本中作「讒」，而劉樂賢則指出：「從古音看，『從』是東部字，『讒』、『簪』是侵部字。而楚地出土文獻中東（冬）部字常和侵部字通假」，「讒」（從紐添部）、「簪」（精紐侵部），而侵添旁轉，加上「從」字與「簪」可通假，因此「[illegible]」字應是與「讒」、「簪」、「從」等音近之字。

〔註617〕陳師新雄《古音研究》，台北：五南圖書出版有限公司，2000年11月初版二刷，頁472。

〔註618〕魏宜輝〈再論郭店簡、上博簡〈緇衣〉用為「從」之字〉，載於張玉金主編《出土文獻語言研究》第一輯，廣州：廣東高等教育出版社，2006年6月，頁70～71，又見於魏宜輝〈論郭店簡、上博簡〈緇衣〉中用為「從」之字〉，《中國文字》，新三十一期，台北：藝文印書館，2006年11月，頁175～176。

〔註619〕參清・阮元《十三經注疏・周易・第二卷》，台北：藝文印書館，1986年，頁49。

黃德寬、徐在國釋「適」說，在上文已說明不能成立，此處便不再贅述。而馮勝君則在李家浩釋爲「逯」字的基礎上提出：

> 今本《周易·豫卦》「朋盍簪」之「簪」，陸德明《經典釋文》引荀爽說一作「宗」，而A3字（宛臻按：即字）在簡本《緇衣》中讀爲「從」，「宗」爲精紐冬部字，與「從」讀音相近（從，從紐東部。精、從均齒音，冬、東二部關係密切），所以荀爽所說當有所本。〔註620〕

也就是說馮勝君認爲在《上博三·周易》中的「」字宜從荀爽說作「宗」，在語音上似可成立。

魏宜輝亦由馮勝君所提出陸德明《經典釋文》引荀爽說一作「宗」，來說明「宗」（精紐冬部）、「甬」（來紐東部）二字讀音相近可通假，從字音上來說似乎亦無不可〔註621〕。

宋華強以爲此字由甲骨「簪」字的初文演變而來，故在《上博三·周易》中釋爲「簪」〔註622〕，解釋亦十分合理。

而陳劍以爲由「琮」（從紐冬部）字表意初文演變而來〔註623〕，字音和「簪」、「宗」同樣能相通。

（三）《新蔡》簡「」字

新蔡葛陵楚簡中該字凡三見：

〔註620〕馮勝君《讀郭店簡〈唐虞之道〉、〈忠信之道〉、〈語叢〉一～三以及上博簡〈緇衣〉爲具有齊系文字特點之抄本》，北京大學博士後研究工作報告，2004年8月，頁252，轉引自轉引自宋華強〈新蔡簡中與「速」義近之字及楚簡中相關諸字新考〉，台北：藝文印書館，新三十二期，2006年12月，頁155。

〔註621〕魏宜輝〈再論郭店簡、上博簡〈緇衣〉用爲「從」之字〉（載於張玉金主編《出土文獻語言研究》第一輯，廣州：廣東高等教育出版社，2006.06），頁70～71，又見於魏宜輝〈論郭店簡、上博簡〈緇衣〉中用爲「從」之字〉（《中國文字》，新三十一期，台北：藝文印書館，2006.11月），頁175～176。

〔註622〕宋華強〈新蔡簡中與「速」義近之字及楚簡中相關諸字新考〉（簡帛網，2006.07.31，網址：http://www.bsm.org.cn/show_article.php?id=389），亦載於《中國文字》（台北：藝文印書館，新三十二期，2006.12），頁149～164。

〔註623〕陳劍〈釋「琮」及相關諸字〉，《中國簡帛學國際論壇2006論文集》，武漢：武漢大學簡帛研究中心，2006年11月，頁60～97。

	字形	出　處	文　　例
1		新蔡簡・零 189	⧄思坪夜君城瘳迭（速）瘛（瘥）⧄
2		新蔡簡・零 300	⧄城瘳迭（速）瘛（瘥）⧄
3		新蔡簡・零 484	⧄塞⧄

劉樂賢由簡文 1、2 的文義推測出「應該也是『速』的意思」〔註 624〕，其說甚是，宋華強則進一步比勘辭例，認爲「新蔡楚墓竹簡中表示『病情迅速好轉』這個意思有時會說『速瘳速瘥』（甲三：22、59），有時又說『C（宛臻按：即字）瘳速瘥』（零：189，零：300）。包山簡有『速賽之』（200 號），新蔡簡中有『C（宛臻按：即字）賽〔之〕』（零：484）」，由此看出「」字是「一個與『速』義同或義近的詞。」〔註 625〕因此這個字除了與「從」、「簪」及「讒」音近通假的關係外，同時兼有「速」的意義。

而劉樂賢將此字釋爲「疌」（從紐帖部）或「疐」（精紐帖部），以認爲可與《上博三・周易》中「簪」（精紐侵部）字通假的前提，再根據《郭店・緇衣》及《上博一・緇衣》中「從」（從紐東部）字與「速」（心紐屋部）字的字音關係，把「疌」、「疐」訓讀爲「速」〔註 626〕。馮勝君對劉樂賢的說法有一番評論：「雖然有跡象表明，上古音侵、談與冬、東可以相通，但葉部畢竟又隔了一層。因此劉先生把『疐』和『從』相通作論證的前提，通過證明『從』與『速』相通，來證明『疐』和『速』相通，我們覺得是比較牽強的。」〔註 627〕筆者亦認

〔註 624〕劉樂賢〈讀楚簡札記二則〉，簡帛研究網，2004 年 5 月 29 日。網址：http://www.jianbo.org/admin3/list.asp?id=1207。

〔註 625〕宋華強〈新蔡簡中與「速」義近之字及楚簡中相關諸字新考〉（簡帛網，2006.07.31，網址：http://www.bsm.org.cn/show_article.php?id=389），亦載於《中國文字》（台北：藝文印書館，新三十二期，2006.12），149。

〔註 626〕劉樂賢〈讀楚簡札記二則〉，簡帛研究網，2004 年 5 月 29 日。網址：http://www.jianbo.org/admin3/list.asp?id=1207。

〔註 627〕馮勝君《讀郭店簡〈唐虞之道〉、〈忠信之道〉、〈語叢〉一～三以及上博簡〈緇衣〉爲具有齊系文字特點之抄本》，北京大學博士後研究工作報告，2004 年 8 月，頁

爲劉樂賢的釋讀方式顯然過於曲折，恐非合理的推論方式，又「走」或「疐」與「簪」、「從」僅爲聲母上的關係，在韻母上相去較遠，因此是否爲「走」或「疐」還有待確認。

上文曾提到李家浩釋此字爲「逯」，雖然「逯」字與「從」、「簪」（宗）字具有音近的關係，但是且「逯」字本身沒有「速」之意，馮勝君則爲李家浩的說法進行補充，他認爲：

> 新蔡簡中的 A2（宛臻按：即字），當與「速」義近，如果前引李家浩先生釋「逯」的意見可信的話，從音義兩方面考慮，新蔡簡中的「逯」或許可以讀爲「屢」。逯、屢均爲來紐，「逯」是侯部字，「屢」是屋部字，韻爲陰、入對轉的關係，二字古音極近，《爾雅．釋詁》：「屢，疾也。」〔註628〕

而對於馮勝君訓讀爲「屢」的說法，宋華強則允以反駁，他說：

> 《爾雅．釋詁》雖訓「屢」爲「疾」，所取卻非「迅急」之意。「疾」由「迅急」之意自然可以引申出「迫促」之意。郝懿行《爾雅義疏》云：「『屢』、『數』有迫促之意，故同訓爲『疾』。」此言得之。所以馮先生把 C2（宛臻按：即字）讀爲「屢」是不合適的。〔註629〕

由此可見，讀爲「屢」也是不恰當的。

魏宜輝則在新蔡簡中將从「甬」得聲的該字，讀爲「宣子驟諫」之「驟」，並引賈逵云：「驟，疾也。」以證明「驟」爲「速」意〔註630〕。但此說也爲宋

251～252，轉引自轉引自宋華強〈新蔡簡中與「速」義近之字及楚簡中相關諸字新考〉，台北：藝文印書館，新三十二期，2006年12月，頁154。

〔註628〕馮勝君《讀郭店簡〈唐虞之道〉、〈忠信之道〉、〈語叢〉一～三以及上博簡〈緇衣〉爲具有齊系文字特點之抄本》，北京大學博士後研究工作報告，2004年8月，頁252，轉引自轉引自宋華強〈新蔡簡中與「速」義近之字及楚簡中相關諸字新考〉，台北：藝文印書館，新三十二期，2006年12月，頁155。

〔註629〕宋華強〈新蔡簡中與「速」義近之字及楚簡中相關諸字新考〉（簡帛網，2006.07.31，網址：http://www.bsm.org.cn/show_article.php?id=389），亦載於《中國文字》（台北：藝文印書館，新三十二期，2006.12），頁155。

〔註630〕魏宜輝〈再論郭店簡、上博簡〈緇衣〉用爲「從」之字〉，載於張玉金主編《出土

華強所駁，宋華強列舉了段玉裁、楊樹達、沈玉成等人的說法，證明《左傳‧宣公二年》的「宣子驟諫」的「驟」並非「快速」之意，而是「屢次」、「頻繁」之意〔註631〕。

史傑鵬〔註632〕、宋華強〔註633〕、陳劍〔註634〕皆主張此字在新蔡簡中可讀爲古書中表「速」義的「憯」字，一方面「憯」和「簪」聲符相同，讀音相近；一方面在《墨子》中「憯」、「遬（速）」構成同義複詞，二者用法相類。

因此在以上諸說中，《新蔡》簡「」字的釋讀，目前從與其他文獻對讀的字音上，以及解爲「速」的字義上，以史傑鵬、宋華強、陳劍主張的「憯」字最爲合理。

（四）《上博五‧融師有成氏》「」字

	上博五‧融師有成氏 8	▨□䎽（聞）易（湯？），产（顏）色深晦（晦），而志行㬎（顯）明。

在《上博五‧融師有成氏》簡 8 中，原考釋者曹錦炎隸定作「□聞𡔷易」，解「聞」字爲「嗅」，將「」字釋爲「適」，「易」字釋爲「湯」，整句解釋爲「伊尹以滋味說湯」〔註635〕。

文獻語言研究》第一輯，廣州：廣東高等教育出版社，2006 年 6 月，頁 71，又見於魏宜輝〈論郭店簡、上博簡〈緇衣〉中用爲「從」之字〉，《中國文字》，新三十一期，台北：藝文印書館，2006 年 11 月，頁 177。

〔註631〕宋華強〈新蔡簡中與「速」義近之字及楚簡中相關諸字新考〉（簡帛網，2006.07.31，網址：http://www.bsm.org.cn/show_article.php?id=389），亦載於《中國文字》（台北：藝文印書館，新三十二期，2006.12），頁 157～158。

〔註632〕史傑鵬《先秦兩漢閉口韻詞的同源關係研究》，北京師範大學博士學論文，頁 47，參自陳劍〈釋「琮」及相關諸字〉，《中國簡帛學國際論壇 2006 論文集》，武漢：武漢大學簡帛研究中心，2006 年 11 月，頁 63。

〔註633〕宋華強〈新蔡簡中與「速」義近之字及楚簡中相關諸字新考〉（簡帛網，2006.07.31，網址：http://www.bsm.org.cn/show_article.php?id=389），亦載於《中國文字》（台北：藝文印書館，新三十二期，2006.12），頁 158。

〔註634〕陳劍〈釋「琮」及相關諸字〉，《中國簡帛學國際論壇 2006 論文集》，武漢：武漢大學簡帛研究中心，2006 年 11 月，頁 63。

〔註635〕馬承源主編《上海博物館藏戰國楚竹書（五）》，上海：上海古籍出版社，2005 年 12 月，頁 327～328。

李銳則指出此字非「適」字，由字形聯繫至《上博三・周易》簡 14 中對應今本作「簪」，帛書作「讒」之字，及《上博一・緇衣》簡 9、《郭店・緇衣》簡 16 讀爲「從」之字〔註 636〕。由上文的討論，可知作「適」字在音韻的關係無法與傳世文獻相應字通假，因此《上博五・融師有成氏》簡 8 的「□」字恐非「適」字。

而蘇建洲學長則將此字讀作「從」，釋「從湯」爲追隨湯的意思〔註 637〕。在文意上與原考釋者相近。

宋華強則將「聞」字釋爲「聲聞」、「令聞」之「聞」，解爲「聲譽、名聲、聲望」，而「□」字則據《周易》荀爽作「宗」，進一步讀爲「崇」，「易」字讀作「揚」，把「聞崇揚」解爲聲名顯揚〔註 638〕。此說法從音韻關係雖然可傳本相應字通假，但是在筆者知見書目中，未有將「崇揚」連用者，宋華強雖舉《韓詩外傳》卷六：「君子崇人之德，揚人之美，非道諛也。」並用「崇」、「揚」二字，但是《韓詩外傳》中「崇」、「揚」二字皆作動詞，「崇人之德」、「揚人之美」爲並列結構，文獻中並無「崇揚」作偏正結構的用法，亦無「崇揚」連用作並列結構的法，因此並不能證實「□易」讀作「崇揚」的說法。

筆者認爲目前的說法以蘇建洲學長釋爲「從」是較恰當的，不僅在字音上可與今本〈緇衣〉、〈周易〉相通假，而在《史記・殷本紀》中亦有「從湯」一詞：

> 伊尹名阿衡，阿衡欲奸湯而無由，乃爲有莘氏媵臣，負鼎俎，以滋味說湯，致于王道。或曰，伊尹處士，湯使人聘迎之，五反然後肯往從湯，言素王及九主之事，湯舉任以國政。〔註 639〕

又曰：

〔註 636〕李銳〈讀上博五札記〉（簡帛研究，2006.02.20，網址：http://www.jianbo.org/admin3/2006/lirui001.htm）。

〔註 637〕蘇建洲〈《上博五》補釋五則〉（簡帛網，2006.03.29，網址：http://www.bsm.org.cn/show_article.php?id=303）。

〔註 638〕宋華強〈新蔡簡中與「速」義近之字及楚簡中相關諸字新考〉（簡帛網，2006.07.31，網址：http://www.bsm.org.cn/show_article.php?id=389），亦載於《中國文字》（台北：藝文印書館，新三十二期，2006.12），頁 159。

〔註 639〕〔漢〕司馬遷《新校本史記三家注》，台北：鼎文書局，1981 年，頁 94。

> 當是時，夏桀爲虐政淫荒，而諸侯昆吾氏爲亂。湯乃興師率諸侯，伊尹從湯，湯自把鉞以伐昆吾，遂伐桀。〔註640〕

而《史記》中，「從湯」一詞的主語是伊尹，因此在《上博五．融師有成氏》「易」若讀爲「從湯」，下文即指伊尹之事，但由於簡文殘斷，前半部分敘述對象爲融之師有成氏，爲何由有成氏之事連結至伊尹，目前尚無法了解，因此下半段文字是否即指伊尹之事，尚待進一步考證。

（五）《包山》「」字

	包山 173	㫍（丙）晨（辰），妾婦迻，登軍之人婁。

在《包山楚簡》中的「」字用作人名，滕壬生隸定作「𧁻」〔註641〕；湯餘惠隸定作「𣚽」，其根據古璽文字中有「𣛝」字，認爲「」字上爲「𣛝」字之省，疑爲「適」字異體〔註642〕；魏宜輝以爲此字「其中間所從的當也是『甬』，疑爲『叢』之異體。」〔註643〕魏宜輝之說從上文所述，顯然已不可從；而宋華強認爲「『帝』省的可能性是比較大的」〔註644〕；陳劍則認爲此字下半也是上文所舉「」類字形〔註645〕。由於此字用作人名，其字本義不明，字形又可分析爲「从林从適」或「从𣛝省从止」，究竟該如何解釋，尚待進一步研究。

〔註640〕〔漢〕司馬遷《新校本史記三家注》，台北：鼎文書局，1981年，頁95。

〔註641〕滕壬生《楚系簡帛文字編》（武漢：湖北教育出版社，1995年），頁158。

〔註642〕湯餘惠〈包山楚簡讀後記〉（《考古與文物》，1993年第2期），頁74。

〔註643〕魏宜輝〈再論郭店簡、上博簡〈緇衣〉用爲「從」之字〉，載於張玉金主編《出土文獻語言研究》第一輯，廣州：廣東高等教育出版社，2006年6月，頁71，又見於魏宜輝〈論郭店簡、上博簡〈緇衣〉中用爲「從」之字〉，《中國文字》，新三十一期，台北：藝文印書館，2006年11月，頁177。

〔註644〕宋華強〈新蔡簡中與「速」義近之字及楚簡中相關諸字新考〉（簡帛網，2006.07.31，網址：http://www.bsm.org.cn/show_article.php?id=389），亦載於《中國文字》（台北：藝文印書館，新三十二期，2006.12），頁164。

〔註645〕陳劍〈釋「琮」及相關諸字〉（《中國簡帛學國際論壇2006論文集》，武漢：武漢大學簡帛研究中心，2006年11月），頁64。

（六）清華簡《保訓》「」字

	清華簡.保訓 2	王若曰：「發，朕疾甚，恐不女及訓。」

《保訓》這段文字可與《尚書．顧命》：「王曰：嗚呼！疾大漸，惟幾，病日臻。既彌留，恐不獲誓言嗣，茲予審訓命汝。」互相對照。

孟蓬生以爲當讀爲表示「疾病加劇」的「漸」字，「疾（漸）甚」與《尚書．顧命》「疾大漸」語意接近，而「漸」與「甚」意義相同，兩字應該看作並列結構。從文意上來看，釋爲「漸」字文從字順，由於孟蓬生認爲字形與《上博三．周易》「」字相同，因此必須與前文提過的「簪」（精紐侵部）、「從」（從紐東部）等字具有聲音關係，而「漸」字，中古音爲子廉切或慈染切，因此上古音當是精紐談部或從紐談部，而上古音確有侵談旁轉及東談旁轉之例，所以釋爲「漸」字是有可能的。

蘇建洲學長認爲當釋爲「啻」，而讀爲「漬」，可對比《呂覽．貴公》：「仲父之病矣，漬甚」。「漬」字爲「病重」之同義詞。〔註646〕由於蘇建洲學長認爲「啻」字從「帝」（端紐錫部），因此釋爲「漬」（從紐錫部），韻母相同，但聲母則不同，能否相通，筆者不置可否。但是有一點值得注意的是若《上博三．周易》「」字等諸字與清華簡《保訓》簡 2 的「」字如果是同一個字的話，仍然必須和「簪」、「從」等字具有聲音的關係，而蘇建洲學長無論釋爲從「帝」之「啻」，抑或逕讀爲「漬」，都與「簪」、「從」等字沒有聲音上的關聯，由此看來蘇建洲學長並未把清華簡《保訓》簡 2 的「」字與其他字形視爲同一個字了。

孫合肥並分析爲從辵省、帝聲的「適」字，爲「適」字的省文，而訓爲方、正、正在之意。〔註647〕與前文所提到的問題一樣，若清華簡《保訓》簡 2 的「」字與其他字形爲同一個字那麼釋爲「適」、「適」，均與「簪」、「從」

〔註646〕蘇建洲〈《保訓》字詞考釋二則〉（復旦大學出土文獻與古文字研究中心網站，2009.07.15 網址：http://www.guwenzi.com/Srcshow.asp?Src_ID=849）。

〔註647〕孫合肥〈清華簡《保訓》「適」字補說〉（簡帛網，2009.08.22，網址：http://www.bsm.org.cn/show_article.php?id=1133）。

等字在聲音上並無關聯。

林志鵬讀爲「疷」，病重不治之意〔註 648〕。「疷」（群部支部）由於林志鵬是贊同蘇建洲學長隸作「䢪」，因此釋爲「疷」可與「帝」字相通，但是與「簪」、「從」等字則無聲音關係。

小狐釋爲「疌」，指「迅速」之意，該句意爲「病情加劇」。〔註 649〕但是承前文所言「疌」與「簪」或「從」除聲母外，韻母稍遠。

由以上的彙整可知如果將清華簡《保訓》簡 2 的「」字與其他字形視爲同一字形，在音韻上，只有孟蓬生釋爲「漸」可以說得通，但是釋爲「漸」字的話，字形上又如何解釋又會變成另一個問題了，但是目前並無法徹底解決，只能期待未來有其他的材料或方法來解決了。

五、結　語

楚簡中「」等諸字的來源雖未得到確釋，在有限的材料下，通過形音義的辨析，目前可知在字形上周鳳五釋「倉」說、劉桓釋「夏」說、何佳興釋「遣」說是最不可能的，魏宜輝釋「甬」說在字形上也是有問題的，而劉樂賢釋「疌」說、李零、黃德寬、徐在國釋「適」說、李家浩釋「�」說雖然在字形上也沒有百分之百的證據，但尚能說得通，可是由音韻上的關係上來看，卻不是那麼妥切；而宋華強釋「簪」說及陳劍釋「琮」說，在音韻上可以成立，可是字形上由於材料不夠完整，仍待進一步證實。

而清華簡《保訓》的「」字因與其他諸形略有不同，因此有同字與不同字的兩派說法，由字形的演變上，視爲同字的可能甚高，但若視爲同字形，則在音韻的角度則以孟蓬生釋「漸」字爲宜，可是「漸」字如何與字形產生連結則又是一個新的問題了，因此無論是字形或是字義的解釋都還有討論的空間。

〔註 648〕林志鵬〈清華大學藏戰國竹書《保訓》校釋〉（簡帛網，2010.04.09，網址：http://www.bsm.org.cn/show_article.php?id=1241）。

〔註 649〕小狐〈《保訓》讀札〉（簡帛網，2010.04.05，網址：http://www.bsm.org.cn/show_article.php?id=1240）。

第七節　釋「怾」

一、前　言

《上博六・用曰》簡 4 有一個「[illegible]」字（以下簡稱△2 字），原考釋隸作「忶」，何有祖改釋爲「怾」，蘇建洲學長指出此字在《信陽楚簡》及《郭店・六德》均出現過，針對此字的說法有何琳儀釋「怾」、陳偉釋「忶」、陳斯鵬釋「友」等諸說，筆者試爬梳此字偏旁所從，並針對文例試析該字意義。

二、學者討論

本文所要討論的疑難字以△2 爲主，因△1 涉及△2 的釋讀，予以簡稱以便討論。其字形及相關文例如下：

	字　形	出　處	文　　例
1	[illegible]	古璽彙編 2154	郛[illegible]。
2	[illegible]〔註 650〕（△2）	信陽 1.039	也，貳亯[illegible]（△2）也。
3	[illegible]（△1）[illegible]（△2）	郭店・六德 16	古（故）曰：句（苟）淒夫人之善也，㑗（勞）其[illegible]（△1）[illegible]（△2）之力，弗敢單（憚）也，危其死弗敢悉（愛）也，胃（謂）之以忠叀（事）人多。

〔註 650〕此據商承祚《戰國楚竹簡匯編》（濟南：齊魯書社，1995.11）頁 147 摹本，陳劍指出：「同書 137 頁所收此簡照片比《信陽楚墓》（文物出版社，1986 年 3 月）圖版一一六（CXVI）所收清晰。」，參見陳劍〈甲骨金文舊釋「尤」之字及相關諸字新釋〉（收錄於陳劍《甲骨金文考釋論集》，北京：線裝書局，2007.04），頁 60。

4	 （△2）	上博六・用曰 4	用曰：遠君遠戾。德徑于康。聑好弃（棄）（△2），五井（刑）不行。 

《古璽彙編》2154 此字上从宀下从△2，羅福頤未釋。〔註 651〕

徐在國釋作「㝥」。〔註 652〕

何琳儀釋「㝥」，並指出「㝥，从宀忧聲。疑忧之繁文。」〔註 653〕吳良寶亦釋作「㝥」〔註 654〕。

《信陽》1.039 的△2 字，劉雨釋爲「忧」。〔註 655〕

商承祚《戰國楚竹簡匯編》釋爲「怘」，指出：「怘，从厷，即《說文》訓『臂上也』之厷，在此義爲宏，後以肱代怘」。〔註 656〕

《郭店・六德》簡 16△1△2 字，原考釋裘錫圭未釋。〔註 657〕

李零〔註 658〕將△1△2 釋爲「臟腑」，劉釗〔註 659〕、陳斯鵬〔註 660〕從之。

陳斯鵬從李零之說將△1△2 釋爲「臟腑」，又將△1 隸爲「忎」，以爲是一個从心从付省聲的字，他說：

>  字下部从心，上部寫法詭異，細審之實爲「又」字變體。知者，郭店簡「友」字或作、（六德.30），所從二「又」皆

〔註 651〕羅福頤《古璽匯編》（北京：文物出版社，1981.12），頁 213。

〔註 652〕徐在國〈包山楚簡文字考釋（四則）〉（《于省吾教授百年誕辰紀念文集》，長春：吉林大學出版社，1996.06），頁 179。

〔註 653〕何琳儀《戰國古文字典》（北京：中華書局，1998.09），頁 14。

〔註 654〕吳良寶〈璽陶文字零釋（三則）〉（吉林大學古文字研究室編《中國古文字研究》第一輯，長春：吉林大學出版社，1999.06），頁 151～152。

〔註 655〕劉雨〈信陽楚簡釋文與考釋〉（收錄於《信陽楚墓》，北京：文物出版社，1986.03），頁 126。

〔註 656〕商承祚《戰國楚竹簡匯編》（濟南：齊魯書社，1995.11），頁 164。

〔註 657〕荊門博物館《郭店楚墓竹簡》（北京：文物出版社，1998.05），頁 187。

〔註 658〕李零《郭店楚簡校讀記》（北京：北京大學出版社，2002 年），頁 131。

〔註 659〕劉釗《郭店楚簡校釋》（福州：福建人民出版社，2003.12），頁 113。

〔註 660〕陳斯鵬〈郭店楚簡解讀四則〉（《古文字研究》第二十四輯，北京：中華書局，2002.07），頁 410。

加衍筆。字上部正是這種加了衍筆的「又」字。所以此字可隸定爲「忈」。我懷疑這是一個從心從付省聲的字。「付」字在古文字中通常是从人从又，後來才演化爲从寸，考慮到這種情況，最好將此字隸定作「忖」，即「怤」字之省。「付」之可省去人旁，亦非無據。馬王堆帛書《十大經．正亂》：「【太】山之稽曰：子勿言佑，交爲之備，【吾】將因其事，盈其寺（志），軵其力，而投之代，子勿言也。」整理小組注云：「軵，即《説文》輔字。」《黃旁四經今釋》亦云：「軵，即輔，推也。意謂助其行事。」可爲佐證。《説文》：「怤，思也，从心付聲。」「怤」字在此假爲「腑」。〔註661〕

趙平安將△1△2 釋爲「股肱」〔註662〕，廖名春〔註663〕、陳偉〔註664〕、侯乃峰〔註665〕從之。其中陳偉指出△2「左从心，右旁與甲骨文中的『厷』字近似。疑當釋爲『忲』，讀爲『厷』，通作『肱』。」〔註666〕

何琳儀《戰國古文字典》釋△2 爲「忧」〔註667〕，其〈郭店竹簡選釋〉並指出：「『忧』原篆作，參信陽簡『忧』作，《璽匯》2145『疣』作

〔註661〕陳斯鵬〈郭店楚簡解讀四則〉（《古文字研究》第二十四輯，北京：中華書局，2002.07），頁410。

〔註662〕趙平安指出：「郭店簡《六德》16 的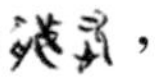，2000 年初在清華簡帛研讀班上，我曾試讀爲股肱。此説當時幸得多位學者贊同，廖名春先生更率先在文中惠予引用，後來，陳偉先生又專門撰文加以論證。看來在這兩個字的釋讀上，大家頗有共識。」，參見趙平安〈關於夃的形義來源〉（簡帛網，2007.01.23，網址：http://www.bsm.org.cn/show_article.php?id=509）。

〔註663〕廖名春〈郭店楚簡《六德》校釋〉（《清華簡帛研究》第一輯，北京：清華思想文化研究所，2000.8），頁68；此説亦見於廖名春〈郭店簡《六德》校釋劄記〉（收錄於《新出楚簡試論》第六章，台北：台灣古籍出版社，2001.05.07），頁172。

〔註664〕陳偉〈郭店簡《六德》校讀〉（《古文字研究》第二十四輯，北京：中華書局，2002.07），頁395。

〔註665〕侯乃峰〈說楚簡「夃」字〉（簡帛網，2006.11.29，網址：http://www.bsm.org.cn/show_article.php?id=470）

〔註666〕陳偉〈郭店簡《六德》校讀〉（《古文字研究》第二十四輯，北京：中華書局，2002.07），頁395。

〔註667〕何琳儀《戰國古文字典》（北京：中華書局，1998.09），頁14。

等。《說文》『忧，不動也。』」〔註 668〕，蘇建洲學長從之〔註 669〕。

《上博六・用曰》簡 4，原考釋者張光裕隸作「怯」。〔註 670〕

何有祖改釋爲「忧」〔註 671〕，蘇建洲學長從之〔註 672〕。

以上△2 的釋讀，大致有三：一、釋「怯」；二、釋「忧」；三、釋「忍」。

三、字形分析

△2 的字形結構關鍵在於其右旁所从之形，其左旁从心，其右旁或釋爲「厷」、或釋爲「尤」、或釋爲「又」，以下試探其所从字形爲何：

（一）古文字中的「厷」與「尤」字

古文字中的「厷」字與「尤」字，其實存在著一些糾葛，以下分別討論之：

1. 古文字中的「厷」字

徐在國、商承祚、趙平安、廖名春、陳偉、侯乃峰、張光裕等諸位學者皆將△2 隸作「怯」，以爲其右旁當作「厷」形，以下將厷字古文字形羅列，試探析之：

【字形表 1】

1 商.乙 7488	2 商.京都 447	3 商.亞厷鼎	4 商.亞厷父乙卣	5 西周晚期.毛公鼎

〔註 668〕何琳儀〈郭店竹簡選釋〉（《簡帛研究二〇〇一》，桂林：廣西師範大學出版社，2001.9），頁 166。

〔註 669〕蘇建洲〈釋楚竹書幾個從「尤」的字形〉（簡帛網，2008.01.01，網址：http://www.bsm.org.cn/show_article.php?id=769）。

〔註 670〕馬承源主編《上海博物館藏戰國楚竹書（六）》（上海：上海古籍出版社，2007.07），頁 289。

〔註 671〕何有祖〈讀《上博六》札記〉（簡帛網，2007.07.09，網址：http://www.bsm.org.cn/show_article.php?id=596）

〔註 672〕蘇建洲〈釋楚竹書幾個從「尤」的字形〉（簡帛網，2008.01.01，網址：http://www.bsm.org.cn/show_article.php?id=769）。

 6 西周晚期.番生簋	 7 西周晚期.三年師兌簋	 8 西周晚期.多友鼎	 9 西周晚期.多友鼎	 10 西周晚期.師詢簋
 11 戰國.楚.信陽2.4（迲）	 12 戰國.楚.曾侯乙.208（�）	 13 戰國.楚.曾侯乙.48（弦）	 14 戰國.楚.曾侯乙.10（笐）	 15 戰國.楚.包山2.26（鈜）
 16 戰國.楚.包山2.169（拡）	 17 戰國.楚.包山2.128（恷）	 18 戰國.楚.包山2.121（甗）	 19 戰國.楚.郭店.語叢16（肱）	 20 戰國.楚.郭店.語叢26（肱）
 21 戰國.楚.上博二.民之父母9	 22 戰國.楚.上博四.曹沫之陣 56（怯）	 23 西漢.馬王堆.老子甲147（雄）	 24 漢.漢印徵	 25 東漢.華芳墓志

《說文》：「，臂上也。从又、从古文。，古文厷，象形。，厷或从肉。」

甲骨文字形1、2，孫海波《甲骨文編》列於附錄〔註673〕，李孝定、于省吾釋作「厷」，李孝定謂：「友人張秉權兄見告《乙編》字，前此未見著錄。張氏疑寸字。竊謂字當釋厷，此與契文尻作、身作，其構造法均相同也。」〔註674〕而于省吾指出：

> 按厷爲肱之初文。甲骨文的「㞢疒厷」（乙七四八八）和「疒厷」（京都四四七），是指肱腕有疒言之。此外，甲骨文也以厷爲俘獲品，如「王隻厷」（續存上一二三五），「王不其隻厷」（後下二〇·一七），是其例。總之，甲骨文厷字作或，于肱之曲處加，以示厷之所在，以六書爲指事字。〔註675〕

〔註673〕孫海波《甲骨文編》（北京：中華書局，2004.01），頁700。

〔註674〕李孝定《甲骨文字集釋·卷八》（台北：中央研究院史語所，1977年），頁2719。

〔註675〕于省吾《甲骨文字釋林·釋厷》（北京：中華書局，1999.11），頁391。

趙誠〔註 676〕、姚孝遂〔註 677〕則或釋爲肘，姚孝遂指出「𠂇或𠂇皆象肘形，與九形體略有區分。其作𠂇或𠂇，則爲指事字」〔註 678〕。

字形 3、4 早期族氏金文，唐蘭釋爲「厷」〔註 679〕，于省吾謂其與甲骨文「厷」字形同〔註 680〕。

字形 5～10，舊釋爲「右」，陳劍改釋爲「厷」〔註 681〕，季師旭昇從之，並謂：「西周晚期金文指事符號已經與『又』形分離，並且寫成圓圈形，與『右』字字形相近，因此毛公鼎、師詢簋、師兌簋等字，已往都被誤釋爲『右』。」〔註 682〕陳劍指出「厷」字的演變軌跡：

> 從古文字到隸楷的發展過程中，有這樣一類的規律性的現象：凡古文字中从「凵」（或爲口字，或表示其它意義）的字，其演進過程往往爲凵→凵→凵→口→口；而从「○」的字，其演進過程則往往爲○→○→△→△→厶→厶。後者典型的例如如公、厶、私、篡、參、弘、厸（叟所从，古鄰字）等。餘如員、肙、袁有異體作負、㐬、表等，也都是同類的現象。又如「鬼」字的演變：
>
> 鬼 睡虎地秦簡《爲吏之道》38 等　鬼 漢印「魃」所从
>
> 鬼 汝陰侯墓二十八宿圓盤　鬼 曹全碑
>
> 鬼 孔彪碑「魂」所从　鬼 魯峻碑陰「巍」所从

〔註 676〕趙誠在〈古文字發展過程中的內部調整〉（《古文字研究》第十輯，北京：中華書局，1983.07，頁 360）一文中釋作「肘」，而後在其《甲骨文簡明詞典》（北京：中華書局，1988.01，頁 161）中則釋爲「厷」。

〔註 677〕于省吾主編、姚孝遂按語《甲骨文字詁林》（北京：中華書局，1999.02），頁 885～886。

〔註 678〕于省吾主編、姚孝遂按語《甲骨文字詁林》（北京：中華書局，1999.02），頁 885。

〔註 679〕唐蘭《古文字學導論》（台北：學海出版社，1986.08），頁 209。

〔註 680〕于省吾《甲骨文字釋林·釋厷》（北京：中華書局，1999.11），頁 390。

〔註 681〕陳劍〈釋西周金文中的「厷」字〉（收錄於陳劍《甲骨金文考釋論叢》，北京：線裝書局，2007.04），頁 234～242。

〔註 682〕季師旭昇《說文新證（上）》（台北：藝文印書館，2002.10），頁 186。

> 鬼字本不从「〇」，所以此例還不算典型。但其下部所加飾筆（沇兒鐘、𨛭鎛等「兒」字之作「[illegible]」）分離、獨立出來作「〇」，再演變爲「[illegible]」、「[illegible]」、「厶」，適可與厷之由「[illegible]」而「[illegible]」而「[illegible]」（漢隸）而「厷」的演變互證。鬼所从的「厶」，《説文》篆文作「[illegible]」一樣，應該是漢代小學家「以隸作篆」，據「[illegible]」形統一「翻譯」的結果。〔註683〕

據此可知，字形5～10非「右」字而是「厷」字，而字形7三年師兌簋由其辭例3、4相同，可知應是「厷」字，但與「右」字字形混訛〔註684〕的結果。

字形11～22，爲戰國楚系文字，除了字形21《上博二．民之父母》簡9的「厷」字之外，其餘皆爲「偏旁」从「厷」之字，字形18《包山楚簡》簡128釋作「𢟪」，此字又見於簡141、143、168，除簡168釋作「宖」外，其餘皆釋作「𢟪」，袁國華改釋作「忶」〔註685〕

關於戰國楚系的「厷」字，陳劍指出：

> 其特徵是「又」下所从以上下兩弧筆合成一個近似圓形，與其它从口之字作「[illegible]」類形明顯有別。它顯然應該就是從西周金文的「[illegible]」字發展而來的。〔註686〕

宛臻按：甲骨文字形1、2，當從于省吾釋爲「厷」，甲骨文肘字作[illegible]或[illegible]，後假借爲數字之「九」，後爲示區別或加一曲筆勾勒出肘部所在〔註687〕。金文字形5～10，當釋爲「厷」，而戰國楚系文字承襲西周金文的「[illegible]」字發展而來，「又」形之下所从是以兩弧筆合成一近似圓形，但亦有例外，如字形13《曾侯乙》簡48「[illegible]」其右旁「厷」字所从訛作「口」形，及字形18《包

〔註683〕陳劍〈釋西周金文中的「厷」字〉（收錄於陳劍《甲骨金文考釋論叢》，北京：線裝書局，2007.04），頁238～239。

〔註684〕參陳劍〈釋西周金文中的「厷」字〉（收錄於陳劍《甲骨金文考釋論叢》，北京：線裝書局，2007.04），頁239。

〔註685〕袁國華〈戰國楚簡文字零釋〉（《中國文字》新十八期，台北：藝文印書館，1994年），頁222。

〔註686〕陳劍〈釋西周金文中的「厷」字〉（收錄於陳劍《甲骨金文考釋論叢》，北京：線裝書局，2007.04），頁238～239。

〔註687〕參趙誠《甲骨文簡明詞典》（北京：中華書局，1988.01），頁161。

山》121 的「」，其右下「厷」形所从已演變爲「厶」形。

2. 古文字中的「尤」字

吳良寶、劉雨、何琳儀、何有祖、蘇建洲等諸位學者均將△2 釋作「怣」，其右旁皆隸作「尤」，以下試探「尤」字的古文字相關字形。

在甲骨文中有一系列這樣的字：

【字形表 2】

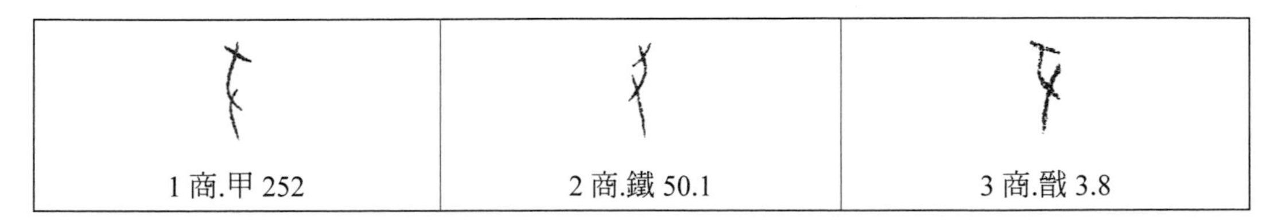

1 商.甲 252	2 商.鐵 50.1	3 商.戩 3.8

甲骨文中屢言「 」，亡字的後一字，如上列字形表所舉，丁山〔註 688〕、胡光煒〔註 689〕均釋「尤」，後人多從之，丁山謂「象手欲上伸而礙於一，猶巛之从一雝川，之从之橫上以一也。」〔註 690〕，林義光釋「尤」字謂：「尤，象手形。乙，抽也。尤異之物自手中抽出之也。」〔註 691〕于省吾以爲「尤字的造字本義，係于字上部附加一個橫劃或斜劃，作爲指事字的標志，以別于又，而仍因又字以爲聲」〔註 692〕。

而在戰國文字一一出土之後，此字的釋讀有了新的說法，陳劍以爲此字非「尤」字，當爲「拇」字的表意初文，其謂：

> 字形可分析爲在「又」的起筆之處加一小斜筆或小橫筆。眾所周知，「又」本是「右手」的象形字。而它的第一筆或說起筆之處，代表的是右手「大拇指」。〔註 693〕

他認爲此當隸定作「㕛」，甲骨文中的「亡㕛」讀爲「亡吝」，其所根據是金文

〔註 688〕丁山〈殷契亡說〉（《歷史語言研究所集刊》一本一分）。

〔註 689〕胡光煒《甲骨文例》（下）（廣州：中山大學語言歷史研究所，1928 年），頁 25。

〔註 690〕丁山〈殷契亡說〉（《歷史語言研究所集刊》一本一分）。

〔註 691〕林義光《文源》（卷七），頁 5。

〔註 692〕于省吾〈釋古文字中附劃因聲指事字的一例〉（收錄於《甲骨文字釋林》附錄，北京：中華書局，1979.06），頁 452。

〔註 693〕陳劍〈甲骨金文舊釋「尤」之字及相關諸字新釋〉（收錄於陳劍《甲骨金文考釋論叢》，北京：線裝書局，2007.04），頁 74～75。

及戰國文字中從「攴」的字，其讀音與「閔」、「文」、「敃」有關，且與「尤」字無關，其所舉出金文及戰國文字從「攴」的字如下：

【字形表 3】

 1 西周早期.𢹯伯簋	 2 西周早期.麥方尊	 3 西周早期.麥方尊	 4 西周早期.班簋	 5 西周中期.𢦚方鼎
 6 西周中期.𢦚簋	 7 西周中期.𢦚簋	 8 西周中期.師望鼎	 9 西周晚期.大克鼎	 10 西周晚期.梁其鐘
 11 西周晚期.兮甲盤	 12 郭店.尊德義 17	 13 郭店.語叢二 5	 14 郭店.語叢三 10	 15 郭店.語叢三 44

陳劍認爲西周金文的「攴」和其偏旁的相關諸字，跟金文「亡敃」的「敃」表示同一個詞，相當於古書裡意爲「憂」、「病」的「愍」、「閔」等字。西周金文字形 4～7，他隸定作「㝵」，「㝵」字从目攴聲；而字形 8～11，隸定作「𢼄」，均讀爲「敃」，而「𢼄」爲一個雙聲字，其所从「民」及「攴」皆爲聲符，他指出：

> 「𢼄」字中則「民」也是聲符，推測起來有兩種可能，一是「𢼄」字係將「𢼄」形中「又」改爲形近的「攴」而成，「攴」起注音的作用；二是「𢼄」本來就是一個「民」、「攴」皆聲的雙聲字，後來「攴」省爲「又」而變成「𢼄」字。

而戰國楚系文字字形 12～15，隸定作「𥈜」，即《古文四聲韻》、《汗簡》引石經的古文閔字，其所从的「民」和「㝵（㝵之異體）」均是聲符。〔註 694〕

陳劍在其文中所舉的證據相當充分，因此改釋爲「拇」字之說是可以採信的，據此古文字中「尤」字是「𠃍」的說法得重新驗證，陳劍和蘇建洲學長均舉出一系例可以採信爲「尤」的字，列舉於下：

〔註 694〕陳劍〈甲骨金文舊釋「尤」之字及相關諸字新釋〉（收錄於陳劍《甲骨金文考釋論叢》，北京：線裝書局，2007.04），頁 59～80。

【字形表 4】

 1 商.陶彙 1.22	 2 春秋.鑄司寇鼎	 3 春秋早期.郳訧鼎（訧）	 4 春秋早期.秦公簋	 5 戰國晚期.魚顛匕（蚘）
 6 戰國.燕.古陶 4.131	 7 戰國.秦.古陶 5.22	 8 戰國.秦.上博印選 36	 9 戰國.楚.新蔡.甲三 143（蚘）	 10 戰國.楚.新蔡.甲三 182-2（蚘）
 11 戰國.楚.新蔡.甲三 61（魫）	 12 戰國.楚.新蔡.零 204（訧）	 13 戰國.楚.新蔡.零 472（犹）	 14 戰國.楚.上博五.融師有成氏 22（蚘）	 15 說文籒文(就)

《說文》:「尤，異也。从乙、又聲。」

字形 4 商代陶文，何琳儀以爲「尤」字，其以爲「从又，下加斜筆表示贅肬。指事。疑肬之初文。」〔註 695〕

春秋、戰國文字，吳良寶據孫詒讓將郳訧鼎的字形 13 釋作「訧」，故將字形 2 及 3～7 的偏旁均釋作「尤」〔註 696〕、《上海博物館藏印選》的字形 18，陳劍亦釋作「尤」〔註 697〕。而近出的《新蔡》簡、《上博》簡等諸字形，亦均出現從「尤」之字。

季師旭昇指出陳劍確認爲「尤」及從「尤」的字，主要是從《說文》「就」字右偏旁的「尤」比對而來的，「但就最嚴格的標準來看，上述出土文獻的內容，其實沒有一條可以證明這個字形非讀『尤』不可的」，而季師旭昇指出爲「尤」字的辨認帶來明確證據的是《上博五・鬼神之明　融師有成氏》簡 7 的「蚩蚘作兵」的文字，季師旭昇並指出其右旁「尤」字的末筆當爲飾筆。〔註 698〕

〔註 695〕何琳儀《戰國古文字典》（北京：中華書局，1998.09），頁 14。

〔註 696〕吳良寶〈璽陶文字零釋（三則）〉（《中國古文字研究》第一輯，長春：吉林大學出版社，1999.06），頁 152。

〔註 697〕陳劍〈甲骨金文舊釋「尤」之字及相關諸字新釋〉（收錄於陳劍《甲骨金文考釋論叢》，北京：線裝書局，2007.04），頁 61。

〔註 698〕季師旭昇〈從戰國楚簡中的「尤」字談到殷代一個消失的氏族〉（《第二屆古文字

宛臻按：由陳劍對「㕚」字的推論，可知甲骨文「」字非「尤」字，而其所認爲是「拇」字的初形本意之說是可以成立的，故從之，而「尤」字的字形由《上博五．融師有成氏》簡 7「蚩蚘作兵」的文字可確認當爲字形表 4 等諸字及其偏旁的字，但值得注意的是除了字形 1 商代陶文的「」字之外〔註 699〕，春秋時代不見其他「尤」字的字形，那麼「尤」字的來源爲何也是一個值得討論的議題，下文將討論「尤」字的來源問題。

3. 古文字中「厷」與「尤」的關係

「厷」與「尤」在使用上其實並非上文所析的分別得如此清楚，事實上「厷」字與「尤」字存在著混用的現象。

蘇建洲學長在其〈釋楚竹書幾個從「尤」的字形〉一文中指出《上博三．周易》簡 51「折其右肱」的「肱」字當從「尤」，以下先列出字形其文例對照：

字形	出　處	文　　例
	上博三．周易 51	九晶：豐丌芾，日中見芾，折丌右，亡咎。 
	馬王堆帛書周易	九三：豐亓薠，日中見茉，折其右弓，无咎。
	今本周易	九三：豐其沛，日中見沬，折其右肱，无咎。

「」，原考釋者隸定作「拡」，蘇建洲學長認爲從字形上看，右上部非从「又」，而是从「尤」，而從聲音關係上可讀爲「肱」，其指出：

> 「尤」，匣紐之部；「肱」，見紐蒸部。聲音見匣古同爲喉音，關係密切，如「咸」，匣紐；從咸聲的「緘」，見紐。「骨」，見紐；從骨聲的「滑」，匣紐。而韻部之蒸陰陽對轉，所以聲韻關係絕無問題。其中「△3」（指）應該是變形音化的現象，即將意符「厷」的「又」旁改爲形近的聲符「尤」。〔註 700〕

與古代史國際學術研討會論文集》，台北：中央研究院歷史語言研究所，2008.12.12～14），頁 4～5。

〔註 699〕是否爲「尤」字還有待商榷。

〔註 700〕蘇建洲〈釋楚竹書幾個從「尤」的字形〉（簡帛網，2008.01.01，網址：http://www.

季師旭昇據其說認爲此字當隸定爲「揞」，「左從『手』，右上爲變形音化的『尤』（與『厷』聲音近），右下本來是指示符號的圓圈部件繁化爲『日』形」〔註 701〕。

蘇建洲學長利用音近訛混解釋了《上博三・周易》簡 51「」字形從「尤」而讀爲「肱」的原因，而季師旭昇則進一步認爲「厷」和「尤」實爲一字之分化，季師旭昇指出：

> 我們可以從「尤」字和「厷」字形近難分、音近混用的現象，合理地推測「尤」字應該是從「厷」字分化出來的。也就是說，典籍常見釋爲「過也」、「異也」的「尤」字，其意義較爲抽象，不易造字，因此古人就借用音近的「厷」字來假借。借之既久，春秋以後字形慢慢分化，「尤」和「厷」的寫法就有了分別，但是在很多書手的習慣中，「尤」和「厷」還是常常混用無別。〔註 702〕

而「厷」與「尤」字的分化痕跡，季師旭昇是這麼說的：

> 「尤」字的初形，西周以前姑且不論，春秋郳訧鼎、戰國燕陶「訧」字所從的「尤」，其實還是「厷」形，可見這時「尤」字剛在從「厷」字將分未分之際。戰國晉魚顛七「蚘」字所從「尤」形也還是「厷」形的樣子，但是把指示符號由半圓形改成一斜筆，可見這時「尤」字已經開始從「厷」字分化了。
>
> 春秋鑄司寇鼎的「尤」字開始進一步分化，其「又」旁的「手指」形和小大臂不再連筆，其寫法如下（以《郭店・六德》16 爲例）：
>
> 1. → 2. → 3. → 4. 
>
> 戰國楚《新蔡》甲三 182-2「忧」字右旁的「尤」更是很清楚

bsm.org.cn/show_article.php?id=769）。

〔註 701〕季師旭昇〈從戰國楚簡中的「尤」字談到殷代一個消失的民族〉（《第二屆古文字與古代史國際學術研討會論文集》，台北：中央研究院歷史語言研究所，2008.12.12～14），頁 9。

〔註 702〕季師旭昇〈從戰國楚簡中的「尤」字談到殷代一個消失的民族〉（《第二屆古文字與古代史國際學術研討會論文集》，台北：中央研究院歷史語言研究所，2008.12.12～14），頁 10。

地顯示出這樣的筆順：

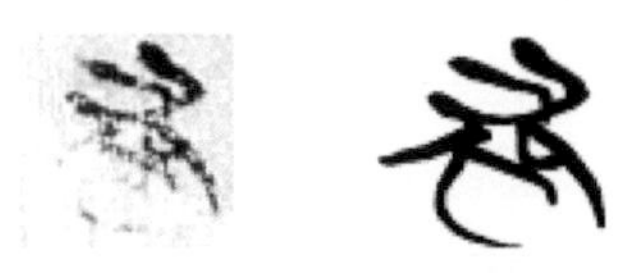

由這個寫法再進一步，把手指形的中筆和代表指示符號的部件連著寫，就成了《新蔡》零 472、《信陽》1.39、五十二病方、《說文》小篆等「尤」字的寫法了。

宛臻按：蘇建洲學長和季師旭昇兩者之說均可從，由於「厷」、「尤」二字不僅音近混用，且形近難辨，因此可揣測此二字其實爲同源字，而後世因用法的不同產生了分化的現象，但在少數時候二字其實還是不分的。最明顯的例子除了《上博三．周易》簡 51「」字從「尤」而讀爲從「厷」聲的「肱」字，此外正是本文所要解決的《郭店．六德》簡 16「」，字形亦從「尤」而讀爲從「厷」聲的「肱」了。

（二）古文字中的「又」與「友」字

陳斯鵬以爲△2 當隸作「丞」，且指出△2 上部爲加了衍筆的「又」字，認爲是「又」字的變體，以下就「又」字的古文字字形檢視是否有加了衍筆的情形：

1. 古文字中的「又」字

以下爲「又」字的古文字字形表：

【字形表 5】

1 商.粹 1113	2 商.亞又方彝	3 西周晚期.毛公鼎	4 西周晚期.鄭虢仲簋	5 西周晚期.鄭虢仲簋
6 春秋.秦公簋	7 戰國.晉.中山王譻鼎	8 戰國.晉.中山王譻兆域圖	9 戰國.晉.璽彙 4558	10 戰國.晉.璽彙 4516
11 戰國.燕.貨系 3162	12 戰國.齊.陳侯午敦	13 戰國.楚.包山 2.19	14 戰國.楚.郭店.六德 9	15 戰國.楚.郭店.六德 30

《説文》:「，手也。象形。三指者，手之列多略不過三也。凡又之屬皆从又。」

甲骨文字形作「」如字形 1，羅振玉釋爲「又」，謂「卜辭中左右之右，福祐之祐，有亡之有，皆同字」〔註 703〕。高鴻縉謂：

> 字原象右手形。手本五指。只作三者，古人皆以三表多。後借爲又再之又，乃通假右助之右以代之。久而成習。乃加人旁作佑，以還右助之原。《説文》:「右，助也。从口。又聲。言不足，以手助之。」是也。又凡人作事，多以右手。故从又之字多有製作之意。羅振玉曰：「卜辭中左右之右，福祐之祐，有亡之有，皆同字。」今按卜辭並借爲又再之又，及右祭之右。此當以左右爲本意。象形，餘爲借意。借意與字形無關。〔註 704〕

其説是也。

金文承襲甲骨字形作「」如字形 3，或加飾符如鄭虢仲簋「」字（字形 5），季師旭昇以爲「與『寸』形相近，但非『寸』字。(『寸』字最早見於戰國)。」〔註 705〕

戰國文字承襲甲金文，如字形 12～15，亦有加飾筆者如字形 7～11。

宛臻按：鄭虢仲簋「」字，由異器同銘《集成 4025-2》作「」，及辭例「隹十又一月」，可知「」爲「又」字，其下爲飾符。而戰國文字「又」字雖亦有下加飾符者，如中山王譽鼎「」字、中山王兆域圖「」字，及璽印、貨幣文字等，但值得注意的是下方未有作曲筆者如△2 者。又《郭店·六德》中「又」字及以「又」字爲偏旁的字不少見，亦未有下加飾筆者。

2. 戰國楚簡中的「友」字

而陳斯鵬在其文章舉出具衍筆的「又」形的是《郭店·六德》簡 30 的兩個「友」字，據此認爲△2 其右旁所从爲「又」形，以下列舉戰國楚簡中的「友」字試分析之：

〔註 703〕羅振玉《增訂殷墟書契考釋·卷中》（台北：藝文印書館，1969.02），頁 19。

〔註 704〕高鴻縉《中國字例》（台北：廣文書局，1964 年），頁 128。

〔註 705〕季師旭昇《説文新證》（上）（台北：藝文印書館，2002.10），頁 184。

【字形表 6】

A	郭店.緇衣 42	郭店.緇衣 45	郭店.六德 28	郭店.語叢一 80	郭店.語叢一 87
A	郭店.語叢三 62	郭店.語叢四 22	郭店.語叢四 23	上博一.緇衣 22	上博一.緇衣 23
A	上博五.弟子問 15				
B	信陽 2-013	信陽 2-019	信陽 2-024	郭店.語叢三 6	
C	郭店.六德 30	郭店.六德 30	上博六.天子建州甲 10	上博六.天子建州乙 10	

筆者檢視戰國楚簡「友」字，發現字形可分爲三類：A 類「友」字的「又」字是古文字一般的「又」形；而 B 類字形，《信陽楚簡》三字形李家浩〔註 706〕、劉國勝〔註 707〕釋作「友」，學者或釋爲「艸」〔註 708〕，或釋爲「牪」〔註 709〕，筆者以爲當釋「牪」，郭若愚以爲作「件」〔註 710〕，其指出《六書故》：「牪，

〔註 706〕參李家浩〈楚簡中的袷衣〉（《中國古文字研究》第一輯，長春：吉林大學出版社，1999 年），頁 97。

〔註 707〕參劉國勝〈信陽長臺關楚簡〈遣策〉編聯二題〉（《江漢考古》，2001.03），頁 66～70。

〔註 708〕最早釋「艸」者爲中山大學古文字研究室〈信陽長臺關戰國楚墓竹簡第二組〈遣策〉考釋〉（《戰國楚簡研究》，1977 年第二期），頁 17～33。

〔註 709〕郭若愚〈信陽長臺關戰國楚墓遣策文字的摹寫和考釋〉（刊載於《戰國楚簡文字編》，上海：上海書畫出版社，1994 年），頁 61～101。

〔註 710〕郭若愚〈信陽長臺關戰國楚墓遣策文字的摹寫和考釋〉（刊載於《戰國楚簡文字

物別名，又名件。俗號物數曰若干件」，而何琳儀指出「牪，从二牛，會二牛相伴之意。」又曰「信陽簡牪，一對（牪之引申義）」〔註 711〕可知 B 類《信陽楚簡》非「友」字，此三字形可略而不論，而《郭店・語叢三》簡 6「」上方的「友」所从的「又」字下方明顯作飾筆；而 C 類字形其上的不做「又」形，蘇建洲學長指出：「這些寫法應從『尤』，上部所從即上引《新蔡》零 472 的『訧』（文例：不爲訧（憂）），所以《六德》等字應該隸定作『𡯂』，讀作『友』，『尤』、『友』同爲匣紐之部。」〔註 712〕

宛臻按：陳斯鵬將△2 釋爲「忍」的根據就是《郭店・六德》簡 30 的「友」，但仔細觀察可以發現《郭店・六德》簡 30 的「友」字以及《上博六・天子建州》的「友」其所從皆非「又」字，蘇建洲學長以爲所從爲「尤」字，其說可從。

（四）綜合討論

經過以上一番的討論，筆者以爲△2 字形上宜隸定作「忧」，字形從「尤」。而「厷」與「尤」兩字當屬同源，而在後期發生分化的現象，但因書手的書寫又發生混淆的現象。而陳斯鵬以爲从「又」，此說法的可能低，陳斯鵬所舉出的《郭店・六德》簡 30「」、「」及蘇建洲學長所指出的《上博六・天子建州》的「」、「」等諸「友」字，當從蘇建洲學長所理解的从「尤」，而非「又」；且「又」字及以「又」爲偏旁的字在《郭店・六德》並不少見，由此可知《郭店・六德》簡 16「」被誤寫爲「又」字的可能極低，故將△2 釋作「忍」亦不可從。

四、辭例探析

以下就△2 相關辭例進行探析：

編》，上海：上海書畫出版社，1994 年），頁 61～101。

〔註 711〕何琳儀《戰國古文字典》（北京：中華書局，1998.09），頁 1017。

〔註 712〕蘇建洲〈釋楚竹書幾個從「尤」的字形〉（簡帛網，2008.01.01，網址：http://www.bsm.org.cn/show_article.php?id=769）。

（一）《郭店·六德》簡16的△1△2

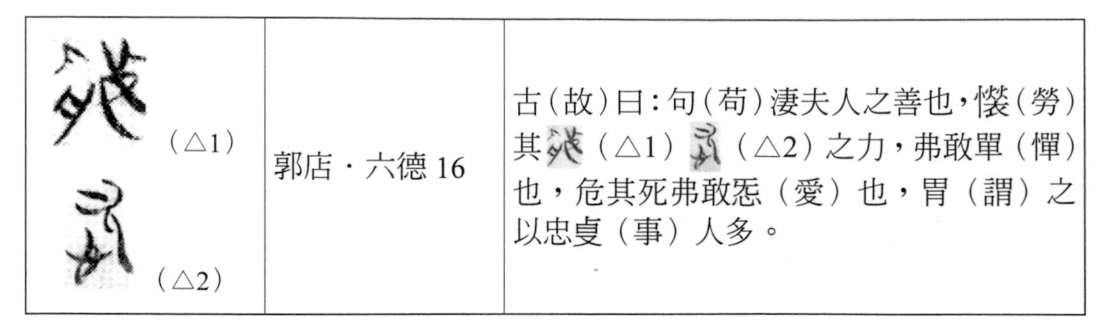

（△1）（△2）	郭店·六德16	古（故）日：句（苟）淒夫人之善也，𢡺（勞）其（△1）（△2）之力，弗敢單（憚）也，危其死弗敢悉（愛）也，胃（謂）之以忠叓（事）人多。

趙平安將△1△2釋爲「股肱」〔註713〕，廖名春〔註714〕、陳偉〔註715〕、侯乃峰〔註716〕從之。

何琳儀釋△2爲「忧」〔註717〕，蘇建洲學長從之〔註718〕。

宛臻按：△1△2趙平安釋爲「股肱」可從，△1其右邊偏旁與楚簡中兩個字形相似，如下所示：

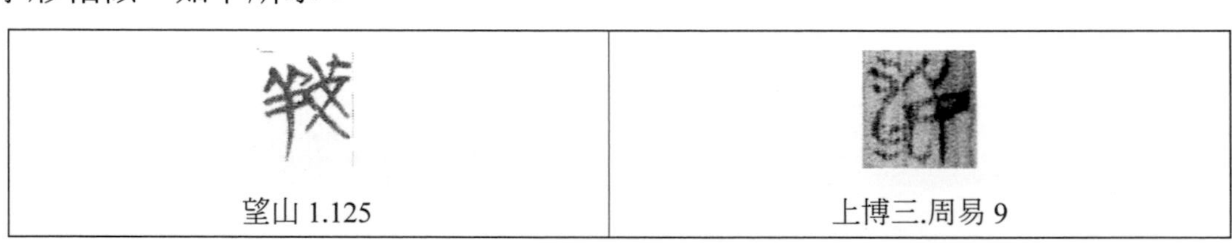

望山1.125	上博三.周易9

其中《上博三·周易》簡9其文例與帛書本及今本《周易》對照如下：

〔註713〕趙平安指出：「郭店簡《六德》16的𦙶厷，2000年初在清華簡帛研讀班上，我曾試讀爲股肱。此説當時幸得多位學者贊同，廖名春先生更率先在文中惠予引用，後來，陳偉先生又專門撰文加以論證。看來在這兩個字的釋讀上，大家頗有共識。」，參見趙平安〈關於夃的形義來源〉（簡帛網，2007.01.23，網址：http://www.bsm.org.cn/show_article.php?id=509）。

〔註714〕廖名春〈郭店楚簡《六德》校釋〉（《清華簡帛研究》第一輯，北京：清華思想文化研究所，2000.8），頁68；此説亦見於廖名春〈郭店簡《六德》校釋箚記〉（收錄於《新出楚簡試論》第六章，台北：台灣古籍出版社，2001.05.07），頁172。

〔註715〕陳偉〈郭店簡《六德》校讀〉（《古文字研究》第二十四輯，北京：中華書局，2002.07），頁395。

〔註716〕侯乃峰〈説楚簡「夃」字〉（簡帛網，2006.11.29，網址：http://www.bsm.org.cn/show_article.php?id=470）

〔註717〕何琳儀《戰國古文字典》（北京：中華書局，1998.09），頁14。

〔註718〕蘇建洲〈釋楚竹書幾個從「尤」的字形〉（簡帛網，2008.01.01，網址：http://www.bsm.org.cn/show_article.php?id=769）。

出　處	文　　例
《上博三・周易》9	初六：又孚比之，亡咎。又孚缶，冬逨又它，吉。
馬王堆帛書《周易》	初六：有復比之，无咎。有復盈缶，冬來或池，吉。
今本《周易》	初六：有孚比之，无咎。有孚盈缶，終來有它，吉。

對比之後可知「」當釋爲盈，季師旭昇將此字隸定作「汈」，從水從刅，會水至盈滿之義，爲「水盈」之本義〔註 719〕，師說可從。

據此可知望山 1.125「」可隸定作「羾」，劉信芳由辭例推勘以爲字當爲「羖」字的異體〔註 720〕，侯乃峰從之，並據此將△1 隸定爲「㓻」，並由「羾」、「羖」、「羖」同音，及《續一切經音義》以「股」、「羖」爲異文，推定△1 讀爲「股」。〔註 721〕，侯乃峰之說可從，而△2 字形雖作「怣」字，但由於前文提到的「尤」、「厷」二字同源，因爲△2 可隸定作「忲」，讀爲「肱」。

「股肱之力」一詞多見於傳世文獻，如《左傳》僖公九年：「臣竭其股肱之力，加之以忠貞。其濟，君之靈也；不濟，則以死繼之。」《墨子・尚賢》：「是以使百姓皆攸心解體，沮以爲善，垂其股肱之力而不相勞來也。」《商君書》：「夫固知愚，貴賤，勇怯，賢不肖，皆盡其胸臆之知，竭其股肱之力，出死而爲上用也。」

（二）《上博六・用曰》簡 4 的△2

（△2）	上博六・用曰 4	用曰：遠君遠戾。德徑于康。惥好弃（棄）（△2），五井（刑）不行。

《上博六・用曰》簡 4，原考釋者張光裕隸作「忲」。〔註 722〕

〔註 719〕季師旭昇〈上博三周易比卦「有孚盈缶」「盈」字考〉（簡帛研究，2005.08.15，網址：http://www.jianbo.org/admin3/2005/jixusheng004.htm）。

〔註 720〕劉信芳〈望山楚簡校讀記〉（《簡帛研究》第三輯，南寧：廣西教育出版社，1998.12），頁 35。

〔註 721〕侯乃峰〈說楚簡「刅」字〉（簡帛網，2006.11.29，網址：http://www.bsm.org.cn/show_article.php?id=470）

〔註 722〕馬承源主編《上海博物館藏戰國楚竹書（六）》（上海：上海古籍出版社，2007.07），頁 289。

何有祖改釋爲「忧」〔註 723〕，蘇建洲學長從之〔註 724〕。

宛臻按：字當釋爲「忧」。「聑」讀作「攝」，釋爲「收攏，集聚」〔註 725〕，如《莊子・胠篋》：「將爲胠篋探囊發匱之盜而爲守備，則必攝緘縢，固扃鐍，此世俗之所謂知也。」《戰國策・楚策》：「攝禍爲福。」而「攝好」與「棄△2」句意相對，則△2 可從蘇建洲學長意見釋爲「忧」，讀爲「尤」。「尤」，意爲「罪過、過失」〔註 726〕，如《周易・賁卦》：「匪寇婚媾，終無尤也。」《詩經・小雅・四月》：「廢爲殘賊，莫知其尤。」《論語・爲政》：「多聞闕疑，慎言其餘，則寡尤。」

（三）其　他

《古璽彙編》2154「」當爲人名，《信陽》1.039「」字意義待考。

五、結　語

本文討論△2 字形的來源，認爲「尤」、「厷」兩字爲同源字，因此△2 字形可釋爲「忧」，亦可作「怷」，在《郭店・六德》簡 16 釋爲「怷」，讀爲「股肱」之「肱」，在《上博六・用曰》簡 3 釋爲「忧」，讀爲「尤」，意爲「罪過，過失」。

〔註 723〕何有祖〈讀《上博六》札記〉（簡帛網，2007.07.09，網址：http://www.bsm.org.cn/show_article.php?id=596）

〔註 724〕蘇建洲〈釋楚竹書幾個從「尤」的字形〉（簡帛網，2008.01.01，網址：http://www.bsm.org.cn/show_article.php?id=769）。

〔註 725〕參王力《王力古漢語字典》（北京：中華書局，2000.06），頁 404。

〔註 726〕參王力《王力古漢語字典》（北京：中華書局，2000.06），頁 234。

第三章　結　論

本章總結本論文的研究狀況，文分三節，首先綜述研究成果，其次說明研究困境與限制，最後說明未來展望。

第一節　研究成果綜述

本論文第二章總共討論了七個《上博五》、《上博六》相關的疑難字形，研究成果梗概依序說明如下：

第一節、釋「市」

《上博五·競建內之》簡 10「[字形]」字，有原考釋、李學勤及林志鵬釋爲「廷」之說，以及何有祖釋爲「之身」合文、楊澤生釋爲「㞷」字、禤健聰釋爲「者」字、以及趙平安以爲「市」字等諸說，據字形及字義來看，筆者傾向趙平安所釋的「倪市」一說，且將該句釋爲「擁華孟子以馳於倪市」，意指齊桓公同寵妃宋華子乘車馳騁游玩於郳市之中。

第二節、釋「逞」

《上博五·鮑叔牙與隰朋之諫》簡 4「[字形]」字，在通過以上形音義的討論，加上文獻之間的對勘，筆者目前傾向季旭昇師之說，將△字隸作「逞」，釋爲「歡」，其全句釋作「篤歡倍忨」，其意爲「盡情歡樂，加倍貪欲」，而其句主語

當爲「豎刁與易牙」。而△字的字源來源，筆者推測其右旁所从的「」形，其來源可能承自甲骨文的「」、「」、「」等諸形，象人仰天歡嘩之形。

第三節、釋「𩠐」

《上博五》、《上博六》中多次出現一個上从之、下从首的「」字，學者或以爲即首或頁字，或以爲是「之首」的合文，或以爲是一個「从之从首」的字。筆者認爲△字當釋爲从之从首的字，而非「首」字，此字可能是爲頭上「戴」物的「戴」字專門而造的形聲字，此字在《上博六·愼子曰恭儉》即釋爲「戴」，而此字在《上博五·鬼神之明》、《上博六·申公臣靈王》、《楚帛書》中當讀爲「止」，意爲「執獲」或「禁制」。

第四節、釋「疐」

《上博五》、《上博六》中出現一個「」字，字或從「田」作「」字，過去或釋爲「步」，或釋爲「陟」，或釋爲「疐」。筆者以爲當釋爲「疐」字，在中山王譽方壺从厂从△的字當是「陟」字的異體字，讀爲「恤」；在《上博三·周易》簡 4 从△从心的字，從原考釋者釋爲「懥」；在《上博五·融師有成氏》簡 5 中，「名則可畏，實則可侮」可相對成文，故讀爲「實」；在《上博六·申公臣靈王》簡 9 中讀爲「質」，「斧質」爲古刑具，意指誅戮之事；在《上博六·愼子曰恭儉》簡 1 中讀爲「實」，「忠實」二字可連用；△字在《包山楚簡》中均爲人名，亦作「疐」字；而在《上博六·用曰》簡 16，从糸从△之字，其用法仍待研究。

第五節、釋「湝」、「醅」

本文探討楚簡中「」、「」等諸字其所從之偏旁，認爲其右上的部件實爲「冘」字的訛變，訛變的原因可能是字形的類化、筆畫的錯位以及飾筆等原因所造成。據「湝」、「醅」可讀爲「沈」，推測其右下所從的「臼」形可能亦具有音義上的意義，其右所從的「沓」字可能是一個具兇險意義的本字，而可引申爲「深遠」、「深沈」之意；「沓」字字形从「沈」省形兼聲，同時也是从「臽」省形兼聲。但「沈」字並非「沈沒」之意的本字，而是後起新造的形聲字，甲骨文中「沈沒」的「沈」字本形廢而不行；而其聲符「冘」字的本義可能是「擔負」，此意義後世被「擔」、「儋」等後起形聲字所取代。

第六節、釋「」

本節旨在討論楚簡「[illegible]」字字形的構件，初步排除了周鳳五釋「倉」說、劉桓釋「夏」說、何佳興釋「遣」說、及魏宜輝釋「甬」說。而劉樂賢釋「珪」說、李零、黃德寬、徐在國釋「適」說、李家浩釋「逯」說音韻上的關係上來看，卻不是那麼妥切；而宋華強釋「簪」說及陳劍釋「琮」說，在音韻上可以成立，可是字形上由於材料不夠完整，仍待進一步證實。清華簡《保訓》的「[illegible]」字，此字因與其他諸形略有不同，因此有同字與不同字的兩派說法，由字形的演變上，視爲同字的可能甚高，但若視爲同字形，則在音韻的角度則以孟蓬生釋「漸」字爲宜，可是「漸」字如何與字形產生連結則又是一個新的問題了，因此無論是字形或是字義的解釋都還有討論的空間。

第七節、釋「忧」

《上博六．用曰》簡 4 有一個「[illegible]」字，原考釋隸作「忲」，何有祖改釋爲「忧」。關於字形的來源，筆者認爲「尤」、「厷」兩字爲同源字，因此字形可釋爲「忧」，亦可作「忲」，在《郭店．六德》簡 16 釋爲「忲」，讀爲「股肱」之「肱」，在《上博六．用曰》簡 3 釋爲「忧」，讀爲「尤」，意爲「罪過，過失」。

第二節　研究困境與限制

由於本論文的研究主軸爲《上博五》、《上博六》的疑難字，以過去已經認識的字形來考證未知的字形是最基本的條件，但是在利用過往的文字材料時，會發現許多字形仍無法正確解讀，以未知來考證未知的結果，產生臆度成分居多的現象，難以服人亦難服己。而文字回歸到文本時，與字形的解讀或產生了出入，爲了通讀方便，學者們往往運用通假或訛變來解讀，但是濫用通假或訛變的結果除了使初學者無所適從，也讓其他依循著文字研究成果，進一步做義理、思想、文化探索的研究工作者，產生了不確定因素或走叉了路。

另外，材料取得的困難也是一樣不利因素，雖然現代研究交流的媒體和管道已非常方便，但是礙於海峽的阻隔，無法看到第一手材料，僅能透過考古報告、整理後的出版品或文物拓本等第二手材料來管窺蠡測，但經過人爲加工後的產物，終究猶如隔著一層薄霧，產生了更多的不確定性。

最後，就是研究的熱潮有如曇花一現，《上博》前面幾冊公佈之初，網路上討論的文章絡繹不絕，但相隔一年之後即無人聞問，因此不識者恆不識，要全面性的認識文字、暢讀文意，還有一大段路要走。

第三節　未來展望

本文以《上博五》、《上博六》疑難字的相關問題探索為主題，但因個人才學不敏，僅列舉其中七個相關字形做全面性的檢討，可謂太倉之一粟、九牛之一毛爾爾。希冀自身研究能力能早日提昇，以對古文字的研究領域多一點點貢獻。

而據傳《上博八》即將出版，屆時將又是一陣研究熱潮將再度席捲古文字學界，筆者盼望此陣旋風並非僅是短暫現象，而是一點一滴地向下札根，並開枝散葉，以早日完整建構上古史料的本末。

除了希望未來的研究風氣能蓬勃發展之外，筆者更希望看見季師旭昇所帶領的研究團隊能早日完成《楚文字典》的編寫工作，以造福更多研究者和學弟妹。

參考文獻

一、傳世文獻

1.〔西漢〕司馬遷《新校本史記三家注》，台北：鼎文書局，1981。
2.〔東漢〕許慎著、〔清〕段玉裁注《説文解字注》，台北：萬卷樓圖書有限公司，2000.09。
3.〔宋〕郭忠恕、〔宋〕夏竦《汗簡．古文四聲韻》，北京：中華書局，1983.12。
4.〔清〕吳大澂《字説》，台北：藝文印書館，出版年不詳。
5.〔清〕阮元《十三經注疏．周易》，台北：藝文印書館，1986。

二、原始材料

1.《簡帛書法選》編輯組編《郭店楚墓竹簡》，北京：文物出版社，2002.12。
2. 中國社會科學院考古研究所編《信陽楚墓》，北京：文物出版社，1986.03。
3. 中國社會科學院考古研究所編《小屯南地甲骨》，北京：中華書局，1983。
4. 中國社會科學院考古研究所編《殷周金文集成》，上海：中華書局，1984。
5. 河南省文物考古研究所編著《新蔡葛陵楚墓》，鄭州：大象出版社，2003.10。
6. 荊門市博物館《郭店楚墓竹簡》，北京：文物出版社，1998.05。
7. 馬承源主編《上海博物館藏戰國楚竹書，一》，上海：上海古籍出版社，2001.11。
8. 馬承源主編《上海博物館藏戰國楚竹書，二》，上海：上海古籍出版社，2002.12。
9. 馬承源主編《上海博物館藏戰國楚竹書，三》，上海：上海古籍出版社，2003.11。
10. 馬承源主編《上海博物館藏戰國楚竹書，四》，上海：上海古籍出版社，2004.12。

11. 馬承源主編《上海博物館藏戰國楚竹書，五》，上海：上海古籍出版社，2005.12。
12. 馬承源主編《上海博物館藏戰國楚竹書，六》，上海：上海古籍出版社，2007.07。
13. 馬承源主編《上海博物館藏戰國楚竹書，七》，上海：上海古籍出版社，2008.12。
14. 馬承源主編《商周青銅器銘文選，三》，北京：文物出版社，1990.04。
15. 馬承源主編《商周青銅器銘文選，四》，北京：文物出版社，1990.04。
16. 高明《古陶文彙編》，北京：中華書局，1990.03。
17. 商承祚《戰國楚竹簡匯編》，濟南：齊魯書社，1995.11。
18. 郭沫若主編、中國社會科學院歷史研究所編《甲骨文合集》，上海：中華書局，1977～1983。
19. 湖北省文物考古研究所、北京大學中文系編《九店楚簡》，北京：中華書局，2000.05。
20. 湖北省荊沙鐵路考古隊《包山楚簡》，北京：文物出版社，1991.01。
21. 湖南省文物考古研究所、北京大學中文系編《望山楚簡》，北京：中華書局，1995.06。
22. 羅福頤《古璽彙編》，北京：文物出版社，1981。

三、工具書類

1. 王輝編著《古文字通假字典》，北京：中華書局，2008.02。
2. 古文字詁林編纂委員會《古文字詁林》第 1 冊，上海：上海教育出版社，1999.12。
3. 古文字詁林編纂委員會《古文字詁林》第 2 冊，上海：上海教育出版社，2000.12。
4. 古文字詁林編纂委員會《古文字詁林》第 3 冊，上海：上海教育出版社，2001.12。
5. 古文字詁林編纂委員會《古文字詁林》第 4 冊，上海：上海教育出版社，2001.12。
6. 古文字詁林編纂委員會《古文字詁林》第 5 冊，上海：上海教育出版社，2002.12。
7. 古文字詁林編纂委員會《古文字詁林》第 6 冊，上海：上海教育出版社，2003.12。
8. 古文字詁林編纂委員會《古文字詁林》第 7 冊，上海：上海教育出版社，2002.12。
9. 古文字詁林編纂委員會《古文字詁林》第 8 冊，上海：上海教育出版社，2003.12。
10. 古文字詁林編纂委員會《古文字詁林》第 9 冊，上海：上海教育出版社，2004.12。
11. 古文字詁林編纂委員會《古文字詁林》第 10 冊，上海：上海教育出版社，2004.12。
12. 古文字詁林編纂委員會《古文字詁林》第 11 冊，上海：上海教育出版社，2004.12。
13. 古文字詁林編纂委員會《古文字詁林》第 12 冊，上海：上海教育出版社，2004.12。
14. 李孝定《甲骨文字集釋》，台北：中央研究院史語所，1977。
15. 李孝定《讀說文記》，臺北：中央研究院歷史語言研究所，1992。
16. 周法高主編《金文詁林》，香港：香港中文大學，1973。
17. 宗福邦、陳世鐃、蕭海波《故訓匯纂》，北京：商務印書館，2003.07。
18. 姚孝遂、肖丁《殷墟甲骨刻辭摹釋總集》，北京：中華書局，1988.02。

19. 姚孝遂、肖丁《殷墟甲骨刻辭類纂》，北京：中華書局，1989.01。
20. 孫海波《甲骨文編》，北京：中華書局，2004.01。
21. 容庚編著、張振林、馬國權摹補《金文編》，北京：中華書局，2004.08。
22. 徐中舒《甲骨文字典》，成都：四川辭書出版社，1989.05。
23. 徐在國《傳抄古文字編》，北京：線裝書局，2006。
24. 高亨纂著、董治安整理《古字通假會典》，濟南：齊魯書社，1989.07。
25. 高明、涂白奎編著《古文字類編，增訂本》，上海：上海古籍出版社，2008.08。
26. 高明、葛英會編《古陶文字徵》，北京：中華書局，1991.01。
27. 高明《古文字類編》，北京：中華書局，1980.11。
28. 張世超《金文形義通解》，京都：中文出版社，1996年。
29. 張光裕、滕壬生、黃錫全主編《曾侯乙墓竹簡文字編》，台北：藝文印書館，1997。
30. 張光裕主編、袁國華合編《包山楚簡文字編》，台北：藝文印書館，1992.11。
31. 張光裕編著、袁國華合著《望山楚簡校錄》，台北：藝文印書館，2004.12。
32. 張守中、張小滄、郝建文《郭店楚簡文字編》，北京：文物出版社，2003.09。
33. 張守中《包山楚簡文字編》，北京：文物出版社1996.08。
34. 張守中《睡虎地秦簡文字編》，北京：文物出版社，1994。
35. 張亞初《殷周金文集成引得》，北京：中華書局，2001.07。
36. 張新俊、張勝波《新蔡葛陵楚墓竹簡文字編》，成都：巴蜀書社，2008.08。
37. 陳初生《金文常用字典》，西安：陝西人民出版社，2004.01。
38. 湯餘惠《戰國文字編》，福州：福建人民出版社，2001.12。
39. 程燕《望山楚簡文字編》，北京：中華書局，2007.11。
40. 馮其庸、鄧安生《通假字彙釋》，北京：北京大學出版社，2006.03。
41. 黃德寬主編《古文字譜系疏證》，北京：商務印書館，2007.02。
42. 漢語大字典字形組編《秦漢魏晉篆隸字形表》，成都：四川辭書出版社，1985。
43. 趙誠《甲骨文簡明詞典——卜辭分類讀本》，北京：中華書局，1988.01。
44. 滕壬生《楚系簡帛文字編，增訂本》，武漢：湖北教育出版社，2008.10。
45. 滕壬生《楚系簡帛文字編》，武漢：湖北教育出版社，1995.07。
46. 戴家祥《金文大字典》，上海：學林出版社，1995。
47. 羅福頤《古璽文編》，北京：文物出版社，1998。
48. 顧廷龍《古陶文舂錄》，上海：上海古籍出版社，2004。

四、專著、學位論文

1. 丁山《甲骨文所見氏族及其制度》，北京：中華書局，1988。
2. 丁山《商周史料考證》，北京：中華書局，1988。

3. 于省吾《甲骨文字釋林》，北京：中華書局，1999.11。
4. 于省吾《殷契駢枝》，臺北：藝文印書館，1971。
5. 于省吾《雙劍誃吉金文選》，北京：中華書局，1998.09。
6. 王國維《古史新證——王國維最後的講義》，北京：清華大學出版社，1997.08。
7. 王國維《觀堂集林》，石家庄：河北教育出版社，2001.11。
8. 史傑鵬《先秦兩漢閉口韻詞的同源關係研究》，北京師範大學博士學論文。
9. 史德新《〈鮑叔牙與隰朋之諫〉的文獻學研究》，四川大學碩士論文，2007。
10. 白海燕《〈季庚子問於孔子〉集釋》，吉林大學碩士論文，2009。
11. 朱歧祥《甲骨文字學》，台北：里仁書局，2002 年。
12. 朱歧祥《殷虛甲骨文字通釋稿》，臺北：文史哲出版社，1989。
13. 朱芳圃《殷周文字釋叢》，台北：學生書局，1972。
14. 朱艷芬《〈競建内之〉與《鮑叔牙與隰朋之諫》集釋》，吉林大學碩士論文，2008。
15. 艾蘭、邢文編《新出簡帛研究——新出簡帛國際學術研討會文集，2000.8》，北京：文物出版社，2004.12。
16. 何琳儀《戰國文字通論，訂補》，南京：江蘇教育出版社，2003.01。
17. 吳其昌《殷虛書契解詁》，台北：藝文印書館，1960。
18. 吳振武《〈古璽文編〉校訂》，長春：吉林大學博士論文，1984。
19. 李孝定、周法高、張日昇《金文詁林附錄》，香港：香港中文大學，1977。
20. 李佩珊《〈上博五．三德〉考釋及其相關問題研究》，國立臺南大學國語文學系國語文教學碩士班碩士論文，2007。
21. 李零《上博楚簡三篇校讀記》，臺北：萬卷樓圖書有限公司，2002.03。
22. 李零《長沙子彈庫楚帛書研究》，北京：中華書局，1985。
23. 李零《郭店楚簡校讀記，增訂本》，北京：北京大學出版社，2002。
24. 季師旭昇《甲骨文字根研究》，台北：文史哲出版社，2003.12。
25. 季師旭昇《說文新證，上冊》，台北：藝文印書館，2002.10。
26. 季師旭昇《說文新證，下冊》，台北：藝文印書館，2004.11。
27. 季師旭昇主編：《上海博物館藏戰國楚竹書，一讀本》，台北：萬卷樓圖書股份有限公司，2004.07。
28. 季師旭昇主編《〈上海博物館藏戰國楚竹書，二〉讀本》，台北：萬卷樓圖書股份有限公司，2005.7。
29. 季師旭昇主編《〈上海博物館藏戰國楚竹書，三〉讀本》，台北：萬卷樓圖書股份有限公司，2005.10。
30. 季師旭昇主編《〈上海博物館藏戰國楚竹書，四〉讀本》，台北：萬卷樓圖書股份有限公司，2007.03。
31. 屈萬里《殷虛文字甲編考釋》，台北：聯經，1984。

32. 房振三《信陽楚簡文字研究》，安徽大學碩士學位論文，2003.05.07。
33. 林清源《楚國文字構形演變研究》，台中：東海大學博士論文，1997.12。
34. 林義光《文源》，臺北：新文豐出版公司，2006。
35. 河南省文物考古研究所等編《淅川和尚嶺與徐家嶺楚墓》，鄭州：大象出版社，2004.10。
36. 金俊秀《《上海博物館藏戰國楚竹書，四》疑難字研究》，台北：國立台灣師範大學國文研究所碩士論文，2007.06。
37. 姚孝遂、肖丁《殷墟甲骨刻辭類纂》，北京：中華書局，1989.01。
38. 姚孝遂、肖丁合著《小屯南地甲骨考釋》，北京：中華書局，2004.09。
39. 洪淑玲《《上博六．孔子見季桓子》研究》，國立臺灣師範大學國文學系在職進修碩士班碩士論文，2008。
40. 胡光煒《甲骨文例》，廣州：中山大學語言歷史研究所，1928。
41. 范玉珠《上海博物館藏戰國楚竹書《三德》研究》，東北師範大學碩士論文，2007。
42. 倪薇淳《《上海博物館藏戰國楚竹書，六．競公瘧》研究》，國立臺灣師範大學國文學系在職進修碩士班碩士論文，2008。
43. 唐蘭《天壤閣甲骨文存并考釋》，北京：北京圖書館出版社，2000。
44. 唐蘭《古文字學導論．殷虛文字記》，台北：學海出版社，1986.08。
45. 孫淼《夏商史稿》，北京：文物出版社，1987。
46. 孫詒讓《名原》，北京：北京出版社，2000。
47. 孫詒讓《契文舉例》，北京：北京圖書館出版社，2000。
48. 袁金平《新蔡葛陵楚簡字詞研究》，安徽大學博士論文，2007.04。
49. 馬敘倫《說文解字六書疏證》，台北：鼎文書局，1975。
50. 高田宗周《古籀篇》，台北：宏業書局，1975。
51. 高佑仁《《上海博物館藏戰國楚竹書（四）．曹沫之陣》研究》，台北：國立臺灣師範大學國文學系研究所碩士論文，2006.06。
52. 高明《中國古文字學通論》，北京：北京大學出版社，2005 年 5 月六刷。
53. 高榮鴻《上博楚簡齊國史料研究》，國立中興大學中國文學系所碩士論文，2007。
54. 高鴻縉《中國字例》，台北：廣文書局，1964 年。
55. 高鴻縉《散盤集釋》，台北：師範大學，1964。
56. 商承祚《甲骨文字研究》，天津：天津古籍出版社，2008.04。
57. 商承祚《殷虛文字類編》，臺北：文史哲出版社，1979。
58. 商承祚《說文中之古文攷》，轉引自《古文字詁林，八》，上海：上海古籍出版社，2004.12。
59. 許懃慧《《上海博物館藏戰國楚竹書，五．季庚子問於孔子》研究》，台北：國立台灣師範大學國文研究所碩士論文，2008.06。

60. 郭沫若《卜辭通纂》，北京：科學出版社，1983。
61. 郭沫若《兩周金文辭大系考釋》，北京：科學出版社，1957。
62. 郭沫若《殷契粹編附考釋》，北京：北京圖書館出版社，2000。
63. 郭若愚、曾毅公、李學勤綴集《殷虛文字綴合》，北京：科學出版社，1955。
64. 郭蕾蕾《《上海博物館藏戰國楚竹書，六》研究概況及文字編》，吉林大學碩士論文，2008。
65. 陳師新雄《古音研究》，台北：五南圖書公司，2000.11。
66. 陳偉《包山楚簡初探》，武漢：武漢大學出版社，1996.08。
67. 陳惠玲《《上海博物館藏戰國楚竹書，三・周易》研究》，台北：國立台灣師範大學國文教學研究所碩士論文，2005.08。
68. 陳雅雯《《上海博物館藏戰國楚竹書，五・三德》研究》，國立臺灣師範大學國文學系在職進修碩士班碩士論文，2008。
69. 陳嘉凌《《楚帛書》文字考釋研究》，台北：國立臺灣師範大學國文學系博士論文，2009.06。
70. 陳夢家《殷虛卜辭綜述》，北京：中華書局，1988.01。
71. 馮勝君《論郭店簡〈唐虞之道〉、〈忠信之道〉、〈語叢〉一～三以及上博簡〈緇衣〉爲具有齊系文字特點的抄本》，北京：北京大學博士後研究所工作報告，2004.08。
72. 黃錫全《汗簡注釋》，台北：台灣古籍出版有限公司，2005.01。
73. 黃錫全《湖北出土商周文字輯證》，武漢：武漢大學出版社，1992。
74. 楊嵬苘《上海博物館藏戰國楚竹書，六異文的整理研究》，東北師範大學碩士論文，2008。
75. 楊樹達《積微居小學述林》，上海：中國科學院，1954.02。
76. 楊樹達《積微居金文說》，北京：中華書局，1997.12。
77. 葉玉森《殷虛書契前編集釋》，台北：藝文印書館，1966。
78. 葉玉森《說契》，香港：香港書店，1972。
79. 董楚平《吳越徐舒金文集釋》，杭州：浙江古籍出版社，1992年。
80. 鄒濬智《《上海博物館藏戰國楚竹書，一・緇衣》研究》，台北：國立臺灣師範大學國文研究所碩士論文，2004.06。
81. 劉信芳《子彈庫楚墓出土文獻研究》，台北：藝文印書館，2002。
82. 劉信芳《包山楚簡解詁》，台北：藝文印書館，2003.01。
83. 劉釗《古文字構形研究》，吉林大學博士論文，1991。
84. 劉釗《古文字構形學》，福州：福建人民出版社，2006.01。
85. 劉釗《郭店楚簡校釋》，福州：福建人民出版社，2003.12。
86. 闕曉瑩《《古璽彙編》考釋》，台北：國立台灣師範大學國文研究所碩士論文，2000.06。
87. 顏至君《《上海博物館藏戰國楚竹書，五》〈競建內之〉與〈鮑叔牙與隰朋之諫〉

研究》，台北：國立臺灣師範大學國文研究所碩士論文，2008.06。

88. 魏宜輝《楚系簡帛文字形體訛變分析》，南京：南京大學博士論文，2003。
89. 羅振玉《增訂殷虛書契考釋》，台北：藝文印書館，1969.02。
90. 蘇建洲《《上博楚竹書》文字及相關問題研究》，台北：萬卷樓圖書股份有限公司，2008.01。
91. 鐘明《《上海博物館藏戰國楚竹書，五》研究概況及文字編》，吉林大學碩士論文，2007。
92. 饒宗頤《殷代貞卜人物通考》，台北：大學，1959。

五、單篇論文

1. 丁山〈殷契亡尤說〉，《歷史語言研究所集刊》一本一分。
2. 凡國棟〈《用曰》篇中的「寧」字〉，簡帛網，2007.07.12，網址：http://www.bsm.org.cn/show_article.php?id=609。
3. 凡國棟〈上博六《用曰》篇初讀〉，簡帛網，2007.07.10，網址：http://www.bsm.org.cn/show_article.php?id=604。
4. 凡國棟〈讀《上博楚竹書六》記〉，簡帛網，2007.07.09，網址：http://www.bsm.org.cn/show_article.php?id=599。
5. 小狐〈《保訓》讀札〉，簡帛網，2010.04.05，網址：http://www.bsm.org.cn/show_article.php?id=1240。
6. 中山大學古文字研究室〈信陽長臺關戰國楚墓竹簡第二組〈遣策〉考釋〉，《戰國楚簡研究》，1977年第2期。
7. 王長豐〈五祀衛鼎新釋〉，《殷都學刊》，2004年第4期。
8. 王連成〈清華簡《保訓》釋譯〉，簡帛研究網，2010.04.26，網址：http://www.jianbo.org/admin3/2010/wangliancheng003.pdf。
9. 王寧〈上博六《莊王既成》中「酖」字詳解〉，簡帛網，2009.10.30，網址：http://www.bsm.org.cn/show_article.php?id=1165。
10. 王輝〈殷人火祭說〉，《古文字研究論文集》，四川大學學報叢刊第十輯。
11. 田成方〈從新出文字材料論楚沈尹氏之族屬源流〉，《江漢考古》，2008年第2期。
12. 白玉崢〈契文舉例校讀〉，《中國文字》第八卷第三十四冊。
13. 白於藍〈釋「[illegible]」、「[illegible]」〉，《古文字研究》第二十二輯，北京：中華書局，1990.08。
14. 朱淵清，〈馬承源先生談上博簡〉，《上博館藏戰國楚竹書研究》，上海：上海書店出版社，2002.03。
15. 朱德熙〈長沙帛書考釋，五篇〉，《古文字研究》第十九輯，北京：中華書局，1992.08。
16. 朱德熙〈戰國陶文和璽印文字中的「者」字〉，《古文字研究》第一輯，北京：中華書局，1979.08。

17. 何有祖〈《慎子曰恭儉》札記〉，簡帛網，2007.07.05，網址：http://www.bsm.org.cn/show_article.php?id=590。
18. 何有祖〈上博，五零釋〉，簡帛網，2006.02.22，網址：http://www.bsm.org.cn/show_article.php?id=221。
19. 何有祖〈包山楚簡試釋九則〉，簡帛網，2005.12.15，網址：http://www.bsm.org.cn/show_article.php?id=132。
20. 何有祖〈讀《上博六》札記〉，簡帛網，2007.07.09，網址：http://www.bsm.org.cn/show_article.php?id=596。
21. 何家興〈也說《保訓》中的「遣」〉，簡帛網，2009.08.19，網址：http://www.bsm.org.cn/show_article.php?id=1131。
22. 何琳儀、程燕〈滬簡《周易》選釋〉，簡帛研究，2004.05.16，網址：http://www.jianbo.org/admin3/list.asp?id=1194。
23. 何琳儀〈中山王器攷釋拾遺〉，《史學集刊》，1984年第3期。
24. 何琳儀〈郭店竹簡選釋〉，《簡帛研究二〇〇一》，桂林：廣西師範大學出版社，2001.9。
25. 吳良寶〈璽陶文字零釋，三則〉，吉林大學古文字研究室編《中國古文字研究》第一輯，長春：吉林大學出版社，1999.06。
26. 呂佩珊〈戰國文字「土旁與立旁形近通用」說檢討〉，《第二十屆中國文字學國際學術研討會論文集》，2009.05.02。
27. 宋華強〈新蔡簡中與「速」義近之字及楚簡中相關諸字新考〉，簡帛網，2006.07.31，網址：http://www.bsm.org.cn/show_article.php?id=389，亦載於《中國文字》，台北：藝文印書館，新三十二期，2006.12。
28. 李守奎〈《鮑叔牙與隰朋之諫》補釋〉，《新出楚簡國際學術研討會會議論文集，上博簡卷》，武漢：武漢大學簡帛研究中心，2006.06.26～28。
29. 李守奎〈釋楚簡的「[illegible]」字——兼釋楚璽中的「弼」〉，《簡帛研究2001》，2001年。
30. 李佳興〈上博六〈莊王既成〉的「[illegible]尹子桱」〉，簡帛研究，2008.08.20，網址：http://jianbo.sdu.edu.cn/admin3/2008/lijiaxing005.htm。
31. 李家浩〈包山楚簡中的旌旆及其他〉，《著名中年語言學家自選集．李家浩卷》，合肥：安徽教育出版社，2002。
32. 李家浩〈信陽楚簡中的「柿枳」〉，《簡帛研究》第二輯，北京：法律出版社，1996年。
33. 李家浩〈楚簡中的袷衣〉，《中國古文字研究》第一輯，長春：吉林大學出版社，1999。
34. 李家浩〈戰國竹簡〈緇衣〉中的「逯」〉，《古墓新知》，香港：國際炎黃文化出版社，2003.11。
35. 李家浩〈讀《郭店楚墓竹簡》瑣議〉，《中國哲學》第二十輯，《郭店楚簡研究》，瀋陽：遼寧教育出版社，1999。

36. 李零〈三代考古的歷史斷想——從最近發表的上博楚簡〈容成氏〉、豳公盨和虞逑諸器想到的〉，《中國學術》，北京：商務印書館，2003 年 8 月。
37. 李零〈上博楚簡校讀記，之二：〈緇衣〉〉，載於廖名春、朱淵清主編《上博館藏戰國楚竹書研究》，上海：上海書店，2002.03。
38. 李零〈讀《楚系簡帛文字編》〉，《出土文獻研究》第五輯，1998。
39. 李銳〈《用曰》新編，稿〉，簡帛研究，2007.07.13，網址：http://jianbo.sdu.edu.cn/admin3/2007/lirui007.htm。
40. 李銳〈讀上博五札記〉，簡帛研究，2006.02.20，網址：http://www.jianbo.org/admin3/2006/lirui001.htm。
41. 李學勤〈試釋楚簡《鮑叔牙與隰朋之諫》〉，《文物》，2006 年第 9 期。
42. 李學勤〈談楚簡〈慎子〉〉，《中國文化》第 25、26 期合刊，2007.02。
43. 李學勤〈讀上博簡《莊王既成》兩章筆記〉，孔子 2000，2007.07.16，網址：http://www.confucius2000.com/admin/list.asp?id=3212。
44. 李學勤《讀上博簡〈莊王既成〉兩章筆記》，孔子 2000，2007.07.16，網址：http://www.confucius2000.com/admin/list.asp?id=3212。
45. 李學勤演講、朱淵清筆記，〈新出土文獻與古代文明研究〉，簡帛研究網站，2002.08.11，網址：http://www.jianbo.org/Wssf/2002/lixueqin001.htm。
46. 沈培〈試釋戰國時代从「之」从「首，或从『頁』」之字〉，簡帛網，2007.07.17，網址：http://www.bsm.org.cn/show_article.php?id=630。
47. 周鳳五〈郭店楚簡識字札記〉，《張以仁先生七秩壽慶論文集》，台北：學生書局，1999。
48. 孟蓬生〈《保訓》「疾[illegible]甚」試解〉，復旦大學出土文獻與古文字研究中心網站，2009.07.10，網址：http://www.gwz.fudan.edu.cn/SrcShow.asp?Src_ID=844。
49. 季旭昇師〈《上博五.鮑叔牙與隰朋之諫》「篤歡附忨」解——兼談「錢器」〉，簡帛網，2006.03.06，網址：http://www.bsm.org.cn/show_article.php?id=267。
50. 季師旭昇〈《上博三・周易・訟卦》二題：懥、其邑三四户〉，《中國文字》，新三十一期，台北：藝文印書館，2006.11。
51. 季師旭昇〈上博三周易比卦「有孚盈缶」「盈」字考〉，簡帛研究，2005.08.15，網址：http://www.jianbo.org/admin3/2005/jixusheng004.htm。
52. 季師旭昇〈上博五芻議，下〉，簡帛網，2006.02.18，網址：http://www.bsm.org.cn/show_article.php?id=196。
53. 季師旭昇〈古璽雜識二題：壹、釋「㞷」、「徃」、「[illegible]」；貳、姜茉〉，《中國學術年刊》，第廿二期，2001.05。
54. 季師旭昇〈從戰國文字中的「㞷」字談詩經中「之」字誤爲「止」字的現象〉，《第四屆詩經國際學術研討會論文集》，山東大學，1999.08.04，又見於復旦大學出土文獻與古文字研究中心網站，2009.03.21，網址：http://www.gwz.fudan.edu.cn/SrcShow.asp?Src_ID=731。

55. 季師旭昇〈從戰國楚簡中的「尢」字談到殷代一個消失的氏族〉，《第二屆古文字與古代史國際學術研討會論文集》，台北：中央研究院歷史語言研究所，2008.12.12～14。

56. 屈萬里〈河字意義的演變〉，《歷史語言研究所集刊》第三十本。

57. 林志鵬〈上博楚竹書《競建內之》重編新解〉，簡帛網，2006.02.25，網址：http://www.bsm.org.cn/show_article.php?id=234。

58. 林志鵬〈清華大學藏戰國竹書《保訓》校釋〉，簡帛網，2010.04.09，網址：http://www.bsm.org.cn/show_article.php?id=1241。

59. 林志鵬〈楚竹書《鮑叔牙與隰朋之諫》補釋〉，簡帛網，2007.07.13，網址：http://www.bsm.org.cn/show_article.php?id=618。

60. 林志鵬〈論楚竹書《愼子曰恭儉》「去囿」及相關問題〉，簡帛網，2007.05.06，網址：http://www.bsm.org.cn/show_article.php?id=825。

61. 林志鵬〈釋戰國楚簡中的「咼」字——兼論《緇衣》「民有格心」句異文〉，武漢大學簡帛網，2007.01.30，網址：http://www.bsm.org.cn/show_article.php?id=513。

62. 林清源〈「㪿」、「敀」考辨——釋「[illegible]」及其相關諸字〉，《漢學研究》，第28卷第1期，2008.03。

63. 林澐〈釋古璽中从「朿」的兩個字〉，《古文字研究》第十九輯，北京：中華書局，1992.08。

64. 河南省文物研究所〈河南溫縣東周盟誓遺址一號坎發掘簡報〉，《文物》，1983年第3期。

65. 侯乃峰〈說楚簡「办」字〉，簡帛網，2006.11.29，網址：http://www.bsm.org.cn/show_article.php?id=470。

66. 胡瓊〈釋《愼子曰恭儉》中的「陟」〉，簡帛網，2007.08.07，網址：http://www.bsm.org.cn/show_article.php?id=691。

67. 范常喜〈讀《上博六》札記六則〉，簡帛網，2007.07.25，網址：http://www.bsm.org.cn/show_article.php?id=667。

68. 范常喜〈讀《上博六》札記六則〉，簡帛網，2007.07.25，網址：http://www.bsm.org.cn/show_article.php?id=667。

69. 唐蘭〈陝西省岐山縣董家村新出西周重要銅器銘辭的譯文和注釋〉，《文物》，1976年第5期。

70. 孫合肥〈清華簡《保訓》「適」字補說〉，簡帛網，2009.08.22，網址：http://www.bsm.org.cn/show_article.php?id=1133。

71. 徐中舒、伍仕謙〈中山三器釋文及宮堂圖說明〉，《中國史研究》，1979年第4期。

72. 徐少華〈上博簡《申公臣靈王》及《平王與王子木》兩篇疏正〉，《古文字研究》，第二十七輯，2008.09。

73. 徐在國〈包山楚簡文字考釋，四則〉，《于省吾教授百年誕辰紀念文集》，長春：吉林大學出版社，1996.06。

74. 袁金平〈讀《上博，五》劄記三則〉，武漢大學簡帛網，2006.02.26，網址：http://www.bsm.org.cn/show_article.php?id=240。
75. 袁國華〈江陵望山楚簡「青帝」考釋〉，收錄於張光裕、袁國華《望山楚簡校錄》，台北：藝文印書館，2004.12。
76. 袁國華〈戰國楚簡文字零釋〉，《中國文字》新十八期，台北：藝文印書館，1994年。
77. 商承祚〈中山王𠻗鼎、壺銘文芻議〉，《古文字研究》第七輯，北京：中華書局，1982.06。
78. 商承祚〈戰國楚帛書述略〉，《文物》，第九期，1964.09。
79. 張亞初〈周厲王所作祭器㝬簋考〉，《古文字研究》第五輯，北京：中華書局，1981.01。
80. 張政烺〈中山王𠻗壺及鼎銘考釋〉，《古文字研究》第一輯，北京：中華書局，1979.08。
81. 郭沫若〈關於眉縣大鼎銘辭考釋〉，《文物》，1972 年第 7 期。
82. 郭若愚〈信陽長臺關戰國楚墓遣策文字的摹寫和考釋〉，刊載於《戰國楚簡文字編》，上海：上海書畫出版社，1994 年。
83. 陳邦懷〈戰國楚文字小記〉，收錄於湖北省社會科學院歷史研究所編《楚文化新探》，武漢：湖北人民出版社，1981。
84. 陳秉新〈讀徐器銘文札記〉，《東南文化》，1995 年第 1 期。
85. 陳偉〈上博竹書《慎子曰恭儉》初讀〉，簡帛網，2007.07.05，網址：http://www.bsm.org.cn/show_article.php?id=589。
86. 陳偉〈郭店簡《六德》校讀〉，《古文字研究》第二十四輯，北京：中華書局，2002.07。
87. 陳偉〈讀《上博六》條記〉，簡帛網，2007.07.09，網址：http://www.bsm.org.cn/show_article.php?id=597。
88. 陳斯鵬〈郭店楚簡解讀四則〉，《古文字研究》第二十四輯，北京：中華書局，2002.07。
89. 陳斯鵬〈讀《上博竹書，五》小記〉，簡帛網，2006.04.01，網址：http://www.bsm.org.cn/show_article.php?id=310。
90. 陳夢家〈古文字中之商周祭祀〉，《燕京學報》第 19 期。
91. 陳劍〈《上博，五》零劄兩則〉，簡帛網，2006.02.21，網址：http://www.bsm.org.cn/show_article.php?id=216。
92. 陳劍〈上博竹書「葛」字小考〉，簡帛網，2006.03.10，網址：http://www.bsm.org.cn/show_article.php?id=279。
93. 陳劍〈甲骨金文舊釋「尤」之字及相關諸字新釋〉，收錄於陳劍《甲骨金文考釋論集》，北京：線裝書局，2007.04。
94. 陳劍〈談談《上博，五》的竹簡分篇、拼合與編聯問題〉，簡帛網，2006.02.19，網址：http://www.bsm.org.cn/show_article.php?id=204。
95. 陳劍〈釋「琮」及相關諸字〉，《中國簡帛學國際論壇 2006 論文集》，武漢：武漢大學簡帛研究中心，2006.11；亦載於陳劍《甲骨金文考釋論集》北京：線裝書局，2007.04。

96. 陳劍〈釋西周金文中的「厷」字〉，收錄於陳劍《甲骨金文考釋論叢》，北京：線裝書局，2007.04。
97. 鹿懷清、鎮烽、忠如、志儒〈陝西省岐山縣董家村西周銅器窖穴發掘報告〉，《文物》，1976 年第 5 期。
98. 湯餘惠〈包山楚簡讀後記〉，《考古與文物》，1993 年第 2 期。
99. 黃人二〈上博藏簡第五冊鬼神之明試釋〉，簡帛網，2007.02.17，網址：http://www.bsm.org.cn/show_article.php?id=523。
100. 黃德寬、徐在國〈郭店楚簡文字考釋〉，《吉林大學古籍研究所建所十五週年紀念文集》，吉林大學出版社，1998.12。
101. 黃錫全〈「湝前」玉圭跋〉，收錄於黃錫全《古文字論叢》，台北：藝文印書館，1999。
102. 楊澤生〈竹書《周易》劄記，四則〉，簡帛研究，2004.05.08，網址：http://www.jianbo.org/admin3/html/yangzesheng03.htm。
103. 楊澤生〈讀《上博六》小劄〉，簡帛網，2007.07.21，網址：http://www.bsm.org.cn/show_article.php?id=647。
104. 楊澤生〈讀上博簡《競建内之》短劄兩則，簡帛網，2006.02.24，網址：http://www.bsm.org.cn/show_article.php?id=225。
105. 葛英會〈古陶文研習札記〉，《考古學研究》第一冊，北京：文物出版社，1992。
106. 董珊〈侯馬、溫縣盟書「明殛視之」的句法分析〉，《古文字研究》第二十七輯，北京：中華書局，2008.09。
107. 虞萬里〈上博簡、郭店簡〈緇衣〉與傳本合校補證，中〉，《史林》，2003 年第 3 期。
108. 裘錫圭〈也談子犯編鐘〉，《故宮文物月刊》第 149 期，1995.08。
109. 裘錫圭〈戰國文字中的「市」〉，收錄於裘錫圭《古文字論集》，北京：中華書局，1992.08。
110. 裘錫圭〈戰國貨幣考〉，收錄於裘錫圭《古文字論集》，北京：中華書局，1992.08。
111. 賈連敏〈淅川和尚嶺、徐家嶺楚墓銅器銘文簡釋〉，收錄於河南省文物考古研究所等編《淅川和尚嶺與徐家嶺楚墓》，鄭州：大象出版社，2004 年 10 月，見附錄一。
112. 廖名春〈郭店楚簡《六德》校釋〉，《清華簡帛研究》第一輯，北京：清華思想文化研究所，2000.8。
113. 廖名春〈郭店簡《六德》校釋劄記〉，收錄於《新出楚簡試論》第六章，台北：台灣古籍出版社，2001.05.07。
114. 廖名春〈讀《上博五融師有成氏》篇劄記四則〉，簡帛研究，2006.02.20，網址：http://www.jianbo.org/admin3/2006/liaomingchun002.htm。
115. 趙平安〈《窮達以時》第九號簡考論——兼及先秦兩漢文獻中比干故事的衍變〉，《古籍整理研究學刊》，2003.03，第 2 期。

116. 趙平安〈「進芋明（從人）子以馳于倪廷」解〉，簡帛網，2006.03.31，網址：http://www.bsm.org.cn/show_article.php?id=306。

117. 趙平安〈上博藏楚竹書《競建内之》第 9 至 10 號簡考辨〉，《出土文獻研究》第八輯，上海：上海古籍出版社，2007.11。

118. 趙平安〈關於夃的形義來源〉，簡帛網，2007.01.23，網址：http://www.bsm.org.cn/show_article.php?id=509。

119. 趙平安〈釋「舀」及相關諸字——論兩周時代的職官「醢」〉，《古文字研究》，第二十四輯，北京：中華書局，2002.07。

120. 趙建偉〈「民有娛心」與「民有順心」說——上博簡，一拾零之二〉，簡帛研究，2003.08.30，網址：http://www.bamboosilk.org/Wssf/2003/zhaojianwei04.htfm。

121. 趙誠〈中山壺中山鼎銘文試釋〉，《古文字研究》第一輯，北京：中華書局，1979.08。

122. 趙誠〈古文字發展過程中的内部調整〉，《古文字研究》第十輯，北京：中華書局，1983.07。

123. 劉雨〈信陽楚簡釋文與考釋〉，收錄於河南省文物研究所《信陽楚墓》，北京：文物出版社，1986.03。

124. 劉信芳〈望山楚簡校讀記〉，《簡帛研究》第三輯，南寧：廣西教育出版社，1998.12。

125. 劉洪濤〈《說文》「陟」字古文考〉，簡帛網，2007.09.22，網址：http://www.bsm.org.cn/show_article.php?id=719。

126. 劉洪濤〈上博竹書《慎子曰恭儉》校讀〉，簡帛網，2007.07.06，網址：http://www.bsm.org.cn/show_article.php?id=591。

127. 劉桓〈讀《郭店楚墓竹簡》札記〉，《簡帛研究二〇〇一》，桂林：廣西師範大學出版社，2001。

128. 劉釗〈《上博五．融師有成氏》「耽淫念惟」解〉，簡帛網，2007.07.25，網址：http://www.bsm.org.cn/show_article.php?id=666。

129. 劉釗〈包山楚簡考釋〉，《中國古文字研究會第九屆學術研討會論文》，南京：1992 年。

130. 劉釗〈釋[illegible]〉，《古文字研究》第十五輯，北京：中華書局，1986.06；又見《古文字構形研究》，長春：吉林大學博士論文，1991 年。

131. 劉國勝〈信陽長臺關楚簡〈遣策〉編聯二題〉，《江漢考古》，2001 年第 3 期。

132. 劉彬徽、彭浩、胡雅麗、劉祖信〈包山二號楚墓簡牘釋文與考釋〉，收錄於湖北省荊沙鐵路考古隊《包山楚簡》，北京：文物出版社，1991.10。

133. 劉雲〈釋《弟子問》中「偃」字的一種異體〉，復旦大學出土文獻與古文字研究中心，2009.07.13，網址 http://www.gwz.fudan.edu.cn/SrcShow.asp?Src_ID=847。

134. 劉樂賢〈讀楚簡札記二則〉，簡帛研究，2004.05.29，網址：http://www.jianbo.org/admin3/list.asp?id=1207。

135. 蔣文、程少軒〈《用曰》第 4 簡與第 19 簡試讀〉，復旦大學出土文獻與古文字研究中心網站，2008.03.24，網址：http://www.gwz.fudan.edu.cn/SrcShow.asp?Src_ID=385。

136. 禤健聰〈上博楚簡，五零劄，一〉，簡帛網，2006.02.24，網址：http://www.bsm.org.cn/show_article.php?id=236。
137. 禤健聰〈上博楚簡，五零劄，二〉，簡帛網，2006.02.26，網址：http://www.bsm.org.cn/show_article.php?id=238。
138. 魏宜輝〈論郭店簡、上博簡〈緇衣〉中用爲「從」之字〉，台北：藝文印書館，新三十一期，2006。
139. 魏建功〈釋午〉，《輔仁學誌》，第二卷第 1 期。
140. 蘇建洲〈《上博五》補釋五則〉，簡帛網，2006.03.29，網址：http://www.bsm.org.cn/show_article.php?id=303。
141. 蘇建洲〈《上博五》補釋五則〉，簡帛網，2006 年 3 月 29 日。網址：http://www.bsm.org.cn/show_article.php?id=303。
142. 蘇建洲〈《保訓》字詞考釋二則〉，復旦大學出土文獻與古文字研究中心網站，2009.07.15 網址：http://www.guwenzi.com/Srcshow.asp?Src_ID=849。
143. 蘇建洲〈楚文字雜識〉，簡帛研究，2005.10.30，網址：http://www.jianbo.org/admin3/2005/sujianzhou006.htm。
144. 蘇建洲〈試釋《凡物流行》甲 8「敬天之明」〉，復旦大學出土文獻與古文字研究中心網站，2009.01.17，網址：http://www.gwz.fudan.edu.cn/SrcShow.asp?Src_ID=667。
145. 蘇建洲〈對於《試釋戰國時代從「之」從「首，或從『頁』」之字》一文的補充〉，2007.07.18，網址：http://www.bsm.org.cn/show_article.php?id=635。
146. 蘇建洲〈釋楚竹書幾個從「尢」的字形〉，簡帛網，2008.01.01，網址：http://www.bsm.org.cn/show_article.php?id=769。
147. 蘇建洲〈讀《上博，六・天子建州》筆記〉，簡帛網，2007.07.22，網址：http://www.bsm.org.cn/show_article.php?id=652。
148. 饒宗頤，〈談「十干」和「立主」——殷因夏禮的一二例證〉，《饒宗頤史學論著選》，上海：上海古籍出版社，1993 年 11 月。
149. 饒宗頤〈楚帛書新證〉，《楚地出土文獻三種研究》，北京：中華書局，1993。
150. 夔一〈「陟」疑〉，簡帛網，2007.10.23，網址：http://www.bsm.org.cn/show_article.php?id=737。

六、網　站

1. 《說文解字》全文檢索測試版，網址：http://shuowen.chinese99.com/
2. 中央研究院漢籍電子文獻，網址：http://dbo.sinica.edu.tw/~tdbproj/handy1/
3. 孔子 2000，網址：http://www.confucius2000.com/
4. 東方語言學，網址：http://www.eastling.org/
5. 故宮【寒泉】古典文獻全文檢索資料庫，網址：http://libnt.npm.gov.tw/s25/
6. 香港大學中文學院【楚系文字字形・辭例數據庫】，網址：http://characters.chinese.

hku.hk/index.zx.php
7. 殷周金文暨青銅器資料庫首頁，網址：http://www.ihp.sinica.edu.tw/~bronze/
8. 郭店楚簡資料庫，網址：http://bamboo.lib.cuhk.edu.hk/
9. 復旦大學出土文獻與古文字研究中心，網址：http://www.gwz.fudan.edu.cn/
10. 簡帛研究網站，網址：http://www.jianbo.org/
11. 簡帛網—武漢大學簡帛研究中心，網址：http://www.bsm.org.cn/